陈绪伟 著

泥土人生

陕西新华出版传媒集团
太白文艺出版社·西安

图书在版编目（CIP）数据

泥土人生 / 陈绪伟著. -- 西安：太白文艺出版社，2022.6（2023.2重印）
ISBN 978-7-5513-1905-8

Ⅰ.①泥… Ⅱ.①陈… Ⅲ.①散文集—中国—当代 Ⅳ.①I267

中国版本图书馆CIP数据核字(2021)第281444号

泥土人生
NITU RENSHENG

作　　者	陈绪伟
责任编辑	付　惠　关　珊
封面设计	李　珂
版式设计	建明文化
出版发行	陕西新华出版传媒集团 太 白 文 艺 出 版 社
经　　销	新华书店
印　　刷	三河市嵩川印刷有限公司
开　　本	889mm×1194mm　1/32
字　　数	250千字
印　　张	10.875
版　　次	2022年6月第1版
印　　次	2023年2月第2次印刷
书　　号	ISBN 978-7-5513-1905-8
定　　价	52.00元

版权所有　翻印必究
如有印装质量问题，可寄出版社印制部调换
联系电话：029-81206800
出版社地址：西安市曲江新区登高路1388号（邮编：710061）
营销中心电话：029-87277748　029-87217872

生活是文学的烙印

文学是人类创造出来的，人类在自然与社会中生活。

泥土释放出芬芳，生活中的人类，在泥土之中耕耘，思考孕育出文学。文学之所以神圣，就在于揭示了人类的生存状况，叩问出人生的意义价值，憧憬着人类的美好未来。古今中外的文学、古往今来的作者、古代今世的人生，都无法掩盖生活深烙在文学身上的印记。

好的文学作品，我爱不释手。那是因为作品的泥土味体现了生活的情感。艺术的真善美，给我带来心灵震撼、思想洗涤、精神愉悦，以及人生启迪。这样的文学作品，不仅再现了生活的情景，还在原有生活的基础上，从情感的温度、审美的深度、心灵的高度进行提升，并施以感知、理解、超越的艺术塑造，而成为脍炙人口的文学作品。

人类生活五彩斑斓，因而文学的呈现手法也是丰富多变的。人类生活是在饱经沧桑、不断进化的历史过程中而更加绚丽多彩的，所以每一个历史时期的文学作品，不管其呈现形式多么不同、艺术手法多么迥异，它所反映的时代特征、展现的时代风貌，都自然而然地有了这个时代的烙印。作者们生活在不同的时代，于是在其文学作品里，也就随之突出这个时代的艺术特征。比如：从《诗经》、楚辞、汉赋、唐诗、宋词、元曲、明清小说到近现代杂文散文、当代百花齐放的网文等，文学作品所反映的都是时代的最强音，表达的都是作者的生活体验，奏响的都是人生追寻的叱咤心声。

毋庸置疑，一切文学作品的创作都源于生活，尤其是对生活的体验。离开生活的所谓"纯文学"就成了无源之水、无本之木。从古代的神话，到现在穿越时空的奇异幻想文学，无不呈现着作者在这个时代的生活痕迹。看似凭空想象，实则有生活根基。所以有人将文学视为"人学"，因为文学是以语言文字为工具，形象地反映客观现实的艺术，是对人本身以及人与社会的思考。现实生活的主角是人，人是这个世界的主宰，所以文学的对象、文学的题材及其体裁等，反映的都是处在各种复杂社会关系中的人。人生活在现实社会里，大部分都会一步一个脚印地走完自己的一生，而写作者用笔激情地书写人生，形成了文学作品，故而也有人说"文品"即"人品"。

生活是文学的源泉，有泥土的芳香，更有对生命的思索，寄托人生的追寻，对此我是深信不疑的。因为在我的文学作品中，无论是写人还是记事、描景或者抒情等，都离不开对泥土的亲近、珍爱与敬畏，对生活的观察、理解和提升，以及对生活中的人的认识、研究和透视。说文若其人，就是透过文字，可以看到作者对生活的态度和追求，可以抓住作者若有若无的影子。

生活对写作的重要性，我是深有体会的。已出版的四部文学专著（两部散文集、一部诗歌集、一部小说集），和即将出版的这部《泥土人生》散文集，所有的作品都是对生活的艺术再现。这本散文集，以"乡土之地、泥土人生、自然季节、城市乡愁、人文风情、一盆兰花、冬窗夜色、文开心扉、心中放歌、宅看春色"十个篇章,来倾情泥土、表现生活、抒发情感。散文集不仅描写了山水田地、花木鸟兽,记叙了房屋庄稼、风雨耕作的乡间生活,体味乡土气息、乡土声音、乡土灵魂的乡愁,真切探索新乡土主人的人生追求,同时也呈现了城镇街巷门店、市场商贾、往来交流的繁华,叙说个体叫卖、扫街搬砖、修理经营的打工市民,思索城市风情、人文古迹、精神面貌、城市生长的力量,真实记录在这座城市里生存、活动、发展的普通人生。

读鲁迅的《门外文谈》可知,文学最早是从泥土里长出来的。鲁迅认为,"在未有文字之前,就有了创作"。文艺的产生同原始人的泥土生活、劳动配合有密切关系。在人民群众与文艺的关系上,鲁迅认为,人民群众"是有文学,要文学的"。因而,我在写作中体验到,若对生活不留意,对泥土没感情,或者对泥土上劳作的人和事漠不关心,大脑就会一片空白,提起笔不是写得言不由衷,就是写得一塌糊涂,甚至根本就无法下笔。所以,我说文学的根基是泥土,文学的源泉是生活,文学的目的是为人民服务。

好作品,一定是深入生活、紧接地气的,从情理上正视和回答时代最迫切的精神问题,从价值上正视和回答时代最需要怎样的人。文学原创力的根,深扎在时代生活的土壤里。

坚守文学写作,笔下滴心血。

亲吻土地,真正走进民间;深入生活,倾听大众心声。

贴近底层,吸收清新之风;剖析生活,准确地把握时代的脉搏。

真诚敞开心灵之窗,通过"小地方"的风土人情,"小人物"的奋斗故事,用文学作品折射出普通群众追求美好生活的真切心愿，传递天地人间那温暖、励志、真诚、向善、感恩的精神力量和展现时代风貌。

以文学的名义，让所有读者因为当地的一个故事、一个人物、一处风景，而珍爱这一方热土。

文学写作是有生命力的，我将坚守这一生命的支点，努力写出读者喜欢的文学作品。

陈绪伟　2020年4月16日

目 录

不忘来时路

乡土之地　002

回乡思绪　005

抖落一城春色　009

乡间晚风　012

凤堰这片土地　014

山泉月　017

张家桥工地上　020

故乡渭溪之恋　024

令人沉醉的乡村地名　029

一片金色的田野　033

年轮飞转

泥土人生　036

不是"亲爹"的儿子　039

家乡的念想　041

说年俗　品年味　赏年景　044

小区"郝部长"　048

乡下刘秀才　051

残疾牛倌吴晓松　055

吴老师的笑声　058

非遗的文人　060

谭章国庆回乡记　063

布谷布谷

心动的谷雨　068

又品新茶　071

回忆插秧时节　074

凤堰谷雨茶　078

陕南的五月　081

夏至相约　084

荷花季节　087

又是中秋，又是月圆　091

凤堰秋色　094

龙岗菊花开了　098

雪落汉阴　101

生生之力

记忆城市的乡愁　106
城市的心景线　110
"挤"向城市的血液　113
城南红坎子　116
山城生长的力量　119
金州老城故事　123
八月山城桂花香　128
秋到金州城　131
山城狗年　134
聆听安康变奏曲　137
回到家乡尝新米　141

茶山溪水炊烟

西关石狮子　148
滩上老街　152
留下平房的影子　156
中信和栈人家　159
黄龙庙一瀑三潭之谜　164
两合崖的灵魂　167
马家河桥传闻　170
冬天疙瘩火　173
秆秆酒香了　176

钱鹤年题字"双河口"　180

素心如兰

一盆兰花　184
天上落下的花　187
一览我渺小　190
双河口石板瓦的记忆　192
汉水客家人　196
母亲那把棕叶扇　199
鸡年往事　202
花甲本命猴年遐想　205
该说说老黄牛了　208
流水悄然远去　211

江河荡清风

冬窗夜色　216
祈祷的夜　218
亦问茶何　221
冬天的底色　223
书生意气　224
童心共春发　226
腊月的年味　229
情缘平利　232

年味在心里 235
关爱身边的河流 237
心空，星空 239
采风 242

七月半 290
有感《孟子》一书 293
站在太空看汉阴 296
醉美汉江 300

月光淌过山川河流

文开心扉一盏灯 248
"三沈"四季 250
阅读的力量 254
寻求感动空间 257
文学之花春开艳 260
修心养性得始终 264
这条路要常走 267
冬读诗词不冷 269
风景错过不再涂抹 272

春去春又回

宅看窗外春色 304
生命的教科书 306
雨水过后是惊蛰 310
春分一抹听花开 313
面临亲情的抉择 316
时至清明祭英烈 320
孝道与家训 323
陈氏家风代代传 326
早安，安康 328

代后记：文学让心灵绽放 331

一城楚韵伴秦水

心中放歌的日子 276
九月教师节的祝福 278
牵手诗意的新年 280
你好，汉阴 2018 282
汉阴这样"闹"元宵 285
家风是最初的信仰 288

003

不忘来时路

乡土之地

回到乡土之地，总是我节假日的期盼。

2015年的元旦三天假期，我坐班车，再搭乡下高中同学的摩托车来到南山的红安村。别看同学都五十八岁了，那摩托车在七弯八拐的通村公路上骑得风驰电掣，他还一个劲儿地嘱咐我"手抓紧，别害怕，稳着呢"。

摩托车在红安梁上停下，一抬眼就看见七十九岁的谭叔在刺骨的寒风中，一下一下地给开着粉红色花的茶园松土。他那细心劲儿像在给自己的孩子收拾尿布一样，将地里的石块和杂草一点点除去，又将撒到路边和滚到坎下别人家地里的泥土一点点收集回来。我在路边看了好一阵，他都没察觉。老同学对我说，他爸这几十年来都是如此，若是夏季下大雨把坡上的泥土冲走了，他一定要在河沟里重新把泥土挑上坡，一点儿不少地补回来。同学一席话让我感慨：这乡土之地是乡里人心尖上的宝。

城里人或在城里工作的人大都在这时休闲、娱乐，以及外出旅游、观光。可我来到这久别却熟悉的乡村，我曾经随父母下放到这里劳动十三年的乡村，地里田里坡里到处都是挥锄劳动的景象。我不理解地对同学说，这都啥年代了，乡里人还这样爱土如命，真让我感慨、羡慕、敬仰不已。老同学拍拍我的肩膀说，土地在乡下老一辈人心里的概念甚至超过了金钱、儿女和未来。他们守望着土地，就像守望着一堆宝藏，就像守住了一辈子的幸福。

我明白老同学的话，因为我也感受到了。

记得我下放到这个乡村的时间，是物资极度匮乏的20世纪六七十年代，对于乡下孩子来说，连口饭都吃不饱，哪里有猎奇"大千世界"的电视机，哪里有各种各样的儿童玩具，更没有手机电脑上的"机器猫"。他们出生在乡村，从小就在泥里摸爬滚打，泥土就是他们的橡皮泥，他们可以将其任意揉捏成自己想象的样子，可以是会说话的小狗、会飞翔的小鱼、会游水的小鸟，也可以是打妖怪的孙悟空、抓特务用的驳壳枪。泥土是有魔法的，他们用泥土创造了山里的童话和奇迹，泥土成了乡下孩子们奇幻莫测的梦想世界。

老同学与我同岁，生长于乡下，是乡下人的缩影。早在年幼时，他就学着父母的样子耕耘土地了。在冬天凛冽的风里翻土、在夏日炎热的阳光下除草、在土地里与旱灾和洪涝争斗时，流下过艰辛的汗水和辛酸的泪水。在一年四季日复一日的劳作下，稚嫩的脸庞愈加沧桑成熟，纤细的胳膊愈加健壮有力，蹒跚的步履愈加坚定执着。土地上的他们就这样渐渐长大，付出辛苦的劳作，收获珍贵的粮食，然后用这些米啊面啊去给心仪的姑娘下聘礼，在喧闹的唢呐声里，在杯盏交错间，在七大姑八大姨的声声祝福中，组成了一个新的家庭。从此，他们同朴实贤惠会过日子的或者与不大贤惠一点也不会过日子的婆娘，结合在这片土地上。

走进老同学家里，大堂屋摆了几具棺木，正在油漆。我问老同学：这是在给谁家做木匠活？他连忙说：哪里哪里，是我父亲和院子里几位老人，觉得自己有些挖不动土、背不动粮食，饭吃得越来越少，而话变得越来越多了，现在他们也不过六七十岁，突然着急起来。这不，10月份就催促儿女们给自己造一具好棺材，还亲自在高山上选了笔直挺拔的柏木，叫我劳神找木匠做好，叮嘱要刷上黑里透亮的漆，好好存放着。前几天还拉着儿女去自家的田地或者林地里，请阴阳先生看了，说是找块风水宝地，若自己死了就埋在那里；甚至让儿女们给他们把全套的寿衣——衣、袜、鞋、帽一样不少地都买好了。一切准备妥当，他们才会安心地扛着锄头继续去地里干活呢。

  于是，我深深感慨：忠于土地，是乡里人理智的本性；归于土地，是乡里人美好的归宿。他们固执地认为，只有尸骨埋于泥土，灵魂才能安宁无忧。看看现在的城市，有的老人随着子女迁往城里，但总是住不习惯，在弥留之际一再要求回归故里。在他们的意识里，只有埋在耕耘了一辈子的土地里，才像是回家一般，幸福而满足；而安于土地的灵魂，才会给子孙后代更多的庇佑和福荫。

  祖国、大地是母亲，我们都这么说。乡土之地，是乳汁，是粮食，是家乡；乡土之地，是精神，是魂魄，是人生。只有乡里人诠释得最真诚。

回乡思绪

题记：不知什么原因，就那样回到了乡下。走了一遍走过的乡路，看了一遍看过的老物件，想了一遍想过的风景。也就那样回到了城市，满脑袋乡下的东西，趴在桌子上记下点滴……

大崖窝

在城市里说大崖窝，没有人知道是啥，解释了也想象不出是啥样子。家乡的大山里，每座山都有一处这样的地方，是人们适时依赖的栖息之地。

山大，人户就稀，家与耕地相隔较远，大崖窝便是理想的免费驿站。干活累了，就近歇口气，抽袋烟，不操心日晒雨淋。清早上山砍柴的人，遇到冷不丁偷偷来的一场大风大雨，赶紧就近在此躲一躲，还能尽情享受雨中清爽，欣赏雨后彩虹。放牛娃更是悠闲得很，把牛吆喝进山里，自己钻进大崖窝，尽览树下牛吃草，嘴里吹起叶片口哨，引来百鸟共鸣。

一座山，一处崖，崖下凹进去一个大窝，这便是故乡那奇特的大崖窝。大崖窝隐蔽在深林中，有的崖窝还用大石块垒砌起厚实的挡壁,像偌大个房间,过去躲土匪很实用,现在也闻得到人畜的味道。

美人崖有个传说。谭家三姑娘长得太美了,嗓音如百灵鸟一般,因逃婚躲进深山的大崖窝,待众人找到大崖窝时,却不见她的身影,也不知去向。后来,只要是风雨交加的夜晚,就能隐约听见她那美妙的茶歌。人们把她藏身之地称为"美人崖"。至今,人们心中浮想联翩的美人崖的故事有许多版本,却没人说得清谭家三姑娘的美。

故里乡村,随着时光渐渐消失;故里乡亲,随着时代走出大山,搬向川道城镇。

剩下大崖窝,守望在故里。只有我和几位老人还惦记着,时不时聊起过去、展开联想——故乡见证了人们的喜怒哀乐和感人至深的爱情,一切都是纯真的。

栖息地迁移了,生活格式化了。"大崖窝"一词,以后也会被抹去吧。

故乡路

"少小离家老大回,乡音无改鬓毛衰。"走得再远,总会记得故乡的日子和乡音。客家人有家训言:千年风筝不断线,万年不忘故乡人。情感是这样,生存依然是这样。

故乡的鸟,秋季就开始飞离远去。春天来了,这些鸟又都飞回来。秋去春来,鸟是念及故乡的,去得再远,也不会忘记回来的路。

故乡的狗随主人外出,无论跑多远,一路上它都会选取适当地点或物体,适时撒些尿,留下自己的味道,就记住了回家的路。

　　故乡的人，有"不到长城非好汉"者，闯出了一片天地，大志终成。但他没接走故乡的父母儿女，说自己出去"功成与否"，都要留一条回家的路。

　　记得故乡原三官殿道长说过："智者走得再远，也不忘来时的路。"阐述智者人生，其生存的智慧就是不能忘记来时的路。

　　历史，用事实证明一个个忘了来时路的人，不管他走得多远，最后都以毁灭告终。

　　现实，用铁证惩戒一个个忘了来时路的人，还没等他走多远，就将他律之以规、绳之以法。

　　初心，就是不忘来时的路，清清楚楚知道从哪里来，坦坦荡荡知道到哪里去。

　　不忘故乡路，初心当谨记，宁静可致远，厚德能载物。

心中景

　　枞树包下的针叶落满地，似乎很久没人来过。满枝新绿的针叶，像放射状的光标，很有个性、很扎眼。几个崽娃子嬉闹着爬上枞树一起掏鸟蛋的情形如今已找不到了。

　　那边，几个穿红色连衣裙的女子，舞动在绿色的山林小径上，举着长镜头咔嚓、咔嚓拍个不停，陈家垭子的大核桃树、张家梁子钥匙头的土墙瓦屋、金竹垴的蛇鸦雀……没有不摁快门的理由。

　　来得正是时候，山间泉水叮咚，山沟溪水清澈，山中草木茂盛。剩下几处人家，正忙碌着搬家下山，留下的风车、手磨、木筲、拌桶,当然还有竹编的鸡舍、石砌的猪圈、木搭的牛棚等,似乎顷刻间成了文物。若是来迟了,这些农具、家具的摆放,畜禽圈舍搭建的原型,就会错位、残缺以至于消失,此时抢拍很正常。

故乡风景的时间节点,正是这个季节。

只可惜,我没带相机,手机也没电了,与几位女士合张影也算奢侈。

作为合影的谢礼,我又率众人去探险塞牙砭、滴水崖。这是回故乡原来的必经之路,现在有通村公路,老路荆棘草木覆盖,早已没路可走了。摄影人难以抑制好奇心,将钻进悬吊锋利的崖齿间、斜进狭矮陡峭的崖碥、缩进崖缝岩石间的我和几位女士,都一一拍下。此时,听着动听的滴水声,享着清凉的水雾,观着崖上的雨帘,我的内心如千帆过尽般安静。

这里的树、这里的水、这里的生物,一切坦然地在此处安身立命。此刻,一切都被记录在相机里。以后,只有大地储存记忆——年年春华秋实,那一年的秋却一去不返。

故乡风景一般,上不了大影展,景色却在我心中永留。

抖落一城春色

窗外的鸟叫声揭开了黎明的神秘面纱，催醒了我的梦。月河岸边鹅黄的柳枝上，一群鸟儿抖落翅膀上的露珠，叽叽喳喳地互相问好，分享霞光带来的快乐。

我感觉春天来了，却全在不经意间。一阵微风，抖落了一城春雨。雨后艳阳高照，街巷的天暖起来了，月河的水绿起来了，城乡人的心晴朗起来了，精神也格外抖擞起来了。

河滨路健步公园的小草睁开了惺忪的睡眼，用力地伸着懒腰。龙岭山岗上的桃林花红映面；麒麟朝阳洞上的山坡梨花似雪；北城街迎面而立的桂花树吐露新绿；古城墙斑驳的砖苔柔润返青；月河穿城而过的围湖，垂柳吐芽随风拂岸；凤凰大道两边的香樟荫浓滴翠；人行道密植的樱花粉红似霞。地处秦巴山区的汉阴县城，就这样挥毫泼墨描绘出春的篇章。

山城的世界，仿佛笼罩了一层淡绿的轻纱，七街八巷零星地点缀了一些斑斓的色彩，人们不由得开始忙碌起来。

一大早，冷清寂静了一个正月的菜市场，菜贩、村民挑着担子来了，鲜绿的油菜薹一斤一捆，嫩翠的韭菜两元一把，水灵灵的萝卜三斤一袋，扫码支付，不收现钱。从南门、从北口进城的人，一改坐车习惯，走路、骑上单车来上班。推迟开园开学的幼儿园、学校，老师们已经开始打扫卫生，清理教室，分装课本。部门联镇包村的干部,已准备好把化肥、良种运送下乡。在这万物萌生的季节里,在这充满希望的绿色里,在这生机盎然的春光中,山城与花鸟树草一起惬意地呼吸着庚子之春的气息,尽情地吐故纳新……

迎着东方霞光,横卧老街的古城南墙,砖缝中开出许多不知名的小花。城墙东南角的文峰塔,顶端一簇四季青,有鸟立枝而鸣,朗诵一城最佳春色诗篇。登塔楼而俯视全城,城中心文庙里的两棵古国槐,彰显出难得一见的青春气质。文庙前的"三步两拱桥""爬柏灵雀树",幽静俊逸。据县志记载:"清康熙四十二年(1703年),修黉宫(即学校),后雍正九年(1731年)重修黉宫。"碑记"起凤腾蛟,英才蔚秀",意在办好学校,人文蔚起,英才辈出。古今恒一,办好教育,乃是一县振兴之大政,谁也不会等闲视之。

纵目远眺,南大桥下,一脉活水带着潮汛从西而来,让人联想起佳句"天空玉带落此处,地上一川名月河"。从秦岭而来的支流观音河,穿过四拱大桥,在县城西关热烈地拥抱月河,冲起白浪飞花,唱响一曲春天的颂歌。城南新区披上了充满现代气息的新装,文化艺术大厦那十二民俗浮雕,无声地注视着这满城的春光与人流。雨水节气雨骤来,凤凰山的山绿了,国家森林公园的林更翠了,时有烟笼雾绕。一副"龙腾北岗灵月水,凤舞南麓秀古城"的楹联,让人读出几分炫耀的味道,也让人读出醉人心扉的味道。

雨后的凤凰广场,石板地面纤尘不染,亮光闪动,带给人圣洁、舒心的感觉。环绕广场的绿地,小草茸茸一片。那些方形、圆形风格迥异的休憩小亭,静寂中散发出怡人的气息,在这春雨时节格外吸引人。广场中,几个老人背着手,兀自踱步;几个儿童在草地上疯跑嬉戏;东北一角,几个姑娘把花伞撑在桂花林中,像是撑起一朵朵彩色的蘑菇;时有鸟儿于枝头上啁啾,在林间自由飞翔。

我们宅在山城,脚步无法踏遍万水千山,心却可以飞越整个春天。居山城想着海角,心中是一片天涯;居山城想着春的绚烂,心中便是一片繁华;居山城想着天下最美的风景,人就到了梦想的桃源仙境。

这个春天,把一切灾难踩在脚下,把生活化作春天的模样。让生命的气息,像春风一样温暖,像春花一样喜悦,像春雨一样博爱,像春光一样奔放。

乡间晚风

独自一人走着，小路向农舍蜿蜒，狗吠声不息，还有虫鸣，夕阳悬在山梁上，摇曳的枝头像花一样动人。这时刻，乡间绝美。

此时的太阳退去刺眼光芒，羞涩的圆脸比玫瑰笑得还灿烂，将天边的晚霞渲染成橙红一片，柔红掠过树梢，铺进沟河，袅袅炊烟，闲庭信步地向山的那头渐渐隐退。

河沟边，高矮不齐的一棵棵老槐树立于风中，窸窣作响。地边的南瓜花、豇豆花、茄子花已经盛开，坎上坎下的地块，一片黄，一片白，一片紫，黄的温和，白的朴素，紫的雅致。打动了我的心，想接近它们，抚摸它们，但又怕惊扰这一片花的宁静自然。

6月的稻田，精气神十足。碧绿的秧苗，正是发蔸分蘖疯长的时节。根向泥底深扎，蘖头冲破包裹，拔节出七八个苗，竞相争抢阳光雨露。一阵晚风吹过，一坡一壑一坝一湾的稻禾如波似浪，与河沟梁上树叶的窸窣声，此起彼伏地哗然作响。

这乡间景色，是大自然蓬勃的一抹生机。

几年都没来过南山金凤村老同学克资家，院坝边拴着的大黑狗，用一双透着凶光的黑眼狠狠地盯着我，张着大嘴不停地吼叫着。老同学大喊一声"叫啥叫，卧倒"。大黑狗吼了一声，低头摇着尾巴卧在坎边。坎下是菜园，齐刷刷的豇豆像一排排全副武装的士兵，在晚霞中是那样威风凛凛。房后便是山了，南山属于大巴山系，山虽不高大险峻，但纵横交错，绵延不断，有"看山近走山远，喊得应见面难"的说法。这二三十年退耕还林、封山育林、工程造林的努力，让山更绿了，水更清了。一阵晚风吹过，听，山林异口同声轻声细语地吟唱起了《夕阳红》；闻，空气中一股一股捎带着淡淡的清香味；想，这就是一种极度的宁静致远和朴素的情怀吧。

坐在宽敞的院坝中，山上山下的一切清晰可见。这山是一座坐落于秦巴山脉之间的凤凰山，这院子是凤凰山南麓渭子溪畔金凤村四组的谭家院子，典型的清代建筑风格，房舍都背靠山岭，依势而建，中间平坦的地方是水田，两边缓坡的梁埂是旱地。

七八声鸟鸣，三两阵犬吠，耳边是从溪沟中吹上来的呼呼风声，带有泉水的一丝丝清凉，更多的，却是烦躁、繁忙被释放后的心情——坦然、自由、松弛、宁静……

凤堰这片土地

这片土地，是大地浮雕；这片土地，是山河魅力；这片土地，是雨水灵魂；这片土地，是风云奇迹。汉阴凤堰梯田这片土地，2019年被国务院核定并公布为第八批全国重点文物保护单位。

置身其中，如临人间仙境。山、水、田、屋、寨、村、庙，在这片土地上融为一体。梯田密集、形态原始、线条流畅、山光水色，在这片土地上交错纵横。黄龙沟、茨沟、冷水沟、龙王沟四条溪水潺潺而歌，自流灌溉而长年不绝。泉涌的沟谷水雾缭绕，汉江蒸腾起浩瀚的云海，流云奔涌，千变万化，将山谷和梯田映衬得含蓄生动，装扮得婀娜多姿。

来到这片土地，你此生不会后悔，因为你明白了，这是一片得天独厚的山水宝地，是人类认识自然、改造自然、与自然和谐相处的证明，是农耕文化传承与发展的成果。穿行在这片土地，你的人生没有遗憾，因为你见到了别具一格的凤凰云海、双龙戏水、猴山日出、堰坪落日、富硒茶园、群英晨曦、漩涡风情、花屋情缘、石寨遗风、冯氏古堡、凤饮东河等特色风景，见证这里成为休闲养生和摄影、绘画等文艺创作的胜地。贴近这片土地，你会叹为观止，因为你领悟了，这片土地是农耕文化的"活化石"，民族智慧的结晶，天人合一的典范。"木槽接天河，竹筒引龙王"，那样令人叹为观止的创造发明，铸就了大地浮雕的壮美。

这片土地，是秦巴腹地妙趣横生的自然生态美景，具有不菲的美学价值。一年四季，这片土地演奏着高昂激荡的乐章，春花、夏树、秋叶、冬雪那鲜活之美，引舞者来此翩跹，引歌者来此激情引吭；一年四季，这片土地铺开历史自然的漫漫长卷，涌泉、飞鸟、花海、稻浪那流动之美，使丹青圣手慕名来此着彩，使妙笔文人倾注心血来此缀文；一年四季中，这片土地是谜，是梦，细雨、清风、蓝天、云涛那大气之美，引探秘者来此溯源，引梦想家来此追逐。这一切无不激荡洗涤着来者的心灵，给人以纯净快乐的体验和享受。这种民风、民俗与大自然和谐融为一体的山地文化体系，温馨地沁入你我的心田。

在古梯田中潜行的，是歌者的魂，魂牵而梦萦：大自然之造化宛若一则神话，云雾踩着天梯去看月亮，月亮在夜里静听蛙鸣，星星眨着眼睛，喜欢听它们高谈阔论。在古梯田中潜行的，是诗者的胆，浪漫的脑海中，爷爷驼着背，像支拐棍，一杵一个田坎，一直杵到他手上的灯，远远高于那闪烁的星。在古梯田中潜行的，是力与美的结合：从沟底到山顶，曲线交织着向上的田埂，聚火炸石夯泥筑坎，一把锄头，一件蓑衣，记录先民安身立命的足迹；一头黄牛，一叶犁铧，同祖先们一起把一山一梁，一一雕刻。在古梯田中潜行的，是智者的心，能清晰地听到农人打谷拌桶的笑声，能清晰地看到农人满脸的皱纹。踏上这片土地，你将被深深震撼。

还是这片土地，获得了一系列殊荣："国家水利风景区""中国最美田园""国家森林公园""全国首个移民生态博物馆""国家重点文物保护单位"……这是刻印在中华农耕文明史上的"世界移民奇迹"，是人与自然高度和谐发展、人与人和睦相处的古老文化特征，体现的是中华民族核心价值的优秀传统，反映的是新时代人类继承和追求的文明和谐精神。

凤堰这片土地，见证了三百年来湖广移民与当地土著融合的过程。他们让南方农耕文明在北方高山扎根繁荣，智慧地创造出梯田文化。古梯田的发展史就是移民文化的发展史。这是一片神奇美丽的土地，有着历史的古典美，更有着奔放的现代美。

在这片土地上，你沐浴和谐的自然之光，幻化成关于凤堰浩荡而又柔美的记忆。这片土地上，碧空如洗，天朗气清，呼吸畅快，自由自在，可感受凤堰人民的热情好客、以客为尊。

多情的凤堰梯田，是我灵魂的家园；我为这片土地祝福，我愿一生一世守望、呵护它。

山泉月

一

正月十五，月光最亮。夜行僧猫头鹰悄悄地躲进山沟的树林；躁动的花喜鹊，衔来干枝一截，挂在泉边的老麻柳树上，摇动温馨的梦、闪亮冰寒的星。

老苞谷、红辣椒、熏腊肉、豆腐干……在农家门楣两边料理着日子；月亮，在大红椿树上露出笑脸；储藏的种子，在泥巴中使劲地睁眼；依恋的一对影子，惊动了泉溪的波光。

站在巍峨的群峰之上的月亮，心思和期盼，都寄托在枝叶上。迎春花、桃花、李花、油菜花，花瓣花蕊擎举变幻的月色，吮吸雨露，正讲述一个美丽的故事。

寒退月暖，春风撩人，山泉响了。

二

此季的月亮，弯成了镰刀，把燥热勾起。

黝黑菜籽、金黄麦穗、甜秆高粱，卧倒在弯月的怀里。一梯梯一沟沟的洼田上，萤火虫举起小灯笼，关照在稻叶上甜睡的红蜻蜓。不懂事的青蛙，在田坎上鼓起肚皮，仰天长鸣，呱呱呱地将美梦惊扰。

一张桌，摆在院坝中；一壶酒，斟在洗过的瓷碗里，晃荡着醉人的月光，撩拨着超凡的梦想。划拳打杠子，侃谈男人女人，念叨家事国事……天上挂月，地上落心。

苦了累了的犁头、锄头、扁担、箩筐、草帽都歇息在墙角，安详地披一身轻柔的月光。

一条大黄狗，蹲守院口，左顾右盼。

三

满月带着静静的微笑，把人间遥望。

月色，在石缝中挤出的，是一首沧桑的诗；在草坪上冒出的，是一幅动人的画；在悬崖上飞出的，是一道绚丽的景；在河水里涌出的，是一支激越的歌。

房前屋后的桂花开了，山妹、山姑、山嫂、山娘的思念，核桃、板栗、橘子、月饼、秆秆酒……举头望明月，低头看桌上，一把椅子、一双筷子、一个瓷碗、一只酒杯都空着，是那个走不出城市迷宫、辨不清彩虹霓影、离不开钢筋水泥、挥不去风霜雨雪的心上人！

月亮当顶了，离人流出两行清泪；别再发呆了，老人夜半一帘梦醒。

山泉月，映山明水，冰清玉洁。

四

粉艳的茶花、土法烤的烈酒,香气在坡梁沟壑上飘荡,牵挂着回家路上的晚归人。

农家院的喧闹,杀年猪的嚎叫,山路上的雪霜,都拥在斑驳的柴门口,高的山、矮的坡、大的狗、小的猫似的身影立在院坝前,期盼的目光撑着天上那一盏不灭的灯。

一首山歌,唱了一千年的山歌,从山梁上滑下来,滑下白银一满院。

群山不语,泉水息声,月亮偷乐。

张家桥工地上

横跨渭子溪的张家桥,是民国时期大财主张家修建的。人民公社时期,那桥就成了河东三个生产大队的社员到公社、赶三官殿集市,以及娃子们天天上学的必经之道。

1966年城镇居民下放,我们几家迁移到这里。每逢夏季涨水,张家这座石板桥因桥身太矮常被淹没,不顾危险强行蹚水过桥的大人和娃子,失足落水被冲走淹死的悲剧时有发生。我们几个返乡知青深感改建张家桥迫在眉睫,于是就上书人民公社,公社领导很快做出了决定。

过去乡下干许多事,都是借助乡土名人土法上马的。这年立冬时节,几个乡下把式的泥水匠、石匠、木匠,在原桥的位置上比比画画后,认为张家桥东面的火石崖石质自古就是修桥的料,于是,公社决定就地取材,还征集各生产大队的精壮劳力,会聚在这东面山麓。一阵阵叮叮当当的锤打铁钎子声,接着一串串开山炮响,拉开了改建张家桥工程的序幕。

那时的工程没有预算,公社只提供爆破炸药,队里记工分,伙食自带,工期要求赶在第二年洪水到来前完成。我们几个返乡知青做烦了生产队的农活,想图个新鲜,主动要求到修桥工地来,得到了公社领导的支持。

工地上社员们拼命实干、以苦为乐的劲头,感动并影响着我们。见啥做啥不挑拣，苦活重活不抱怨，成了我们内心的标准，我们尤其喜爱参与打炮眼。"这打炮眼既是力气活，又是技巧活，一人掌钎，一人挥锤，锤要打准，钎要把稳，打一锤，钎一转，配合很要紧，不然出危险。"老队长手把手教我们。

那时缺粮，家里送的不是红苕稀饭就是苞谷粥，哪抵得住长时间的锤起钎转；更为难忍的是，抡锤的手起泡又磨破，掌钎的手震痛又震裂，寒风还飕飕地吹来。可当看到社员们始终那样挥汗如雨地抡锤，喜笑颜开地掌钎，群情激昂地干活，我们自然也就无颜叫苦。也许是不熟练、没技巧的缘故，我们几个知青联手还没上两个炮眼就觉得没力气了。这时，一个身穿补丁衣衫、满身泥土的矮汉子，一瘸一拐地走过来，望了我们一眼，不言语地径自接过钢钎，量了一下深度后，在满是厚厚茧子的手掌中唾一口口水，便有力地插戳起来，掏出一大堆石屑后，起身吹起哨子。我们知道这是要装炮了，是撤离的信号。

他是炮手，叫王殿寿，三十多岁，单身汉，因他走路总是一瘸一拐的，我们都叫他跛哥，他不介意也不答应，总是一笑了之。装炸药雷管、点导火索都是他一人的事，每次炮石场上众人远远地躲藏好，才看见他不慌不忙地点好导火索，虽然一瘸一拐但很快地跑到安全区，随后，就是连续几声惊天动地的巨响……

修桥歇火（休息）之时，大家总是三五一伙地坐在一起闲聊，劳动虽然单调苦累，但男女社员之间常打情骂俏、吹牛说笑、谈古论今、问理讨教。

那天中午，太阳暖暖的，歇火时大家坐在一大堆炸开的石头上。我们好奇地围在一位七十多岁的老石匠身边，公社人都叫他陈师傅,他身材消瘦,脊背微微佝偻,头上盘着一根花白的辫子,彰显着他经历过的沧桑岁月。他眨巴着一双患严重沙眼病的红红的眼睛,吧嗒着长烟锅向我们打开了话匣子。他说这张家桥原是他爷爷主持修建的,几十年来洪水都没冲垮,如今为了娃子上学安全,在原址上加高加宽很有道理,公社这些大人很有眼光,所以他也心甘情愿来出把力。接着他问我们他说得对不对,我们连连点头。他话锋一转,说道:"我没念过啥书,你们年轻人读的书很多,想请教几个问题,好吗?"说着便将目光转向我们。

我们不免都有些惶惑,请教我们哪承受得了!大家面对这位走南闯北的石匠,都拱手垂头对他说:"担当不起,我们向您老人家学习,请您指教!"

陈师傅在石头上漫不经心地磕出烟灰,又摁上叶子烟,问道:"你们说说看,这世上什么东西最大?什么东西最深?什么东西最长?"

我们几个你望着我,我望着你,顿时体会到自己学识的浅薄。我们的样子逗得社员们一阵嬉笑。有的说天最大,有的说海最深,有的说河流最长。我赶忙给老师傅划着火,点燃烟,说:"还是陈老师傅见多识广,您就给我们说说吧!"

陈师傅吧嗒吧嗒抽了几口,吐出一口烟雾,环视了大家一圈,认真地对我们讲:"天是大,但不是世上最大的东西,有句话说天大不算大,人心比天大,俗话还说,人心不足蛇吞象。最大的,是人的心啊!好事坏事都在人心上,可见最难满足的是人心呀!"他又吧嗒抽了几口烟后,郑重地说:"海再深也是有底的,学问这个东西有底吗?人一辈子不仅要活到老学到老,而且祖祖辈辈都学不完,你们说是不是啊?"他的眼睛布满了血丝。"那最长的东西是河流吗?"我们接着问。

"最长的东西不是河流，应该是路。这路，你一辈子也走不完啊。哈哈！"老人爽朗的笑声，直击我们的心灵。

三声哨响，又该上工了。老石匠一席充满哲理的话语，久久地在我们的耳边萦绕。我们深深感悟到——知识源于自然，智慧集聚民间。

故乡渭溪之恋

故乡渭溪，是我打心里爱恋的地方。每逢回故乡，都是归心似箭。虽然儿时随父母下放来到这里，劳动生活了十三年，恢复高考后离开，但我永远不会对这儿陌生，永久不会忘记这儿，她就是我一生的故乡。

故乡渭溪，地名虽不大气，却也饱经沧桑。六千多人口，散布在四十三平方公里的群山中，是典型的穷乡僻壤。她随着新中国而进步，她随着改革开放而发展，如今这里已有了天翻地覆的变化，一个拥有时代特征的美丽乡村正在崛起。

渭溪地名，源于渭子溪这条河。它从凤凰山铁瓦殿南面的五棵树下清亮甘甜的地涌泉而来，潺潺流淌到曹家沟聚成溪水，绕乡政府半圈再往南去，贯穿全境后归入汉江。渭子溪是故乡的一条主河流，长年流淌，四季变换着容颜。春夏之季，河水充盈丰满，映照山色；秋冬之季，河水清浅消瘦，风韵天成。渭子溪，站在岁月的尽头，袒露大山的心胸，弹奏最强的曲调，一路欢歌笑语，一路前行不息。

渭溪这方土地，很早就有人类居住。早在七千多年前，汉江边上的阮家坝，就有先民生活。1981年，国家进行文物考古时发掘出大量的磨光石器、陶鬲、瓮等文物残片，属新石器时代的夏商村落文化遗址。此外，北靠凤凰山余脉的黄泥梁，土丘斜坡中发现有大面积瓦砾层、红烧土、炭渣、陶器残片，属秦汉时期的村落遗址。杨子明沟上的财神庙，由杨氏家族建于唐代，神像下的底座有"天祐（唐末年号）年杨氏供奉"字样，可惜未保存。乡政府驻地的三官殿，是两进院的清代建筑，天官、地官、水官神像高坐后台大殿中，大门前有一个大场地，对面是一座高台戏楼，很是壮观。此后，在全民办学时，三官殿拆除改建成了学校。凤凰村的林家堡子，闽粤客家大围屋风格，堡子分外围、中围、内围三道石墙，如今已是残缺不齐，但尚有遗存；内围有花岗岩石条砌成的正门（南门）、东门、西门，南门保存基本完整，石条上"致祥堡"三字还清晰可见……总之，踏上这片土地，似乎就走进了历史的时光隧道，给人带来许多奇思妙想。

  我喜欢在溪边漫步，远望群山连绵，绿草如茵，如黛的火石梁、金鱼山两峰之间，白云时起时伏。山梁下的农家房屋，青瓦白墙、错落有致，如一幅浑然天成的山水画，时不时有人点缀在画中。夏天，我喜欢在溪水中捉螃蟹、摸鱼，感觉非常惬意；冬日，我特爱在暖阳下晒太阳，感觉是那般亲切、温暖。

  这种亲切与温暖，在1976年初夏体现得真实朴素。记得那年，全县首届农民运动会的篮球赛在渭溪公社隆重举行。十五个农民代表队的分组赛，须有三个标准化篮球场，渭溪人一个月内就修整完好，验收合格。全公社三百多个劳力，记工分自带干粮，白天顶着烈日拼命干，夜间打着马灯、手电，推着架子车连夜奋战；一车车细沙黄泥拌石灰的三合土，厚度比技术员要求的标准还高，牛拉石磙子碾第一道，人力石夯踏压第二道，最后用手工扇板子打实拍平，就那样齐刷刷地扇拍出平整而弹性十足的三个篮球场地。那时公社没有客房，驻地没有旅店，乡机关干部、教师、附近大院子家庭，都洗净床被或购买新被单，腾出宿舍、教室、房屋让运动员住宿；虽然那时生活很困难，但也要杀猪、宰鸡、摸鱼改善伙食……渭溪人心中只有一个心愿：让远道而来的农民运动员精神十足地参加比赛，对这里的人留一个厚道美好的印象！

渭溪乡贤文化，让我终生难忘。公社很器重乡贤文人，还把从城镇下放到这里的"文艺人"集中起来，以乡土风情和时代艺术为载体，成立公社文艺宣传队。宣传队员白天照样干农活，晚上编排乡土文艺节目，一台节目编排好后，就在夜间挨个儿到公社各大队演出。那时，我作为民办教师也参与其中，认识了晚上演出照明用的"汽油灯"，燃料是煤油，通过打气，把煤油汽化而燃烧，灯泡的材质是石棉，灯光非常亮；对啥叫"穷畅快"体验很深，精神生活很丰富。当时的乡土文艺形式和演艺内容很特别，有编写时政宣传的对口词，赞美劳动光荣的群体快板，歌颂好人好事的表演唱，批评教育不良习气的三句半，表现时代风貌的花鼓小调，学唱革命歌曲和样板戏等。尤其自编自演的《银泉翻波》汉调二黄小戏剧，影响力很大。从大队演到公社，再演到区上，由区上推荐参加全县文艺调演，获得编剧演出双佳的好评。创作背景是公社动员全社人力物力，修建大坝水库，不受益的其他大队怨言四起，其中一个大队用过去受到其他大队的支援而渡过难关的事例，启发教育了所有人，这样由原来的消极怠工、矛盾四起，到调解释怀并达成共识，齐心协力使劲干，终于在夏季洪水到来前，牢固筑成了水库大坝，银泉荡漾起"人民公社好、团结力量大"的碧波浪花。

没有人能想到，通公社（乡）路，通村、环村路，在20世纪70年代渭溪就实现了。虽然当时还是砂石路，却能在那样困难的时期，五年时间全线贯通，是很少见的。记得那是1973年至1978年，每年公社选择冬季三个月与春夏相接的两个月农闲时间，前两年修通公社到区上的公路二十七公里，后三年修建通村环村公路五十九公里。公社聘请县交通局技术员测路线，然后分段分大队组织劳力，劳力队里记工分，炸药和雷管、钢钎和铁锤由公社提供，其他工具自备，提前完成任务并验收合格的给予一定补助。公社化时代，人们虽然吃不饱、穿不暖，但是热情很高。那时期，没有机械，全是人工；没有成品炸药，只能自购硝铵对木屑炒制而成；完全是一场依靠铁镐、铁铲、锄头、薅锄、畚箕、架子车、铁锤、钢钎的人海战斗。我当时是整条线上的记事员，办有《渭溪公路建设战报》（简报），三天一期，公布出工人数、工程进度、好人好事等。一天一个来回，路越走越宽，越走越通畅，我终于从这条路走出了渭溪。故乡很多人，最后都从这条路走出山野，走向全国各地。

渭溪，就是这么一片神奇的土地。这片土地，最早为民国时期汉阳乡管辖的三官保（因原有三官殿而得名），解放初期改名为漩涡区下辖的三官村，1953年更名为三官乡，1956年正式命名为渭溪（渭子溪）乡，1958年改名为渭溪人民公社，划归汉阳区管辖，1983年恢复渭溪乡名称，2000年撤销渭溪乡并入汉阳镇。渭溪成为历史的记忆，渭子溪依然碧水长流，滋养这片土地。这片土地上，还有很多传奇故事，很多能工巧匠，很多风情趣闻和美丽景色，用笔是写不全、写不尽、写不够的。

离别故乡几十年，这里早已经发生了天翻地覆的变化。现在的故乡，掩映于绿荫之间的红砖楼房，早替换了曾经的泥巴墙茅草房。故乡，之所以有许多人走出大山、走向城市、走向全国，就因为这路从过去的砂石路，变成了三级硬化公路，连通县道、省道和国道；水泥路不仅通村通组，还通到农家院落门口。诸多的改变，让人欣慰欣喜，更让人赞叹不已。

故乡渭子溪，日夜不息、潺潺向前，载着家乡的憧憬，载着故乡的希望，也载着时代的浪花，一日千里，永不停息。

令人沉醉的乡村地名

每当我回到熟悉的乡村，心情就激动不已。脚踏入曾经劳作过的田间地头，那沾着泥腥味的感受，那春种秋收的美景，那苦中有乐的浓浓乡情就油然而生，尤其那些乡村地名更让我沉醉。

渭溪乡，1966年我们安家落户到此地，生活了十三年；1978年我高考离别渭溪乡，至今已有四十余年。但脚下走过的山梁坡沟、河溪田地，所有地名我依然说得一清二楚。我知晓这些地名的来历，明白这种叫法的讲究。诸如渭溪乡的名字，就源于渭子溪这条河，这条河水路长，旱不枯，水质清亮甘甜，从凤凰山南涌泉而来，绕乡政府半圈南下，汇入汉江。乡政府所在地的金鱼村，因其依靠的山梁极像一条金鱼，鱼嘴伸进渭子溪水中而得名。乡北面溪头的村，与凤凰山有关，当仁不让名为凤凰村。乡东面的村，所在山坡的岩石为红色，所以起名红岩梁，梁上筑的寨子保平安，起名红安寨，寨子下面这个村就叫红安村。乡政府南面的村，位于渭子溪的中段，就叫中渭村。而渭子溪下段，在即将汇入汉江时，冲出上千亩的一坝田来，这个村就得名大坝村。这样的冠名，与山、与水、与地形、与自然密切相关，让我过目不忘且记忆犹新。

金鱼四队，是我家下放落户的地方，位于乡政府背后的凤凰山腰。一踏入这个队的地界，所经过地方的地名，真让我惊奇不已。从乡政府去四队，取道背后田埂小径，便走进一条沟，路窄沟深人渺小，名为矮子沟。出沟时要侧身经过一道瀑布，名为滴水崖。然后直溜溜地爬过狭长的塞牙砭。过了塞牙砭就上到砭子梁，梁中闪出一个大垭壑，那就是四队的门户院子，六户人家其中四户姓陈，名叫陈家垭子。垭子上面就是枞树包，圆圆的梁包上长满枞树。枞树包的北面闪出一块平地，住着姓任的五户人家，叫任家塂。梁包的东侧就是队里安排我们家居住的地方，叫半边崖，两小间泥巴墙茅草房靠在崖壁上，我们改名叫陈家崖。

乡村中，巴掌大的地方都有一个名字。从陈家崖北上，走不到五十步就进了"谭家院子"，再朝上走百步就是"枫树垭壑"，过了垭壑不到百米远便是"张家老屋"，老屋又叫"敞口屋"。老屋下面一块地，因地边长有金竹，名叫"金竹塂"；左边的小河沟坎上砌有一口水井，叫"水井湾"，老屋人吃水都在这里挑。水井湾上面的坡叫"牛角坡"，传说是老屋的前辈在坡里犁地时，犁出一只牛角而得名。坡的另一面为阳坡，栽植的全是茶树，叫"阳茶梁"。我清楚地记得老屋人说，喝茶就要喝阳坡茶，茶劲足、味浓香还经得起泡；阴坡茶味轻，经不起泡，除非炒老些，可这茶汁又变味了。

最让我意想不到的是，队里的每一块田都有自己的称谓。谭家院子脚下的青石河，在此绕出一溜一溜梯田，田与田过水相连到三队的润家沟口。先辈们随山边、顺河向、就地势而建造出形状各异、大小不同的二百七十三块田，给每块田起了名字，还不重名。上口第一块田叫摸山田，其下依次是二溜田、三指田、四方田、五边田……下口最后一块田叫脚板田。这些田都叫"过水田"，其中的三十七块田有浸水，秋收翻犁后继续水冻，又统称为泡冬田，也是来年的秧母田。山里还有"雷公田"，又叫抢水田，修建在无水源的坡梁间低凹处，顾名思义是靠天打雷下雨才可插秧的田。队里有"枞树包田""阳茶梁田""垭壑田"等三十多处。我经历过，为了跟老天抢水种雷公田，白天且不用说，若是半夜下雨，半夜就得起床，全队上下按原先指定的人户到指定的田，雨越大大家越高兴，出动也越快，挖沟引水灌田。一次雨水不够，就等二次三次，雷声雨点就是号令，不需要谁喊叫，就这样用斗篷遮着火把、掌着马灯，摸黑犁田保水，等天明再赶时插秧。

现在没有渭溪乡了，1996年撤并于汉阳镇；金鱼村也消失了，2006年与凤凰村、红安村合并更名为金凤村。但在我心中，渭溪乡、金鱼村没有撤并，永久留存。毕业后，虽然分配在县城工作，但是每年都趁着节假日，尤其是清明节或小年，一定要开车回到曾安家落户的渭溪乡金鱼四队去。不仅仅是去父亲坟上扫墓（1975年父亲去世安葬在此），更是为了让儿孙们走进山里，抚摸土地，亲近山水，长长"乡村地名文化"见识，了解乡土花草树木，潜移默化地领会"吃苦是福、乡土是根、勤劳是本"的民风民情。儿孙们因地名而好奇兴奋，我也因地名而倍感亲切。

乡村一年一个变化，四十年后的渭溪乡金鱼四队（现叫金凤村四组）面貌焕然一新，变得我都快不认识了。泥巴路改建成三级硬化水泥公路，茅草平房翻新为框架式楼房。原来二百七十一人的金鱼四队，已有二百四十九人搬下山了，七百五十六亩田地退耕还林了七百一十二亩，水泥路通到谭家院坝边。乡亲们那一张张笑脸，无不感动着我。

欣慰之余，却又有一些惆怅。很多已经传承千百年的地名，正在变化中消失或已不复存在。像矮子沟、滴水崖、塞牙砭、大垭壑，一条条水泥路修成后，其踪影全无；退耕还林的田地已是树木葱郁，与山林合体，再也分不清是什么坡、啥子田了；人搬走后的这院子那垭子，已经名不副实了，再过一些年就没人叫，更无人知晓了。乡村地名的记忆，勾起了我浓厚的乡愁，这乡愁与乡土人文息息相关，与乡亲乡音紧密相连，与山水花鸟温馨相伴，这样的乡愁已是一种经久不衰的情愫和一种历久弥新的期许，承载着滋养我的全部。

  乡村地名让我沉醉，因为城市人在节假日纷纷拥入乡村，努力寻找心灵深处的乡土情思。乡村地名让我魂牵，是因为乡村人开始回归、回报魅力乡村，从而自觉形成清新浓郁的乡土气息。

一片金色的田野

每年的这个季节，我都要放下所有的事，到凤凰山南麓的乡村去一趟，与那里的父老乡亲一起，腰脊弯成镰一样，把一梯一梯金灿灿的稻谷收割。今年，秋天又来了，川道那一片片成熟的庄稼，让我无法拒绝金秋的诱惑，再一次翻山越岭去与凤堰的古梯田约会。

爽风吹拂的早晨，凤凰山上一抹秋阳的绚烂，陶醉了广袤的田野。那一梯一梯金色的稻穗热爱沃土，霎时疯染了乡村、沟壑、溪流、农院；那一曲一曲秋歌随风飘来，荡漾在碧蓝的天空；那一颗一颗果实垂挂枝头，板栗咧开大嘴，核桃绽放笑脸，弥漫了山坡、农院；那一家一户的放牛娃牵着耕牛出了牛圈，蹚过麻黄鱼儿欢跳的黄龙河，消失在金色田野的尽头……看着，看着，涌动的愉悦之情油然而生，眼角溢出的喜悦，从象鼻梁一直延伸到猴子崖，那风吹稻浪的谷米香，充盈着这里的空气，在这五谷丰登的乡野里，我的心沉醉了。

走在乡间的小路上，秋韵无处不在飘飞，听鸟语雀鸣，看层林尽染。冯家的崽娃子拽着牛儿出了圈，付家的小女子赶着羊群上了坡，那牛儿的哞声、羊羔的咩叫、公鸡的啼唱、黄犬的吠语，唤醒了睡眼蒙眬的村庄；吴家的老汉蹲在院里抽着旱烟，几个壮汉子撸起袖子抬起拌桶，一群村姑抄起镰刀绾起长发准备下田,赵家的媳妇在房后扯起一捆柴火进屋,此时,山村星罗棋布的屋顶上升腾起袅袅炊烟,那丰收的喜悦就交织在晨霞中。

我立在田埂上,欣赏着乡土美景。金黄色的稻浪天梯般叠升,青翠的菜叶轻盈地摇动,郁葱的菖蒲笔直如剑,随风而舞。一缕晨曦浸染了溪水,一叶扁舟在茨沟库塘律动,一网撒下碧水荡漾,舟上满是那欢跳的鲫鱼、鲤鱼和草鱼,笑声颤动了牛家山。看着一群村姑赶早,在地里采摘着红的西红柿、紫的茄子、绿的西葫芦、灰的冬瓜、青的鹅米豆这些鲜嫩蔬菜,不一会儿就装满了提篮,随着拉鱼的几辆车在村口开动了,她们说着、笑着、显摆着,有的去古镇,有的去县城赶个早集,想着卖个好价钱……这一垄秋韵飘飞,瞬间就从乡里扩散到镇里、城里。

我从垄上走过,太平寨上栖息的群鸟从我头顶上飞过,飞过金色的田间,飞过七彩的坡梁,飞进凤山的林中。那喷涌的一缕秋阳擦亮了山峦,与枫林亲昵交染,猩红缀满了天保寨,银光飞泻龙王沟山泉;那环绕的千层稻菽,如浪滚滚,挥舞云天。看着拌桶在田间移动,我也情不自禁走下田埂,拿起镰刀,弯下脊背,与乡亲们并肩划出一道道优美的弧线,不时也兴致勃勃地舞起穗把,有节奏地挥打在拌桶上,"咚、咚、咚咚……"如一首动听的交响乐,在乡间缭绕传递,稻粒在空中如金雨般闪耀,迷醉了我的眼,也迷醉了旷野。享受丰收的喜悦,体验劳动的幸福,使我徜徉在一抹金色里,深陷其中不能自拔,那原汁原味的乡土情,那无怨无悔的纯朴心,那任劳任怨的归属感,让我的灵魂得到洗礼,让我的愁绪得到释怀。

我回到小路上,晚霞已晕染了天空,一抹秋梦在天幕中旋起。"爸——爸,妈叫你回家吃夜饭了……"冯家崽娃子清脆的呼喊声,在金色田野的暮色中回荡,渐渐地消失在夜色里。

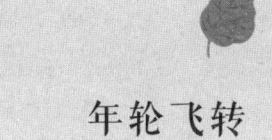

年轮飞转

泥土人生

我住过的乡村，计量时间是通过种一季庄稼、收一茬粮食。春种秋收的盘算，夏暑冬寒的季节，计时一年一岁，便是泥土人生的定律。

季节轮回，泥土上的庄稼，一茬接一茬地生长，一年又一岁地收获，无穷无尽。虽然人的生命有尽头，但在泥土上耕作的人，一辈接一辈，一代连一代，亦是无穷无尽的。这样的人生与泥土永远亲近，即使有人没在泥土里劳作，然而吃穿住行，生前死后，永远离不开泥土。

人生一世，与泥土上的万物相处，须对万物本性有所知，才会顺势而为，功到自然成，否则就会事事难为，半途而废。人生一世，与人相处似乎很难，难在眼见的、耳听的、鼻闻的、嘴说的，都归于心想的。其表面与内心、虚假与真实及言语与行为中的是与非、对与错、真理与谬误，极难清楚地甄别开来。

泥土之地，一直真心地存在着。常言道：农人善待泥土，泥土就会馈赠丰收。孕育生命的泥土，不管你在不在乎她，她的心依然默默地祝福着你。因为你的缘生缘灭，你的祸福荣辱，你的忧患与得失，全都注定埋在生活的泥土里。"花开花谢，叶落归根"，花和叶最终融入泥土，鲜活在自然的生命里。

人一生，如果善待万物，真情走近泥土，真实顺其自然，真诚呵护大地，返璞归真地生活，就会万事如意。人一生，如果待人处世至诚向善、经常换位思考、懂得珍惜，常知足而多感恩，就会拥有许多光彩。

心简单了，一切都会简单，这就是人生的返璞归真。小时候饿了就要吃，疼痛了就会哭，就这么简单。长大了，知道和体验得多了，就会心口不一，就复杂起来了。看人们的生活，穷的时候简单，富裕了就复杂，原因是"饭饱生余事"。再者说，为何智者简单，小人复杂？因为小人总"以小人之心，度君子之腹"，其心复杂，而失去了泥土的纯真。

常言道：生命终结，入土为安。简单也好，复杂也罢，终究归入泥土。我们一边感知一边经历，传统的清明节、中元节、年三十祭奠逝者的日子里，那些以简单或复杂形式表达的追思，都是由衷的怀念、祭奠、忏悔、祈祷……此时的言行，无一不是真情、真心、真意……逝者入泥土，人生全放下，一切皆为空，化成泥土更护花。此时，生者思索、回忆逝者的人生，无疑也是在考究自己的人生之旅——归入泥土，生命无言的结局！

人生的过程，正是像泥土那样：种瓜得瓜，种豆得豆，种什么长什么，长什么收获什么。人生的泥土还分为不同的土壤，不同的种子该种在哪种土壤里，不同的季节该种什么样的种子，都得有个适宜的选择，这样才会种瓜得到像样的瓜，种豆得到希望的豆。否则，就会种什么不像什么，甚至什么也长不出。因此，泥土成为我们生命的根，梦中的摇篮，不论何时，泥土都不离不弃地陪伴着我们。在生命中，我们也陪伴着泥土，泥土让我们有更多生命的宝藏。

人生长在泥土上，对泥土充满激情。正如我生活过的乡村，人们整天都与泥土打交道，翻地、碎土、点种、除草、施肥、收割，再翻地……这样循环往复，生命从没有离开过泥土。于是我们感悟到，整个乡村的农人与庄稼就是这么默契厮守着。不管黑土黄土，也不论春播还是夏种，泥土都先放松，健壮身子，让一切有生命的植物、动物，在自己怀里蠕动、成长、壮大。城市也一样，高大的楼房建在泥土上，宽阔的街道铺展在泥土上，居住生活的场所都在泥土上，一切都离不开泥土。

人生一世，能活多少年，长命百岁的有多少，活出精彩的人又有多少？其实，活得平淡、简单、开心，才是有水准、有滋味的人生。因为，这样的人生就像泥土一样，没那么多患得患失的焦虑，没那些争强好胜的伤痛，没那样攀比嫉妒的烦恼，没那种偏执作恶的不安。人生在世，应该脚踏实地，在泥土上健步前行；保持心态自然，与人为善，待人接物始终友好诚信，在日常生活中寻找美好，在青山绿水中享受乐趣。

人生如泥土，泥土孕生命。我们敬畏泥土，我们敬畏人生。

不是"亲爹"的儿子

腊月二十六,松林村的傻老汉打听到儿子一定回来,就提前来到邝偕坟后的山坡枞树林中等待。

前几年一同出去的傻格和邝偕,在湖南一个煤矿挖煤,每天一班作业。一次正在作业时,邝偕抬头见有煤层冒顶,便猛一把将傻格推出险境,自己却遇难身亡。事后傻格带着邝偕的骨灰回村,在村口的山坡上安葬好后,便去了上海打工。

年年春节,傻格必定要回家,必定先要到邝偕的坟前看看,并对着邝偕的坟头墓碑,把全年打工所挣工钱二一添作五,再起身直接进村来到邝偕的家,将钱亲手送给他体弱多病的老娘。傻格的父亲傻老汉,开始几年并不知道儿子的这种报恩举动,后来从其他打工的同乡口中知道了,心想怪不得儿子每年拿回来的钱不多,有些愤怒。还说邝偕的死是矿上的事,给了他母亲十几万元的抚恤金,还有几万元的安葬费,政府还让她吃着低保,儿子为啥还给钱呢?!

就这样,傻老汉就在这里等。不到一小时,果然看到儿子傻格离开村道水泥路,直奔邝偕的坟前来了。他急忙躲在坟后不远的灌木丛中,只听儿子嘴里嘀嘀咕咕,但不知说了些啥,从缝隙中看到儿子从拖箱里掏出几沓百元钞票,各数了两沓,又各分了十几张,分好一包,装好后起身就走。傻老汉见状立刻蹦了出来，说："娃子，你又想去送钱啊，世上哪有你这样报恩的？这不成了一辈子的冤孽债嘛！"僇老汉一边说，一边上前就要夺钱。僇格被这突然出现的人猛地一惊，死死攥紧钱，再定睛一看是自己的爹，又静静地望了一阵，大声问道："老人家，你是谁啊？谁是你的娃子？"

僇老汉吼起声说："啥？！狗娃子，打工把你打成当官的了，连亲爹都不认了吗？还问我是谁？我是你亲爹！"欲打，又止。

僇格不冷不热地说："老人家，你记错了吧！我姓邝，是村民二组的邝偕！你老人家是三组的，姓僇，你儿子僇格五年前就在煤矿塌死了！就埋在这里，你把他的魂喊出来叫你亲爹吧！"说完，就径直朝二组的邝偕家而去。

几句话，把僇老汉说傻了，痴呆呆地望着儿子的背影……

家乡的念想

原来工作忙，很少回家乡；现在退休了，却又忙着含饴弄孙。家乡的老哥们儿一句话："山猴子，你真的把家乡忘了吗？该来看看我们这些快要入土的老哥儿了呃！见一面就少一面了哦！"他喊着小名，带着埋怨和想念地对我说。于是，我决定独自回家乡一趟。

坐在驶向"南山背"的班车上，透过车窗望着山山岭岭，似乎一见如故。我轻轻叩问自己，家乡是什么？这当作口头禅的词，突然让我的大脑一片空白。家乡，多少年的时光，多少有趣的记忆，仿佛被城市的脚步甩得太远太远。

翻过凤凰山，到达漩涡镇。换坐通村公交车，翻过几道梁，在滴水崖下的塞牙砭停下，因为没有公路了，只得徒步前行。真的多年没来过这里了，几乎忘记这山间小路又陡又窄，曲里八拐，是要攀爬的。十多里泥石小道上留下一个个浅浅的脚印，尘土上砸出一个个淡淡的汗水窝痕，两耳边却传来久违的一阵啾啾清脆鸟语，双目被清风吹过的一座座葱郁山峦所惊艳，一个多小时的经历，才使我慢慢理解到家乡二字的含义。

这种体验，让我想起初到城里，人们叫我"老朳人"的名号。家乡的入口一下豁然打开，一面坡连着一面坡，山坡已是花草树木盖顶，坡底下依然是长庄稼的坡地，我似乎回到了生命开启的原地。一条小溪隔着一条小溪,溪水比过去更汪势①、更清亮地涌向汉江,我仿佛触摸到了身上流动的血液。家乡到了,让我产生不尽的遐想。过去虽然土地很贫瘠,却丰富了我的情感;那时虽然劳作很艰辛,却厚实了我的历练;儿时虽然日子很困苦,却砥砺了我的品行。这片土地,这一方父老乡亲,给了我一生享用不尽的宝贵财富。

快到陈家垭子的茶树包,我见到陈兴良老哥,他肩上担着两筐压弯扁担的苞谷坨子,前面是一个背着大过身子的背笼的孩子。"好稀客哦,你真的回来了!"说着他放下担子,又向前面喊叫:"佩娃子,歇会儿,你陈爷爷回来了。"佩娃子认不得我,直愣愣地瞅着我。他眨动着两只亮晶晶的眼睛,目光清澈,红通通的脸蛋饱含土地的颜色,从他的神态我看到了生命本质的原色。"一定先到家坐坐!"良老哥立马挑起担子,佩娃子也背起背笼,那前行的脚步很溜刷②。走在这枞树砭的路上,我直喘着粗气,想给佩娃子帮忙的客气话都没能说出口。砭子路上,乱石碴子把脚心锥得矜痛③,而我心里更难受的是不知何时,自己渭子溪水一样的坚忍和青石崖一般的刚毅被抹掉了。烦躁、脆弱、冷淡如流行性感冒一样传染了城镇的角落,我也没能逃掉。与良老哥爷孙俩同行,让我深深感受到家乡的含义。

立在砭子上看陈家垭子,看得清飘摇着的缕缕炊烟,听得见此起彼伏的晌午鸡鸣。刚踏上院坝坎,"汪……汪汪……"几声迎主归来的狗叫,把我和家乡拉扯得亲昵而绵缠④。良老哥住陈家垭子正东,土墙瓦房三大间,堂屋中间一张大四方桌,墙东边摆一副手推磨,西墙边烧的疙瘩火熏着腊肉。"你良嫂子已经去世几年,佩娃子爸妈也外出打工多年了,家里就剩下我们爷孙俩。"良老哥一边诉说,一边向门外喊,"山猴子回来了！"不一会儿，垭子人挤满一堂屋，亲热喜气的话堆满了整个垭子。良老哥说，请客不如遇客，那就吃一顿大锅饭。说起大锅饭，那是家乡大集体时最热闹的时候，我就喜欢坐在大灶前，往灶洞里添柴火，听毕剥嚓啦的声响，看那燃烧的柴火释放出生命最后的能量。大灶上做出的米饭，为什么那么喷香、那么爽口、那么惬意！是今天红通通的火光敞亮了我淤塞已久的心绪，才感悟到那是生命煅烧的结晶。

乡亲们家里土灶前挂着一串串香肠，堂屋疙瘩火上熏着一排排腊肉，这是家乡炊烟的味道，更是家乡草木生命的温度！当良老哥端上一碗苞谷米饭，那清香直蹿鼻窟窿，我的吃相引得乡亲们惬意地笑，那笑声塞满整个屋子。他们伸出的一双双手，覆茧、皲裂、粗糙，好像一把把钢锯，割裂着我那温文尔雅的情调。尤其是已年近八十岁的谭叔，那一把白胡须，似一根根银针，质朴而坚韧地扎向我患有城市病的穴位。我终于明白了，家乡人生命力的蓬勃，正是由于那一片沃土！

山滋养着我成长，因为山那边有我的家乡；乡村供养着城市的心灵，城市唤醒梦中的游子回乡；乡土柔化着现代文明的硬度，滋润成一幅田园美景贴在城市记忆里。家乡就那样，有飘不完的炊烟，流不干的河流。

注：① 汪势：土语，形容水势比较大。② 溜刷：方言，快速、利索。③ 矜痛：土语，很不是滋味的疼痛。④ 绵缠：土语，关系密不可分。

说年俗　品年味　赏年景

戊戌雪夜辞故归，乙亥暖阳迎新回。浓情聚欢尽年宵，瑞气祥和国人醉。由于千百年来农耕文化的熏陶，中国人对春节有着浓得化不开的情愫，视春节为一年中最大也是最隆重的节日。元旦已过，除夕将至，陕南汉阴那真真的年俗、浓浓的年味、美美的年景，就那样红红火火地呈现在世人眼前。

欢欢喜喜过大年，对汉阴人来说，不只是除夕夜和大年初一过完就算结束，而是一个阶段性的狂欢活动。从腊八一直到元宵节，人们都在说过年的好话、吉祥语，这既是交流祝福，也是心愿期盼。一切开心和美好都在过年的时候表达和传递、散发和传播。弥漫在春节氛围里的是快乐，是感恩，是憧憬……这便是年俗、年味、年景的呈现。这种年俗与年味往往相映成趣，年俗越丰富，年味越浓郁，展示的年景也就越美好。

年俗，其实就是过年的风俗。它是年文化的象征，记录着一个地方历史发展的轨迹，是地域文化的象征。陕南汉阴，是南北移民的集聚地，年俗就更加丰富多彩了。每到春节前夕，汉阴整个山城就呈现出一片喜庆、祥和而繁忙的景象。走在县城的大街小巷，穿过乡间的村道院落，随处都能够闻到年的味道，感受到年的气息，领略到年俗的景致，心里有种说不出的激动和喜悦。

进入腊月，汉阴人就开始筹划过年，进城上街赶集，置办年货，到处车水马龙、人声鼎沸，这已是传统。腊月初八，依旧是家家"吃腊八米汤（腊八粥）"，它是以糯米、大米、红豆、花生、核桃仁、肉丁等八种食料熬制成的黏糊的粥。这粥不光自己吃，还会你送我一碗，我送你一碗，这叫相互送喜庆送福气；更要用这香粥，虔诚地告慰祖先以示丰收，祭祀天地以慰神灵，祈祷来年风调雨顺。

到了腊月二十三，陕南城乡百姓都要祭灶，过个小年。"民以食为天"，汉阴民间更是对灶王爷极为崇敬。一般人家都会贴灶王爷像，供奉糖果，将剪的彩纸马和折的纸元宝丢进灶膛里一烧，以求灶王爷"上天言好事，回宫降吉祥"。在这一天，家家都是小团圆，过去叫吃顿好的，现在叫搞顿丰盛的。如今祭灶王爷的形式变了，在灶台墙边放个红包，这叫恭喜发财，赚钱有道（灶）。当然，除夕前人们还用同样的形式，把灶王爷重新"请"回来"保平安"，以祈求"物阜民丰"。从祭灶这一天起，汉阴人就忙忙碌碌地开始"扫扬尘"，一直扫到腊月二十八，这样既把房屋打扫干净了，还能扫除灾难。

"腊月二十五，推磨做豆腐；上天看一看，民间多清苦。"汉阴老人们传说，祭了"灶王"，他就会上天替民间说话，玉帝隔日会下界察访灶王所奏。于是这天家家磨豆腐，炒豆渣吃；玉帝见百姓如此清苦，就会保佑来年五谷丰登。到了腊月二十六，汉阴人杀过年猪、吃泡汤肉之风就盛行起来。民谣说："腊月二十六，杀猪泡汤肉；乡亲聚一起，喝顿畅快酒。"这个场面胜于过春节，相当于一场大喜事。杀年猪还很有讲究，不仅要选好日子、看好时辰，请村里擅长"掌刀"的杀猪匠，另外还要找一两个有力的壮汉"帮下手"。拿汉阴民间话说是"好杀猪匠，能多杀出五六斤肉来"。主人会将年猪肉的一部分切成条块,撒上盐,挂到柴火灶上面熏制一段时间,做成腊肉,风味独特,是特产中的抢手货。汉阴杀年猪时也有推磨做豆腐的,将第一刀后喷出的热猪血与刚做好的热豆腐搅和在一起,放些五香调料拌匀,捏成圆馍馍,熏晒成血豆腐干,便成了一道陕南特色的美味佳肴。

还没到年三十,汉阴的街道两旁、月河两岸,已经挂满了中国结和红灯笼。凤凰广场上一群文化人,正聚精会神地为百姓义务写对子送春联。贴春联是过年的重头戏,过去人们再穷也要买张红纸写副春联,贴上门神,祈福避祸。现在更是大红春联贴出来,火红灯笼挂起来,金红福字到家(倒夹)来,烘托出欢天喜地迎新年的热闹气氛。

"有钱没钱,回家过年",是汉阴人诚挚的信念。出门在外的人,怀着孝敬父母、牵挂儿女及与亲人团聚的期盼,风风火火地从四面八方朝回赶。不图别的,就是为了回家和亲人们吃一顿团圆饭,说说心里话。民谚"吃啥不吃啥,聚合一个家",这年才会过得有滋有味。年夜饭前先去祭祖,上坟敬祖仪式格外郑重,这是汉阴人过年的讲究。先孝后悌表达的是对祖先的崇敬和感恩,传承的是尊老敬老的美德。团圆饭,不管菜肴丰不丰盛,讲究的是必须有鱼,寓意"年年有余"。这是陕南一年一度一道特别的风景线,也是汉阴百姓一年中最为隆重的年俗。

新年是孩子们的狂欢日,除了自由玩耍,更吸引他们的当数压岁钱,一声"过年好",大人的红包就主动掏出。吃罢年夜饭就要"坐年庚",有的地方叫守岁,现在是守在电视机旁看春晚。坐年庚中,民间有洗脚的习俗,汉阴人自古相信"三十晚上洗了脚,来年福气顺路和""大年三十不洗脚,干啥都会受磋磨"。所以当夜,全家人都会沐浴更衣,即便不洗澡,但脚必须洗，就图个好运气。年庚子时一过，汉阴讲究放鞭炮"出天星"。家家户户大年初一的第一件事，就是争先恐后地放"开门响"，城镇乡村鞭炮齐鸣，象征除霉消灾、祈福迎新。

"初一不出行，饺子吃一顿；初二拜家门，先走姑舅亲；初三又初四，亲戚朋友等；初五到十五，耍狮舞龙灯；感天又谢地，快乐迎新春；过了元宵节，安心做事情。"这首汉阴民谣，表达了民间闹新春的习俗和寄托。在汉阴，待第一声鸡鸣之后，到处噼里啪啦，碎红满地，灿若云锦，新的一年开始了。男女老少均着节日盛装，个个面色红润，人人喜气洋洋，一脸灿烂，眉眼都含着笑。人们先给家族中的长者拜年祝寿，然后走亲串友，道贺祝福，"恭喜发财""拜年"之声不绝于耳，山城大地，一派喜庆祥和的景象。丰富多彩的娱乐活动竞相开展：耍狮子、舞龙灯、扭秧歌、踩高跷、摇彩船、敲锣打鼓，将年节的气氛推向高潮。这年俗的味道，要过了正月十五，才渐渐地淡下来。

年年此夕费吟呻，儿女灯前窃笑频。陕南汉阴年俗的主线是"团聚"和"团圆"，这是中华民族一幅鲜活的年俗画卷，是移民在集聚交融中共同描绘出来的，早已融入社会和生活的方方面面。年俗多姿多彩，浓浓的年味给予的幸福感，真切而热烈。

时至今日，人们的生活水平显著提高，年俗也增加了新内容，但传统年俗的基调没变，在汉阴人心中深深地留下烙印。年俗，能够让人真切地感受到明天的希望；年味，能够让人对未来的生活产生无穷无尽的动力；年景，能够让人真切地体会到世间人情的温暖与美好。年俗、年味、年景，温暖了中华民族一代又一代人的心。

小区"郝部长"

老郝,水电厂退休工人,住在城郊小区里。他平常爱在小区这儿看看、那儿瞧瞧,还张家长李家短地管这问那。不是物业管理人,却啥都爱管,所以小区人都叫他"不管部的郝部长"。

老郝也是退伍军人,一米八的个子,高大壮实,脸上还总带着笑,小区人都敬畏他。城郊小区有人乱停乱放私家车,他总是敲开门,上车带他们转一圈找到车位。有摩托车没停整齐,他总要一辆一辆摆置好。见到老人或妇女买些东西提不动,他麻利地去帮忙提着送回家。若是哪家的电灯坏了、下水道堵了、煤气灶打不燃了,他知道后都会主动去修理解决好。

有一次,小区西七楼小王家两口子吵架吵得厉害,小王妻子砸烂了阳台窗户,站到窗台上,哭着说不想活了,一副要跳楼的架势,很危险。楼下聚集了好多人,上楼进屋劝说的几个人都怕惹麻烦,不敢去拉。老郝一进屋,瞅准她一扭头的时机,一个侧翻身扑过去,没等小王妻子反应过来,就被抱下来了。他还风趣地说:"两口子吵架不记仇,晚上还是老婆孩子热炕头。"哈哈一阵笑,事就过去了。

"郝部长",小区人见他都这样热情地打招呼,老郝也就默认了。老郝把巡视小区当锻炼身体,若见有不熟悉的人,总要问问；特别陌生的人，他更是盯着人家进哪栋楼。有一天中午，老郝巡视到三十一栋楼时，见有个中年男子很陌生，行踪诡秘地从楼门口走出来，怀里鼓鼓的，心想这上班时间，莫不是……他立即先给门卫打了电话，然后追上去，快到门口，他猛地大喊一声："抓贼啊！"吓得那中年男子突然一愣，然后拔腿就朝门外冲去，却被早已有所准备的几个保安抓住。等派出所来人一审，那人怀里的首饰和现金，正是三十一栋楼十九层张教授家的财物。张教授要感谢他，老郝笑笑说："我是小区人，小区是我家，谢啥啊！"

老郝退休七八年了，两千多个日日夜夜，他就这样默默地守护着小区，这里每一户人家，大大小小都得到过他的帮助和恩惠。人们总想拿点啥谢谢他，他总是哈哈一笑，然后说："我是小区人，小区是我家，谢啥啊！"

这个秋天，突然下起了大雨，十六栋楼前面的下水井堵塞了，老郝冒雨去疏通，结果素来壮实的他感冒了。可能由于年纪大，平时又埋下了病因，在家吃了两天药，不仅没有减轻，还越来越严重了。老婆孩子拽着他住进了医院，在医院他嘱咐儿女们："有人问就说我走亲戚去了。"

小区一天没见"郝部长"，大家心里好像缺了点啥，总觉得不那么自在，问谁都说不知道。凑巧的是，小区有一位医生就在老郝住的医院上班，悄悄把这信息传出去了。

小区人觉得机会来了，第二天的早上、中午、下午就像安排好的那样，你来我往地拥进老郝的病房，还一个劲地"郝部长好""好多事多亏部长帮忙啊"，慰问的小红包一个一个地往他枕头底下塞，还没等他回绝，来的人就转身走了。晚上他在红包上记下了名字。

接连几天，"郝部长""郝部长"那热情的问候声，持续不断。

　　住一个病室的病友，由开始的羡慕，到暗暗嘀咕，后来直接实名举报——"一个叫'郝部长'的大领导，竟然公开在病房受贿……"

　　感冒住院的老郝，就这样莫名其妙被带到监察室。不到十分钟，老郝笑呵呵地走出来，还有专车把他送回了医院。

　　在车上，老郝心里总想笑，笑自己还当了一回大领导哦！

乡下刘秀才

20世纪60年代，我随父母下放到边远乡村，认识了刘仲信。那年，他初中毕业返乡务农，成了生产队最有文化的人，人们都叫他"刘秀才"。"刘秀才"就这么叫开了，"刘仲信"就没人知道了。

那个年代我们那儿不叫村，称生产大队，一个大队要管十几个小队，刘秀才自然就当了大队的会计。后来大队又改为村，他的职务还是会计，一干二十多年，直到1996年撤区并镇合村，他才没再干了。二十多年的会计，他反反复复地经历了对账、查账、审计，他的账目就像他的人一样实在、清白。

刘秀才的为人，多半体现在写对联上。平常，队里修房造屋、红白喜事，写对联都是他的事。尤其一到腊月，生产队家家户户轮着找他写对子（春联），甚至其他队的人也都来找他。那个年代乡下人都穷，可是再穷过年也要买张红纸写副对联贴在门旁，红是传统的喜庆，联是来年的期盼。刘秀才懂得山里人的心思，老早就把大小毛笔、墨汁准备好，还在报刊上抄些应时的春联，买些红纸备用。小年一过，他白天照常在队里干活，晚上就忙这一件事。于是，他家堂屋的土墙上就钉了一排排木钉，木钉上拴拉一条条草绳，草绳上挨个挂着写好的春联和没来得及写字的红纸条幅。队里有的人家会把春联纸裁好，拿来让他直接写就行了；有的人家把红纸拿来，说声请他写，放下纸就走了，彼此习惯了也就不见外。放下的纸，他会在纸角上打个记号，然后按纸张多少，谁家门的大小、养没养牲畜（养了要写槽头兴旺），很认真地给人家裁好写好，晾挂在草绳上，等他们自己来取。队里特别穷困的十几户，刘秀才就用自己买的红纸，一一裁好、写好，让儿女给这些户送去；对几个五保户，他还亲自上门去贴好。

刘秀才有才，也体现在这写对联上。他写对联不仅有一套，而且很用心。队里有人在池塘边修房造屋，他根据地势撰"门对青山五谷地；户纳绿水四塘池"。六十花甲的生日在乡下很要紧，是生命的延续与轮回，无论穷家富户都要做寿。那年他给张合大爷写的"甲子张新新甲子；春秋合度度春秋"就是"藏名联"。山里人家住得分散，每年家庭也有变化，这春联该写啥，刘秀才都会一一琢磨，为每一户特意写每一副，他除了在现成的对联素材中精选外，还要自编一些楹联。比如，冯姓高姓夫妇家住在山对面，他就编写一副"门对青山日日红；屋绕翠竹节节高"（联尾字谐音两人姓氏）的楹联。陈家小伙子刚娶了李家姑娘，这新婚家庭的对联，他煞费苦心编一副"成家当思创业苦；立户更知劳动甜"（联头字谐音两人姓氏）勉励联；给军人家属写"军属门上光荣匾；战士胸前英雄花"；给五保老人写"党恤民、政安民，民无所虑；你敬老、我尊老，老有何忧"等很有意义的对联。每年三十晚上，队里人都要打着灯笼来他家串门，说些拉家常的话，屋子里满是幸福的笑脸。

刘秀才爱才，也舍得财。考上县级高中的他，因为家庭困难没去上，所以他返乡第一句话就是，队里不管谁考上高中，他愿资助一半的学费。过了几年，队里真的考出了一个县级高中生，他不仅拿出一半学费，还亲自买了日用品送人家去县高中上学。每当高中生放假回乡，他就跑去找人家问长问短，谝这谝那，见人就啧啧赞叹说，与高中生聊天，就是长知识、长见识！后来那高中生又考上大学，因家境困难上不起，他硬是找公家寻亲友说好话请求帮助，还从家里"抠"出钱来，一直支持到大学毕业。乡亲们和家里人对他为啥要这样做都迷惑不解，不免生出一些闲言怨语。不管别人怎么说，山里培养出第一个大学生，刘秀才心里就有一种无以言表的畅快。

刘秀才性格耿直，让人放心又叫人难堪。他当会计不仅账目一清二楚，而且自己也一清二白，账目随时看随时查，没出过问题，队里村上都很放心。但是，谁要他记假账、搞虚报，或占集体利益，他都会毫不留情地抵制，有时还公开反对，很多时候让队里村上的干部难为情，甚至很尴尬。一位退职老支书说他：在职他让我受到了很多表扬，又让我挨了许多次批评，最让我满意的是退职时，因为他，我没有一点儿经济问题。我看过一次他的账本，里面有一张夹条写着："我当会计，账要清楚，人要清白，上有原则，下有底线，保住良心。"另外一件事，是有一年，他在去镇上的途中，遇到一位晕倒的老人，便及时拦了辆过路车送到镇上医院，还垫上五百元医药费，由于医治及时，老人得救了。过了几天，这事登上了报纸，标题是"救人于生命线上"。他在村部看到了报纸后，就打电话给报社，说有这回事，但具体过程不真实，有四处要纠正：一是老人是晕倒，不是摔倒跌伤不省人事；二是不是我背了十几里路到镇医院，而是拦了辆车送医院的；三是不是垫了一千元钱，而是五百元钱；四是我不是没留名，而是留了名字，我害怕不留名走了家属误会，公安找我麻烦。电话打过后，写报道的记者真的来他家赔礼道歉，说为了抢新闻，觉

053

得这事迹很有现实意义，就将听说的情况编写了，没实际采访，请他原谅。

这就是我认识的刘秀才，他的趣闻逸事还很多，只怪我记不住也写不好。我知道他学历不那么高，做事也不那么圆滑，谈吐更不那么流畅，但他是一个真正的乡村文化人。

刘秀才，一脑壳的乡土文化，一手的行楷好字。他人虽已入土为安十年了，"刘秀才"之名在乡下人口中仍常常念叨，在我的记忆中也永远抹不去。

残疾牛倌吴晓松

所有的胜利，与征服自我的胜利比起来，都微不足道。所有的失败，与失去自我的失败比起来，更微不足道。这就是一个残疾牛倌——吴晓松的信念。

我认识的吴晓松，今年三十七岁，家住汉阴县漩涡镇大涨河村，先天性的右上肢有臂无手，一出生就是个残疾人。当他七岁时，弟弟来到这个世界，然而他弟弟还没满三岁，母亲就因病离世。是体弱多病的父亲，独自一人把兄弟两人拉扯大。

面对生活的无奈，作为长子与长兄的吴晓松，便承担起家庭的重担。他对未来的生活有梦想，所以决然选择坚持；他的人生有挫折，却依然坦荡坚强；他的生活有坎坷，而他仍淡然地微笑面对。

见到吴晓松，我的心里是那样酸楚。因为家境不好，又因为手臂残疾，吴晓松只上到小学三年级就辍学了。想出去打工，却由于劳动不便，处处受到限制，只有待在家里。看着孤苦的父亲，想着年幼的弟弟，一个"活"字，让残疾的吴晓松有尊严、有信仰，更让他有了精神支柱。人在旅途，谁都难免会遇到一些无奈的事。所以我祈祷：求上天保佑他健康快乐，祝愿他生活得美好。

在吴晓松看来，身体的缺陷，不能成为他奋斗的阻碍，而是上天给的另一种考验，即使失败了也不会气馁，坚信成功就在彼岸，这就是吴晓松不畏困难的信念。2006年，他向亲朋好友和左邻右舍借了些钱，买了一头母牛悉心饲养。为扩大规模，吴晓松借用邻居的公牛与自家母牛进行配种繁育，2007年，母牛产下了一头小牛，他的生活从此有了期待。

一个人只要肯努力，就没有干不成的事情；在有理想的地方，地狱也会变成天堂；在有希望的地方，痛苦也会变成欢乐。身残志不残，只要努力加油，明天将会感受到太阳的温暖！吴晓松就有这种追逐梦想的精神，就有这种呼唤生命的自立。他挺直坚强的脊梁，撑起自信的天空，挺起乐观的胸膛，就这样勇气倍增。

熟悉他的大涨河村村干部说："吴晓松虽然是残疾人，但他很勤快，为了一家人的生活，他吃的苦、受的累、忍受的痛，正常人难以想象。既要种地，还要养牛，但吴晓松和他父亲从来没有主动找过镇、村干部寻求帮助。"

镇、村干部看到吴晓松一家勤劳辛苦，就积极主动帮他家从漩涡镇农商银行争取到五万元政府贴息贷款，希望他继续扩大养殖规模，还派畜牧专业技术人员帮他解决养殖相关问题。可是要强的吴晓松只贷了三万元，他想通过自己的劳动解决发展资金。"现在有些人总想着依赖政府扶持，而吴晓松的行为，给其他人做了不等、不靠、不要的励志表率。"村干部这样评价他。从零开始养牛，吴晓松经过十多年努力，养殖规模扩大到二十多头，年出栏肉牛三四头，还有鲜奶的收入。他自强不息的事迹，受到了周边群众的啧啧称赞。

身残心不残，自立志弥坚；生活处处难，毅然无怨言。靠着自己的勤劳，吴晓松家的日子开始逐渐好转。去年，他被漩涡镇评为"自强标兵"，他自强不息的事迹也在全镇得到广泛宣传。为了扶持吴晓松扩大养殖规模，汉阴县残联奖励了他一万元，他创办的家庭农场也得到了镇上两万元的政策资金扶持。今年初，吴晓松又在县里的脱贫攻坚大会上受到表彰。

如今，吴晓松的养牛事业正蓬勃发展。从残疾人吴晓松身上，让人联想到：世界上，有的人缺少健全的身体，有的人缺少金钱，有的人缺少智慧，有的人缺少力量。但是世界是公平的，失去了多少，就会得到多少；身体残疾，但是多了坚毅；行动不便，但是多了自信。有梦想，就能过得开心；有追求，就能活得精彩；有理想，就能过得充实。

残疾人吴晓松身上，闪烁着为梦想而自强不息的光辉。

牛倌吴晓松，用奋斗书写身残志坚、脱贫致富的传奇。

吴老师的笑声

教师节快到了,而吴老师在第一个教师节前就走了。所以这几天我夜夜做梦,梦里全是吴老师曾经的笑声:豁了牙的嘴张得大大的,国泰民安的时候他笑得满足,吃穿不愁的日子他笑得开朗,校舍敞亮环境优美他笑得幸福……而他最真实的笑是在那艰难岁月里。他那爽朗的笑、自嘲的笑、调侃的笑,让我感到生命的睿智、敏锐、坚忍、乐观和力量的无穷。

吴老师初中时教我们语文,第一节课他选读鲁迅先生的《从百草园到三味书屋》,时而看书读,时而眯眼背诵,当背诵到"笑人齿缺曰狗窦大开"一句时,吴老师那豁了牙的大嘴,远比课文中之狗窦还形象。同桌的丁孝弟天生是捣蛋鬼,故意做狗窦大张嘴状,与老师对峙,我忍不住扑哧一笑,逗引全班大笑,吴老师也笑,直笑得他满是皱纹的脸上泪花涌流……

吴老师爱笑归爱笑,对学生要求还是严格的。那时抽背课文,谁要是背不流利,不仅要罚站,还要重背三遍。有一次早自习,他把我叫到教室外面,抽背他悄悄发给全班的《唐诗三百首》,在20世纪60年代,这样的"教学相长"行为,确实担着极大风险。当我轻轻松松背出了《长恨歌》《蜀道难》时,吴老师威严的目光马上变得和蔼,黝黑瘦削的脸上露出满意的大笑，然后叮嘱我说："唐诗、宋词，乃中华文化中千古之绝唱，熟读牢记对今后大有益处。"吴老师的苦心教诲让我铭记终生、受益终身。

低调的吴老师，那年的事虽然发生在小镇上，可还是出了风险，学校不再让他教书，而是负责打上下课铃（那时房檐下吊一块铁板，上下课时用锤子敲）。他为了不耽误早起，就想进城买个闹钟。戴顶草帽一身农民打扮的他，三块五毛钱买了个大闹钟，他调侃地笑着问营业员"能不能搭个小的（指手表）"，营业员瞥了他一眼，看他是个豁豁牙，没生气反而取笑地说："乡巴佬买菜啊，你啥时不露大牙，就搭给你。"他刚回到学校，就不知谁又告他欺辱营业员群众，其罪名又添一个，学校就让他回家了。那时我们家从城镇搬进边远乡村，一天，我去拜访穷困潦倒的吴老师，老师遂叫师母摆饭：桌上一碗坛子泡菜、三碗稀溜溜的苞谷粥。吴老师自嘲曰："今日倾其所有，设宴款待得意门生，休嫌怠慢，请坐！"言毕，露牙大笑。师母在旁趣言随来："你老师准备请你到国营食堂去吃碗面条，可又怕你先掏钱了哟！"哈哈哈哈，老师、师母和我一齐大笑起来。

一梦十年，国家恢复高考，人们梦醒后各自寻找人生轨迹和坐标。我正想圆自己的大学梦时，就收到一封厚厚的挂号信，里面有吴老师手抄的高考复习提纲，信上千叮万嘱要我一定参加这样的公平博弈，并说只要去考，就一定能考上。老师的勉励令我感动不已，一场拼搏，终如老师所愿。老师知道了我考取的信息后，让师母将他露出大牙灿烂大笑的照片寄给我看。

一晃几十年过去，吴老师也已仙去多年了，但他生命中好学的信念已潜移默化传递给了无数个学生。中华文化之所以源远流长、生生不息，就是因为有这样的老师、这样的师魂。

非遗的文人

　　非物质文化遗产可以保护,可是逐渐消失的乡下"文人",是无法保护的,我称他们为非遗的文人。
　　他们是一群什么样的人呢?是乡下半罐子晃晃荡荡的文人。是功名考不取、秀才当不上,还喜欢舞文弄墨,又能说会道的人。他们能种地,但抬石挑粪不行;能下田,但犁田打耙不行,只能干手边轻巧的活。这群文人,大多人瘦体弱,却长得清秀,有些斯文,眼睛不近视却买副便宜的眼镜戴着,装模作样。
　　我结识的乡下文人,从不写文章,不求功名,因而,啥报纸、啥杂志、啥电视上都见不到其名其人。但他们却有自己的书房,挂着自己工工整整写的"淡泊明志",至于淡泊啥、明啥志,他们什么也说不清楚。
　　在乡村里的文人,一般是主红白喜事的、代写书信的,或是算命看风水的。他们喜欢读书,却不赶时尚,不赶潮流。所以爱读古代的《三字经》《弟子规》《聊斋志异》《增广贤文》那些书;现代的爱读鲁迅的《野草》、郭沫若的《蔡文姬》、巴金的《家》、沈从文的《边城》等那些似乎过时的书籍。有时就是一本农历,一样读得津津有味。他们读书,不图目的,没有选择,见啥读啥,通俗的、故事性强的首选。所以，他们从不关心这个"笔会"、那个"讲座"，从不参加这个"评奖"、那个"大赛"。

乡下文人在台面上是卑微的，在乡村却是风光的。比如，谁家的老人走了，请他去写家祭，这可是讲究活儿，这家祭，就相当于城里人的悼词，可比悼词要求更严，因为要押韵合辙。记得20世纪70年代就在我下放落户的渭溪乡，金凤村九十二岁的谭大爷走了，当时号称头号文人的张大眼镜给写的家祭，让全村人听得泪流满面，哀叹半年之久。要是逢年过节，乡下文人更是抢手人物，编写对联、撰读书信，那是家家排队、户户邀请，接去送回，相当荣耀。

好一口酒，是乡下文人的自信和自满，只要有酒，办事成事都是义务的。当然他们喝的不是舍得、老窖，更喝不上五粮液、茅台，喝的是乡下人自己烤的秆秆酒、苞谷酒，最好的是拐枣酒。乡下人都熟悉他们，都尊敬他们，因而他们可以随意到烤酒的人家去接原浆酒喝，刚出槽嘴的酒酒精度高达六七十度，一碗下喉，燎烧一肚。可他们就爱喝那烈性似火的酒，就像渴饮山泉一般，安然得忘乎所以，自豪得如沐春风，美得笑荡山峦，走一家喝一家竟然不醉。

酒一上头，乡下文人就会打开话匣子，讲起"自从盘古开天地，三皇五帝率领民众开创了中华上古文明"等那些今古传奇。要么，话说当年，李世民火烧赤壁，那个杀人啊，如割茅草……因为喝了酒的乡下文人，常把唐朝的故事讲在三国，把明朝的大将说成宋朝的人，大家心里偷笑，但绝不打断，任他讲得摇头晃脑、手舞足蹈，大家也听得津津有味，笑得前俯后仰。

足不出户，天上事知道一半，地下事全知。这是对乡下文人的评价。他们说远近发生的故事，说得有名有姓、有根有据、有声有色。乡下人听多了，似乎是知其然不知其所以然，于是每次都爱听，次次都有新奇感。

时过境迁，我离开乡下三十多年了，记忆中的乡下文人，一辈子没有做过什么大事，所以县志没留下大名，我只隐约记得某些故事，是谁讲的也忘了。再下乡去寻找他们，听说先后都去世了，留下的几本破书，其儿辈们早就当废纸给卖了，孙辈们连他们的名字都不知道，这让我很遗憾且失望。

我遗憾，乡下的文人就是一册乡村的史记，虽然历史记载得很粗略，可他们活得很详细、很真实，因此反而容易被后辈遗忘。

现在我才领悟到，乡村的文人在过去一代代延续，是因为他们对生活没有多大奢望，只图他人需要、自己快乐、自由自在而已，所以在经济、信息爆炸的时代必然逐渐消失。

乡村的文化薪火，还能一代代相传吗？我回答不了，只能惋惜了。

谭章国庆回乡记

开着奇骏车的谭章，行驶在高速路上，趁着国庆节回家乡，看望离别已久的乡亲们，还想为家乡建设再多捐些钱，心情是无比高兴。

扫视车窗外，一路风景如画，他感叹昨日今朝大不同了。车离家乡越来越近，他脑海就浮现出六年前国庆节开车回到家乡的情形。那时，沙石公路只通到乡政府门前，熟悉的乡亲们早已在那儿等候。一下车，大家热情地围着他转，刚取出车里一份份礼品，马上就被"瓜分"了。眼见当时乡村的苍凉、生活贫困的乡亲，他心里感觉很不是滋味。

谭章的村子，不仅边远偏僻、交通不便，而且还是县上有名的特困村。他离开家乡到南方去创业，历经艰辛的拼搏，终于事业有成，还当了老板。随他而去的父母经常提醒他："做人莫忘根本，富了不忘乡亲。"于是，他便尽量多地回家乡，既看望乡亲，又带些人外出创业。特别是六年前，他回到家乡，捐资修建了一座通乡混凝土拱桥，彻底解决了村里娃子上学、乡亲们出行的困难，所以很受家乡人爱戴，得到了镇里、县里领导的赞赏，还隆重接待了他。对此，他既心安理得，也暗自高兴。

一天半的路程，奇骏车开到了乡政府门前，一个指路牌，让谭章眼前一亮,宽阔的通村水泥路,直接延伸到偏僻家乡的村落。谭章早就用手机联系好了的乡亲们,今天在这里却一个也没见到,他心里不免有点失落。眼前乡政府原来的小院坝,如今变成了宽敞的休闲广场,一排排常青树随风摆动,似乎在向他招手致意,低落的情绪多少有了些安慰。他继续开着车,驶向那条熟悉而又陌生的通村大道,一路秋风徐徐,一股股稻香钻入鼻孔。透过行道树的间隙,记忆里的泥巴墙、草屋、瓦房,都不见了。映入眼帘的是并排、成街式的两层、三层,甚至是六七层崭新的楼房,矗立在金色田野与山水丛林中,好像精心设计的园林式城镇特有的景观。

车开到了村部,"嘀嘀、嘀嘀",谭章特意按了几下喇叭,兴冲冲地下车,等待乡亲们热情地迎接他。然而,没有一个人赶来。不一会儿,有几个乡亲来到村部,见到他,笑脸盈盈地招招手:"你稀客啊,回来了!"打个招呼,还没等他提出礼品,就进村部办事去了。他那热乎的心,又一下子凉了半截。村干部听到他回来了,赶忙出门亲热地招呼他,请他进村部坐坐,这才让他那冷落的心渐渐又热乎起来。可是,谭章万万没想到,当他提着几份礼品,走进村部送给那几个乡亲时,他们不仅婉言谢绝,还麻利地离开了村部。他欲把这些礼品递送给村干部时——"昨日今朝事不同呃!你的好意我们心领了,村部都有监控哦,不能让我们犯错误哟!"村干部严肃认真地劝解道。这一下,谭章感到很尴尬,失落的情绪似乎恶化到了极点。他不禁想,这也才六年没回家乡,当年乡亲和村干部亲近自己的情形,如今咋都不见影儿了呢?

村干部看出了谭章的疑惑,麻利地说:"请先坐下,喝口热茶。"随即双手递去一杯茶。缭绕的热气,似乎温暖着秋凉,也热乎着谭章凉冷的心情。他没落座,眼见村部原来的柴凳子变成了牛皮靠椅，心里不免疑惑乡亲们的现实生活，迫不及待地想知道情况。村主任猜到了他的心思，笑容满面地指着墙上"美丽乡村建设规划"说："昨日今朝大不同啰，咱村这几年的变化，可以说是日新月异。这全因为党和国家的扶贫政策好，去年村上就摘掉了贫困村的帽子，乡亲们都脱贫致富了，都过上小康生活了呵！你带的那些礼品，村里超市都有，今非昔比呃！"说到这里，一位老大爷走了进来。他认得，是原来住一个院子的张叔，手里拿包红彤彤的"中华"，一边散烟一边说："我就知道，今年国庆七十周年，侄子该回家乡看看了。昨日今朝大不同啰！你的车不仅能开到村里，还能开到老家院子里呢！坐小车不是啥新鲜事了，你看我就是坐儿子的车来接你的。"说着拉起谭章的手，就往村部门外走。

　　谭章坐上张叔儿子的车，沿路仔细看着家乡的变化。一路上，张叔喜笑颜开地说："昨日今朝大不同啊，你看村部东边的一片新厂房，原来那是十年九不收的雷公田，现在办起了专业养殖场。"指着梁上一片林子说："原来种啥都不长的荒草坡，现在变成了板栗园。"又指着岭子上一大片原来荒掉的黄板梯地说："这儿前几年就变成了中草药种植基地；老院子两边河沟的几百亩水田，现在是公司承包，生态有机稻谷种植示范园，农户既收土地费又给公司打工，挣双份钱呢……"张叔正说得起劲，开车的儿子插话道："这几年，不仅党和国家扶贫政策好，而且县里、镇里和村里派来的扶贫干部也扎实，既苦抓真干实帮，又挨家挨户宣讲新民风，扶贫更扶志呃。穷怕了的乡亲们，赶上了好时机，这脱贫致富的信心和干劲，就特别大……"

　　谭章一边洗耳恭听，一边仔细向车窗外看，这道路、这山林、这田野、这房子、这车子、这家乡人，真的是昨日今朝大不同,今非昔比了!喜悦的心情无以言表。乡亲们脱贫致富,过上了美好生活,更让他无比自豪。刚才的失意、失落和疑惑,就都一扫而空了。

　　车在老院子前停下,谭章和张叔下了车,就见三五成群的乡亲陆续走过来了。提着竹编篮子的、拿着藤编花瓶的、捧着木雕画屏的,也有提着几块腊肉的、抱一大罐拐枣酒的,还有背着一口袋新大米的,带着浓厚的乡情,赶过来看望他。他们得意地说:这些工艺品,都是咱自己的手艺;那些土特产品,也是我们自己生产的,请谭老弟带回南方去品尝品尝、使用使用,也帮家乡推介推介……可当谭章想把准备好的礼品送给乡亲们时,他们却摆摆手一溜烟儿地走了。见此情形他就急了,提上几份礼品追了几步,就被张叔大声叫停了:"追啥呀?!谭家侄娃子呦,老皇历该翻过去了嘞!你那些东西,如今家家都有,而且存得还多呢……昨日今朝大不同啰!"

　　眼前满屋的工艺品和土特产,正是家乡奇迹般变化的展示,更是乡亲们如今过上美好生活的见证。昨日今朝大不同啰!家乡话说到谭章心坎上去了,今年国庆回乡,心情无比愉悦,感觉分外爽亮!

布谷布谷

心动的谷雨

传说谷雨节的来历很多，据《淮南子》记载，仓颉造字，是一件惊天动地的大事，黄帝于春末夏初发布诏令，宣布仓颉造字成功，并号召天下臣民共习之。仓颉造字功绩很大，黄帝褒赏金人，他不要，只想要五谷丰登，让天下的老百姓都有饭吃。也就在当晚，天上下了一场不平常的雨，落下无数的谷米。后人因此把这天定名谷雨，成为二十四节气中的一个。

二十四节气宛如大自然的二十四个孩子，有男有女。像立夏、小暑、大暑、寒露、霜降、立冬、小寒、大寒这一类节气，肯定是男孩儿；那谷雨，肯定就是个女孩儿。你看这两字组合在一起，是怎样水灵，透着说不清的柔情和俊俏的娇气。谷雨之时，天降甘霖，浮萍滋长，布谷鸟轻拂羽翅，吟唱着"布谷布谷"。而传说中，炎帝最小的女儿名叫女娃，也就是人们熟知的精卫鸟，飞自发鸠山，化作布谷鸟。布谷鸣叫，除了向人们传递及时耕种的讯息，更蕴含一份看得见的动感、听得见的音律，形成谷雨时节独有的交响曲。

谷雨，一个淋漓缠绵的时节，一个播种希望的时节。春季谷雨节气的到来，意味着寒潮天气基本结束，气温回升加快，特别有利于谷类农作物的生长。谷雨时节，春意已浓，正是"雨频霜断气清和，柳绿茶香燕弄梭。布谷啼播春暮日，栽插种管事诸多"的时候。轻盈的雨滴,把峰回路转的山水引入奔腾的血脉;憧憬的种子,把千姿百态的柔情投入厚重的怀抱。这有点儿像二八佳人,心间怀春,憧憬和期待着爱情的到来。谷雨正是这样的少女,让所有的心儿被激荡,所有的情儿被撩动,所有的期盼在等待,所有的灿烂在孕育。

生长在乡村里,"谷雨下秧,大致无妨""谷雨前后,种瓜点豆"这样的民谚,小时候我们跟着大人们当歌来唱。那时对下秧不下秧一类的农事,自然不那么留意,而对种瓜点豆不仅很关心,而且还很期盼。因为那时又穷又饿,指望种瓜以后有瓜吃,点豆就有炒烧豆子填肚子的期盼。看着种子下地后,就开始了漫长的等待,等待种子发芽破土、生长茎叶、苞蘗开花、生蒂挂果,直至瓜熟豆落。现在想来,那时久久的期盼过程,感受是那样兴奋和香甜。

离别家乡许多年,从农村走进城镇,从农活转换为文字工作,谷雨前后,总会怀念当年的时光,总会把谷雨想象成清纯的花季少女,一颗会飞的心常在故乡的田间漾来漾去。

山花烂漫、斜风细雨、春茶翠绿,这一切也正应了少女的性格。"不风不雨正晴和,翠竹亭亭好节柯。最爱晚凉佳客至,一壶新茗泡松萝……"(郑板桥《七言诗》)这个时节采的茶,正应了谷雨这个节气,缘理被称为谷雨茶。与明前茶相论,谷雨茶水中造型更窈窕,口感馨香更浓郁,而成为茶中的佳品。手捧旗枪或是雀舌,于氤氲的香气中,我总会莫名地想起那生瓜[①]的甜蜜、焦豆[②]的美味。不管他人怎样想,我始终认为,那生瓜、那焦豆,还有这春茶,全是谷雨这个女孩儿馈赠的佳品。在物资匮乏的年代,生瓜的甜填满了幼年渴望的心,焦豆的美味让我满足,让我幸福。而在今天,旗枪或雀舌的香,抚慰了我的浮躁,让我清神,让我宁静。

二八佳人谷雨，少女般的青春弹指一挥间，一转眼就成了大姑娘，该嫁出去了。这谷雨一出阁，就进入立夏三把黄了，"算黄算割"催收的杜鹃，鸣叫声遍布山村乡野。站在夏日的门槛里，在百谷张望的天空下，回想谷雨，让哭泣停止，让欢笑扬起；让丑陋消亡，让美丽绽放；让铺天盖地的爱情纵情歌唱！这就是上天赐予的，充满并透彻心底的——希望。

　　时到谷雨亦满春，桃李花谢蒂果孕。茶形窈窕心动香，丽盖天下生氤氲。

　　注：① 生瓜，指还没成熟就摘来吃的瓜。② 焦豆，指小时总是炒得焦糊的豆子。

又品新茶

又到采茶季节，清香已弥漫人间。又是新茶品尝佳期，饮者又该频频咂嘴。

茶，为何而饮？唐代茶圣陆羽曰："茶者，南方之嘉木也。……茶之为用，味至寒，为饮最宜精行俭德之人。……与醍醐、甘露抗衡也。"（《茶经》）茶是南方的优良树种，由先辈人发现，因为它的性味极寒，最适合注重操行和品德的人饮用。其效果与醍醐、甘露不相上下。先辈人发现，把水烧开再煎煮茶并试饮后，对身心有益处，而慢慢将其传入寻常百姓家。

言说喝茶，最为寻常不过了。但从"至若茶之为物，擅瓯闽之秀气，钟山川之灵禀，祛襟涤滞，致清导和……中澹间洁，韵高致静。则非遑遽之时可得而好尚矣"（宋代赵佶《大观茶论》）之言中，我们可以观察、窥见一些生活之道，领悟到在生活中应学会享受过程，品无用之用，体味生活中的淡然之美。这种美在于：茶作为大自然的产物，凝聚了山川的灵秀与气韵，蕴含着美好的品性，它驱除了胸中的郁结，荡涤了心中的愁闷，带给人们清新而平和的心境。这样饮茶，内心就会淡泊安闲，气质就会坦然高雅，意态就会镇定宁静，这就是我们饮茶所能够得到的情趣。

若有一款茶能代表家乡，我得说"天宝贡茗"富硒茶。汉阴茶生秦巴山间的凤凰山脉，茂密的森林覆盖，黑色的沙石泥土饱含硒元素，汉江月河两川孕育出色泽碧绿澄亮、气味清香沁鼻的"天宝贡茗"茶叶。种茶的历史可追溯到三千多年前，《华阳国志·巴志》等史料中有明确记载，园茶在西周已成为朝廷贡品。在天宝年间，汉阴郡守在清明前用快马将由少女在凤凰山间采摘、茶农瓦片烘烤、中指揉搓制作出的"茶芽"送达长安献给宫廷，宫廷将送达的贡茶，于清明之日先荐宗庙，然后分赐近臣，并以茶开宴赏赐，茶成为皇室喜爱的珍品。因长安人把饮茶叫作"茗饮"，故而赐名汉阴"茶芽"为"天宝贡茗"。传说李白渴饮"天宝贡茗"而醉，诗兴大发，挥毫写下"云想衣裳花想容，春风拂槛露华浓。若非群玉山头见，会向瑶台月下逢……"的千古绝唱。如今，"天宝贡茗"已通过国家级鉴定，人们无不在品评"盛唐气象"之清香情韵中，去努力实现民族复兴之梦。

如今，闲暇时相约几个人喝茶闲聊，在闲聊中沏茶、看茶、品茶，也别有一番风味。华佗《食论》中写道："苦茶久食，益意思。"即长期饮用苦茶，有益于提高思考的能力。浓茶淡水，苦中溢香，细斟慢酌，看的是茶，饮的是茶，品味的是生活也是人生。浓涩人生，好茶必然经历寒花干枝雨叶，即先苦后甜的磨砺；清淡日子，也叫二苑子茶，春雨春风春阳，即和风细雨的沐浴；一日三餐的五谷，笑看人生的五味，都在茶中化作浓淡，就如"三沈"走出汉阴，在社会变迁的日子里，体味生活的味道——浓有浓香，淡有淡趣。因而"三沈故里"的文人，便在八小时之外，不是读书就是看报，不是在电脑前写作就是在笔案上练书法，即使在一个人的空间里，有"贡茗"新茶就浅尝，无"贡茗"新茶时，"贡茗"陈茶也会浓酌。

饮茶，不管是浅尝还是浓酌，都应多多享受过程，体味生活中亦甘亦苦的况味。老子言"见素抱朴，少私寡欲"，启示我们应如没有染色的生丝，清静无欲，守其纯朴，方可现其本真，方能体味到生活自然之妙味。所以我们行走在路上，应淘洗功利的杂念。喝茶除了可以让我们学会去功利、享过程，还可以让我们懂得品咂生活中"无用之用，方为大用"的滋味。正如周作人先生所说："我们看夕阳，看秋河，看花，听雨，闻香，喝不求解渴的酒，吃不求饱的点心，都是生活上必要的——虽然是无用的装点，而且是愈精炼愈好。"看风吹云散，听鸡鸣犬吠，思雨后天晴，游山川城乡，读中外书籍，撰文稿笔记等，虽无物质之功用，却能丰满厚实和启迪浸润人的精神世界。由饮茶之观，让我们得知生活之道，从而学会体验人生淡然之美。

一杯清茶，取天地之灵气，汲日月之精华，采嫩芽之新绿，品人生之余味，让我们感悟到自然的朴素和清淡。在茶的潜移默化中，抛弃一些虚华的雕饰，镇静一些焦虑的浮躁，固牢一些张扬的底线。正所谓：海居低处纳百川，淡极始知花更艳。

茶亦醉人何必酒，书能香我无须花。生活本是清淡色，人间原味自然茶。

回忆插秧时节

每当听到布谷鸟鸣，脑子里就响起队长那"开秧门"的吼叫声，情绪就亢奋，手掌就发痒，脚板就欲动，就向往潺潺的溪水、爽朗的清风，就向往蓝天白云、层层梯田、欢声笑语，还有那汗水与老茧。

又到插秧时节，自己虽然早已远离了庄稼，但心底对农事农活有一种无可抗拒的亲切感。记得队长说：稻谷要丰收，育秧头道口。育壮秧，先要选向阳又日照长的地做秧母田；再是秧床要犁耙整平，挖沟做畦，以三尺宽分箱；接着要晒箱，浆板后浇上优质水粪或细土粪。整秧母田的同时，要选种泡稻，用淡淡的石灰水把稻种浸泡在木桶中（杀菌防病），约一个对时；然后捞种焐芽，用竹筛捞出稻种堆放在地上三四天，让它自然升温发芽；等稻种露出芽尖，就将秧芽匀播在秧母田上，黏上浆板后灌满水。这些事，生产队都是选有经验的老手来做，育秧大意不得，否则会耽搁全年的收成。

秧芽在畦箱生根，长高了就该晒水了。所谓晒水就是放干秧田水，让婴儿般的秧芽充分沐浴温暖和煦的阳光，促苗根速长扎泥，让秧田板结，护住芽根不漂芽。晒水还要专人看护，不然损失大。那些年饥荒多，地里粮食收捡得精光，繁衍生息在乡村的麻雀等鸟类，除了吃些虫子草叶外，常是饥饿状态。稻种秧芽让它们垂涎三尺,伺机抢夺,所以看护晒水,要像守护婴儿一样寸步不离。生产队也选派我守护过晒水,那饥饿的麻雀根本不怕人,它们成群结队、铺天盖地、叽叽喳喳地飞来,你在东头赶,它们在西头啄,你在下田撵,它们在上田飞,把我们戏耍得筋疲力尽。于是大家就想办法,扎很多稻草人,戴上草帽,穿上破衣,手拿竹棍贴上纸条,围在秧田四周,想吓唬吓唬它们。而饥饿的雀儿们,似乎看出这是假人,嗖的一声过去,站在稻草人头上,叽叽喳喳地向我们挑衅。实在无法,老人手又想出新办法,把竹竿划破,在田坎上摔打得啪啪响,这才把雀儿们惊飞,停在周边的树林上。我们又气又急,捡起石块扔上去,口里还骂一句:"砸死你个害人精……"雀儿们则轰的一声飞到梁那边去了。

  稻秧疯长,大田插秧的准备工作紧锣密鼓地进行。这时稻田灌水是要紧事,5月,降雨的机会就多了。我所在的乡村是高山区,有泡冬田,又是渗水田,操心少;有河沟田,要靠平常引水灌溉,这要多操些心;最操心的是雷公田,叫靠天吃饭田,一到打雷下大雨,不用队长喊叫,男人们都会披蓑衣、戴斗笠,也有光头打赤脚的,拿起锄头就跑上山梁,挖沟掏槽、筑坎拦水,老幼们也在房前屋后导引屋檐水。望着哗哗浑浊的泥水灌进干涸的一梯一曲的田里,农家人像打了大胜仗一样欣喜若狂。田灌上水,接着就是沤青施底肥,"千青五担一亩田,秋后稻穗头点点。"队长说,"一亩田打青一千斤加上五担农家肥,秋收时稻穗又长又饱满,就会点头向人报恩!"

  秧长五六寸,便可拔秧了。别小看拔秧的技巧和经验,我跟着队长学的四个要领:先是少搂低拔,每次拔秧不贪多就不费力,拿秧位置不要太高就不伤秧苗,到栽秧分秧时方便;

再是轻速涮蔸，即清洗秧蔸泥块时，适度用力，涮速要快，七八下秧泥就会涮清亮根，既麻利又省力；然后是整齐秧根，左手轻拿秧苗贴近水面，右手顺势贴着秧根托上两下，秧苗的根自然归拢齐整，目的是保证栽秧顺手高效；最后是扎稳活套，秧必须快扎易拆，节省时间。扎秧草，大多是棕树叶撕成丝，或是干稻草渗湿，分撒在秧苗上，以方便取用，扎秧的活套方法，多是左手握秧，右手取一根稻草，草头交给左手拇指靠秧压住，右手拿着稻草绕过拇指顺着秧把缠两圈，这时大拇指下的草头会自然形成一个窝套，将草尾递入套内，让左手拇指顺势压住，这时，右手拿着草头稍稍一提，一把秧就捆得结实又活套了。几畦箱秧拔下来，秧床现出了明水，一列列笔挺神气的秧把，仿佛整装待发的队伍。虽已腰酸背痛，人却精神极了。

拔好了秧，秧苗担到田里，均匀地抛开，就该插秧了。我视插秧为乐事，因为其中有诸多知识技巧、劳作乐趣、满足享受。比如插秧秘诀："浅插插稳，插直插匀。"插秧过程的"四不插"关节：一不插息风秧，节令上要把住寒流过后不立即插秧，否则易受冻害，影响水稻返青、分蘖；二是不插脚窝秧，即不能把秧插在脚窝处，不然会插得过深或漂秧，要扒平后再插；三是不插窝脚秧，否则秧根上翻，难以扎根生长；四是不插楼梯秧，就是秧根参差不齐插下去深浅不一，会造成浅的漂秧，深的不发旺，要把秧根拍齐后再插。在生产队获得的这些知识技巧，使我感觉农民真的配得上用"伟大"来形容。

乡下农民劳动之中，有无穷的智慧名言，有无数的贤士高人，有无尽的辛酸苦辣，更有无际的浓情欢心，让我没有了少年意气、书生轻狂，插秧妙趣更让我难以忘怀。

插秧之妙，在两手紧密配合，左手拿，右手插。左手拿秧，拇指、食指、中指自然敏捷地分秧，三四根析出，传给右手；右手迅速接过秧苗，三指合作，拇指与手心夹住秧茎，食指、中指平列挺直护住秧根，找准秧位，向田里轻巧一点，迅速松手抽指，秧根浅浅直插田泥中。一边分，一边插，眼、脚移动自如，心、手配合默契，这算是插秧的一种绝活，这功夫练就了，那真是一切不假思索，谈笑间一张秧苗彩绘就展现在大地上。"手把青秧插野田，低头便见水中天；六根清净方为道，退步原来是向前。"这禅意诠释得真切，人生进与退、取与舍不正是这插秧的情形吗？

　　插秧之趣，还在于身体进入水田的感觉。赤脚下田，先前还处在慵困懒散状态的身体，一下变得亢奋起来，感觉五脏六腑、皮肉骨骼、大脑脊髓都经过了一场冲刷和洗礼。插秧时的你追我赶，神韵皆在其中。下意识地尽情舒展身手，潜移默化的轻灵步法，沉着冷静的气定神闲，不甘落后的开合自若，即使眼看落伍了也镇静从容，一口气插到田头，站立田坎上，即使大汗淋漓，心中却乐不可支，陶醉在一片绿野中。

　　记得这个季节，笑声、插秧声，交织作响，水又哗啦啦地流，流出块块绿色的地毯，流出生命的芳香与青翠，流出稻田绿色的生机，流出乡亲耕耘的希望，流出粒粒皆辛苦的真谛。

凤堰谷雨茶

谷雨当天,我陪同省里二十一所高校文学院教授组成的调研组,对我县文化旅游发展工作进行"接地气"考察,途经堰坪茶山参观并小憩品茗。

一杯谷雨茶,正宗谷雨时节采制的春茶,香气浓郁怡人。今春温度适宜,刚刚下过透墒雨,茶梢芽叶肥硕,色泽翠绿,叶质柔软,富含多种维生素和氨基酸,清香沁人心脾。茶厂的吴大松热情介绍说:"谷雨茶有一芽一嫩叶的,此茶叶泡在水里像古代展开旌旗的枪,被称为旗枪。而一芽两嫩叶的,泡在水里则像一个雀类的舌头,被称为雀舌。谷雨茶与清明茶同为一年之中的佳品。你们喝的就两种都有,随便品尝。"

谈起谷雨茶,院长教授们文思大开,在凤堰这青山绿水间,享清风吸纯氧,啧啧赞叹佳茗。西安文理学院的唐建军教授引用明代许次纾的《茶疏》说:"清明太早,立夏太迟,谷雨前后,其时适中。"认为谷雨是采茶好时节,还用民间谚语"谷雨谷雨,采茶对雨"佐证。商洛学院的黄元芳教授发言:"谷雨采摘的茶细嫩清香,味道最佳,故谷雨品新茶,相沿成习,尤其文人雅士饮茗咏香的诗句不胜枚举。"她还即兴朗诵出唐朝陆希声的《茗坡》:"二月山家谷雨天,半坡芳茗露华鲜。春醒酒病兼消渴,惜取新芽旋摘煎。"渭南师范学院的凌潮栋教授接着说:"谷雨前所采之茶更为名贵,晚唐著名诗僧齐己的《谢中上人寄茶》诗说得真切:'春山谷雨前,并手摘芳烟。绿嫩难盈笼,清和易晚天。且招邻院客,试煮落花泉。地远劳相寄,无来又隔年。'"此时,我仿佛看到在轻雾柔烟的茶丛中,翠绿鲜嫩的春茶很稀少,以至于天色将晚时,还未采满筐。虽佳茗难得,但诗人还是急招邻院的客人来品谷雨新茶。

谷雨茶佳在何处?榆林文学院的贺智利院长品着茶谈道:"谷雨茶经过雨露的滋润,营养丰富,香气逼人。喝起来口感鲜爽甘甜,对人的身体特别好,通全身不畅之气:以茶驱腥气,以茶防病气,以茶养生气。"延安大学的梁向阳教授深有体会地说:"在人们的传统观念中,总认为清明茶比谷雨茶好。朋友送我清明茶,细嫩好品质,但泡两三道后,味就变淡了。而谷雨前后采制的茶,泡起来绿芽舒身展体,鲜活得如枝芽再生,染得春光盈眼,且茶香浓郁浑厚,久泡仍余味悠长。尤其今天堰坪这谷雨茶,啜一口,顿觉缕缕清香溢出,尘世间的浮躁和功名利禄皆散去,真的恰似神仙一般。"

茶的价值,茶农心中最有数。现在众人热捧清明茶,图的是一个"早"字,代价却是一个"大"字。清明茶和谷雨茶,价格悬殊,清明茶作为礼品,你买送给我,我买送给他,自己却很少喝。俗话说:"清明茶好看,不经炼(泡);谷雨茶色橙,味香浓。"所以,清明茶虽然上市早,价格高,但绝非真正的茶之上品。你看制茶人祖辈存仓自饮的几乎都是谷雨前后的茶。尤其是谷雨当天采制的茶,喝了对人身体特别好,通全身不畅之气,有病可以治病,无病喝了防病。《神农本草》一书就说到雨前茶"久服安心益气……轻身不老"。还是茶厂老板吴大松道出秘诀:"谷雨茶受气温影响,发育充分,叶肥汁满，汤浓味厚，远比清明茶耐泡；而且价格实惠，物有所值，适合老百姓购买。"

"堰坪谷雨茶，是我们喝到的最极品！"院长教授们感慨道。这话千真万确，因为他们今天品尝到的是最佳的谷雨茶，不仅是谷雨当天采制的茶，而且用的是凤凰山清澈的泉水。再说绿茶冲泡也很讲究，茶品是本，水品是质，茶艺是精，三者结合才是茗饮佳品。今天是由地地道道的茶叶行家招待的，茶、水、艺齐备，理所当然是极品。

谷雨时节，天正晴和，在凤堰畅饮一壶谷雨茶，仿佛听到催生百谷、泽润大地的鸟声和雨声，看茶气蒸腾飘散，赏怡人文旅胜地——美丽凤堰。

陕南的五月

清净的汉江，浪花开始欢歌；寂静的凤凰山，夜晚有了杜鹃啼鸣；平静的河岸，杨柳已是絮花纷飞。新菜籽油上市了，富硒青茶飘香了，大自然景物的季节变化，让陕南的农历五月精彩出场。

最先感受到风，向东向南吹过的是从秦岭深处顺势而起；向西向北穿越的是从汉江及其河溪逆向而来，交替巡视着这一方水土。风捎带着淡淡的泥土味道、甜甜的花草清香、暖暖的芬芳梦想，浅浅地沁入鼻腔，轻轻地掠过耳畔。风温顺而柔绵，似云彩般飘移，像轻歌般萦绕，如贤士的笔墨，像画家的水彩，将山川原野铺成绿毯，为大地换上新装。

追逐阳光的喇叭花，理出嫩绿的思绪；高新区园林的月季，开出五月理想的娇艳；龙岗公园的五月桃，因为成熟而红了脸，满枝头高悬起五月的故事；河滨大道两旁的枇杷，像金色宝珠挂满绿色的帐子，摇一串串生命的激情，浪漫五月的风姿。

然后感受到雨，隔三岔五地来，捎带些闪电雷声，却是那样悠闲而细密。五月的雨，帘线般一幕一幕扫过，悄然拉开一段距离后，山川万物青春少年般长大。有从秦岭扑向巴山的雨，像军队出征那样，齐刷刷地向南移动；也有从巴山推向秦岭的雨,却似一张庞大的网,循着汉江、绕着河溪、围着山头,沙沙沙地向北推进。雨的性格是那样洋洋洒洒,雨的情调却又是错落交织,适时适度地一遍遍给大地染色,直到把大地装点得秀美壮丽。

这个时节的雨,在秦巴腹地不那么张扬,总是爽快地滋润着大地每一寸肌肤,灵动地激活山川每一条血脉。这个时节的雨,在这片大地又是那么幽默,悄然撩拨花草的心绪,暗中沉淀果实的甜度。南去的燕子,早已回归筑好巢穴,正快乐地在雨雾中聚集嬉戏,黑色的燕尾与雨的帘线交织成五线谱,穿梭弹奏出优雅的五月心曲。

再感受明媚的阳光,它斑驳地透过枝叶,洒落在起伏的大地上,树木庄稼轻轻曳动身影,到处飘溢着花香。喜欢温暖湿润、阳光照耀的栀子花开了,六瓣白色的花朵衬托着黄色的花蕊,幽香馥郁,民间便有"院边栀子栽,五月雪花开,香闻十里地,村姑头上戴"之美传。陕南从古至今,都有女性于五月采摘栀子花,插在发髻上的习俗。喜迎游人的,还有一处处园林中一院院盆栽的月季,它们正开得艳丽,光芒洒在枝头粉红色的花朵上,好似一位位英姿飒爽的凯旋女兵。

阳光下的汉江水色,倒映着青山绿影,两岸柳枝嫩绿而细长,恰似一群长发美人,那亭亭玉立的背影,轻漾水波而让人倾慕止步。一块块庄稼地里,胡豆、豌豆凋谢了花儿,孕育成大小不等的果子。一片片果树园里,桃树、杏树、李子树,繁茂枝丫上的每一朵花,都在阳光下酿造出特有的甜蜜;还用一个个红的、黄的、绿的果实,把自己丰富成太阳的诗意,以沐浴"阳光雨露"为主题,静心等待一场诗歌盛会的到来。

感受五月的布谷鸟声,不仅悦耳动听,而且撩人心扉。八山一水一分田的陕南,是鸟类的天堂。布谷鸟的叫声也是多种多样的，有从开春之始以咕咕、咕咕悠闲情调叫起的，当地人把它翻译成"快绿、快出"，意思是"花谢果快绿、果长籽快出"；再引来仲夏时节咕咕咕咕、咕咕咕咕激情奔放之声的，谐音为"快黄快熟、好草喂牛"，寓意是：庄稼快点成熟，绿草丰茂好养牛，牛壮了好耕地抢种抢收。如今陕南，布谷鸟之声，不仅在山野可随意聆听，而且在生态园林般的城镇中，更是鸣声悦耳。

陕南布谷鸟鸣，是农事谚语之音，在生命成长的季节。豌豆黄亮，胡豆黑角；麦穗饱浆，秧苗长个；土豆上市，瓜果丰硕；昆虫活跃，幼燕出窝……五月的大地充满生机，五月的人们充满希望。

生机勃勃，激情活力，是陕南五月的显著特征；清爽鲜亮，绿色世界，是陕南五月的壮丽景象。黄绿的杨柳，青绿的香樟，葱绿的桂树，幽绿的沟壑，深绿的山梁，碧绿的茶园，清绿的江水溪流，淡绿的谷芽秧苗，翠绿的柿树竹林等，这方土地上深浅不一、浓淡不同的绿色，似美术师巧妙勾画，恰到好处。陕南大地上万物的生命，在五月得到了真诚的诠释。

陕南的五月，清风微微吹过，阳光温柔洒下，雨水轻柔滋润；陕南的五月，山在孕育葱翠，水在滋养美景，地在酝酿收获。陕南的人，五月梦多。

夏至相约

春眠不觉晓的季节，随着处处闻啼鸟的声音而逝去，那些盛开的花，却把蕊的心事记录在夏天的果实里。一阵山雨，拉着河风，赤脚狂奔，带着微笑迎来夏至。

说到夏至，想起初中老师用此节气作谜面打一成语，让我们猜，我们猜来猜去都没猜着，老师就在黑板上写下大大的四个字：天长地久。我们恍然大悟，夏至与天共长，与地同久，多么惬意的时节，多么令人神往的境地，其中蕴含的寓意让我们受益匪浅。

今朝晨起，拉开帘布，推开窗扇，一束清亮的阳光迎面而来，很暖，又很热烈。有春的温情，更显夏的绚丽，就这样外柔内刚地触摸着脸颊，身上春的慵懒顿时消去，夏的激情突然迸发。明亮的光线，从山头斜射过来，穿过葱郁树林，如纤手般轻抚大地，生出美妙的清音，将大脑中的繁杂清洗，让快意的欢爽直入人心。

夏至始热，大地彰显出蓬勃生机。古时《礼记》中就有记载："夏至到，鹿角解，蝉始鸣，半夏生，木槿荣。"说明自然界在这一时节旺长——可以开始割鹿角，蝉儿开始鸣叫，半夏、木槿等植物生长繁茂。再如《周礼·春官》载："以夏日至，致地方物魅。"即夏至日，人们通过祭祀求神以保佑除病消灾和五谷丰登。夏至是阳气最旺的时节，人们可以尽情吐故纳新，尽情分享庄稼生长的幸福。阳光雨露充足，万物才能蓬勃生长。殊不知，温暖从立春孕育至谷雨，在立夏三把黄起步，顺着日渐忙碌的农事，由小满时节的遍地乡音，暖阳热度逐渐提升，又从芒种开始膨胀，到夏至就热烈。这时女人就可以袒露胳膊，男人就洒脱地下河游泳，老人小孩也可以敞开心怀地释放性情，人们都可以用欢快的态度对待生活。

在这样的时光里，我总爱拿起一本书，泡上一壶茶，坐在安静的书房中与时光缠绵。亲自烧好滚烫的开水冲茶，目视片片茶叶在沸水中翻转沉浮，就仿佛看到一个个轮回的人生。去年夏至，今年夏至，一个轮回，就是一次新生；让人拥有希望，也让人寄予厚望。一盏入口，沁人心脾；一缕茗香，诗意满行，书写人生的通透，印记自身的悟性，留住炽热的情感。

夏至时节，人间忙碌一片。夏至日，太阳直射地面，直达北回归线，是北半球一年中白昼最长的一天。农谚云："夏至时节天最长，南坡北田农夫忙。"天地之间的辛勤和热情融为一体，虽不是一年中最热的时候，但地表的热量和人们的热情都在积蓄，着急地向着"三伏"进军。这个时节，油菜收割了，又开始收获豌豆、胡豆、土豆和小麦了；桃子、李子、杏子熟了，该摘下运到集市上卖了；倒茬的油菜地、麦田又该翻耕，忙着插秧，点苞谷，栽红薯了。这个时节，农作物生长旺盛，杂草也迅速滋长蔓延，田间管理又进入关键时期，多观察勤管理，才会有秋季丰收的希望。

在这个季节里，总会看到不一样的风景。群山是浮岚暖翠的，坡梁是郁郁葱葱的，河水是碧波荡漾的，大地是一片绿色之景。不经意间，还可见到一朵朵荷花开，淡淡的浮光摇曳着朴素的身影和色彩。这夏至之景，使人拥有接纳万物的心境，蕴含着一份修养和气度。正如一位大师所言：心中有万物，心胸就宽阔，心中有慈悲。慈悲是一种感恩，有感恩就拥有快乐，因为快乐，所以幸福。因此，怀有慈悲之心的人，看到的万物都充满了灵性，即使生活平淡，也能倾听出自己的心声，吟唱出自己的天籁。心中有一份夏至的怡情，不管何时都有美好的向往。

　　夏至有约，延续人生的梦想。每当夏阳高照，童年就依稀再现：赤脚踩过滚烫的沙石，在溪水里捉鱼虾抓螃蟹，在稻田池塘里逮黄鳝挖泥鳅，在房前屋后的树上捉知了抓金巴牛，这些都是孩提时的欢乐所在。池塘的蛙鸣、拂水的柳条都成了孩子们的兴致所在。沙土地、竹树林、泉沟溪都是干净纯洁的，是无忧无虑的嬉闹场所。百里之外的城市是什么样，长大了一定得去看看，这是心存的一个梦想。如今身在城市，内心却做着乡村的夏梦。乡村和城市，在心中播撒一树碧绿，不仅可以在春看到夏的芳菲，亦可在夏望到春的柔嫩。

　　这就是夏的炽热，是看待人生的一种视角、一种心境、一种姿态。即用感性诠释生活，以理性体味人性。见贤思齐焉，澡雪而精神，青眸与心灵相映，让自己坦然，让自己看到世界的美好，而步履潇洒，从容前行。生活不只脚下方寸，还有梦想，还有远方，还有希望。

　　心情温暖炽热，一年四季每一天都可遇夏，无须邀约。

荷花季节

于激情的夏季来到汉阴，你会情不自禁地驻足观赏那一片片挤满荷塘的荷叶，一朵朵硕大柔软、娇艳绽放的荷花。这荷叶荷花，盈满了整个季节。

这个充满活力的季节，荷花美丽的色彩流淌的清香，盈满这一片大地，潜移默化地渗入心田，默默无闻地浸润灵魂。不经意间爱恋的情愫油然而生，这气息蔓延至千里之外，传递着悠悠相思。

清晨来到凤江，会看到一朵接一朵的荷花，薄薄的雾笼罩着荷花，而含苞欲放的花儿此时安静地、甜甜地睡了。薄雾为它披上了轻纱，朦朦胧胧，极似贪睡少女，缥缈侧卧云雾中。走进田间，雾气之中似有一丝甘甜，微微闭眼可尽情地享用这甜美的空气。此时太阳慢慢从"五猴赶山"的脊梁上冒出，天际一抹朝晖，像绽开的红玫瑰，洒遍凤江山野，也涂抹在美梦中的少女脸上，继而将之装扮成新媳妇，羞答答露出粉红笑脸。雾散了，变成小珍珠在那层层叠叠的绿叶上滚动，与阳光交相辉映，多么像种莲人额头上那粒粒汗珠儿……

来到双乳村的千亩荷塘，那真是一片荷花的天地：油绿油绿的荷叶无边无际，层层叠叠；摇曳多姿的荷花，在密密匝匝的绿叶中探出脑袋，亭亭玉立而迎风绽放，妩媚动人。千亩荷塘中竟有百种荷花：东面一片片白色的，西面一排排黄色的，南面一群群粉色的；有盛开着的，有半开着的，也有打着朵儿的，每一朵都仿佛让人看不够。那满塘的荷叶，高的、低的、远的、近的，肩并肩密密挨着的，孤零零独自站着的，每一片叶子都绿得惹人爱怜。我静静地、轻轻地凑近火红色的荷花端详，花中的黄蕊抢眼夺目，散发的气息如菩萨泉观音大殿的缕缕檀香，似龙寨沟袅袅升起的桂馥兰馨，淡雅幽远，如影随形。在这里，夏日里最美的风景，必定是那种莲人的笑颜。

于是，我便联想到涧池镇那四季花开的奇特景色。逢春，涧河村的涧河两岸，无一不是"碧玉妆成一树高，万条垂下绿丝绦"，那整齐排列的柳树，似一幅水墨画卷；离涧河不远的花果村，那"昨日雪如花，今日花如雪"的百亩樱花林，以最美丽的笑脸迎接八方来客。至夏，栋梁村那一坰又一坰的"接天莲叶无穷碧，映日荷花别样红"的绝景，让人一见倾心。逢秋，王家河村那"停车坐爱枫林晚，霜叶红于二月花"的佳境，让人流连忘返。及冬，龙寨沟那"忽如一夜春风来，千树万树梨花开"的雪域美景，让人心旷神怡。

仙境般的观音河，那一湾荷塘的柔情，让人浮想联翩，甚至萌生想采一朵荷花的冲动！田坎边，随处可见一些小伙伴，戴着荷叶帽，趴在地上，托着腮，握着鱼竿，盯着浮标。"嘘！"见人过来，忙不迭地摆手，"我的鱼，别吓跑了！"这里几百亩的荷塘，镶嵌在秦岭脚下的观音河岸边，农家人常常邀请城里人来钓鱼，尤其是这里的老人就喜欢人多，一群一群地聚在家门口，图个热闹劲儿！现在生活都好了，有吃不完的鱼儿，对于来家门口钓鱼的，他们不仅热情招呼，钓上的鱼不要钱，还要请人家到农家乐弄一盘酸辣烧鱼呢！

南北两山的荷塘，引来四面八方的游人，他们不管自己摄影技术专不专业，都拿起照相机，生怕错过这难得的时机。有的驻足田坎或岸边，来一张全景荷花图；有的直接脱鞋下田，聚焦一朵唯美荷花拍下花蕊；也有的与亲朋好友在荷丛中聚集，留下美好的"人荷一家亲"的纪念；还有的单独摆个pose，在红花绿叶中记录生活的精彩瞬间。这种闲情逸致，谁能与之媲美？

步入龙凤呈祥的汉阴，随处都可以感受到荷花"净、直、香"的"三美"精神。走进荷塘，你就会体验到：荷"出淤泥而不染，濯清涟而不妖"，为其洁身自爱的"净"之美。然后，你会思索：古往今来，面对诱惑，几人能不与世俗同流合污？身处不良的环境，几人能坚持自己的操守，独善其身？多少人在污泥中被腐蚀烂掉？此情此景，让人不禁联想到周敦颐的《爱莲说》，荷花不仅冰清玉洁，还"中通外直，不蔓不枝"，为其"直"之美。荷花孤枝独蔓，不依不附，任凭风吹雨打，昂然坚韧、笔直挺立在池塘中。然而在人世间，有趋炎附势、攀龙附凤之辈；也总有丢弃人品人格、丧失公德之徒；更有背信弃义、出卖良心和朋友之贼。荷花"香远益清，亭亭净植"，为其"香"之美。荷花清香，沁人心扉，不浓烈，不妖艳，正如诗圣杜甫之赞："风含翠筱娟娟净，雨裛红蕖冉冉香。"人心如荷，身惬意馨。

汉阴人脉旺盛，交通便捷，谁都会说，这是一处极具发展潜力的热土，独具魅力的休闲胜地。火红色的荷花，壮丽的"藕海"风光，吸引着八方游人纷至沓来，观赏"陕南藕海"美景，感受万亩碧浪无穷魅力。这就是汉阴荷莲文化季，助推乡村生态旅游，发展优势特色产业。双乳村的富硒荷花荷叶茶、莲藕饮料，观音河村的莲藕莲子酿造的"荷香液"白酒，这一系列的富硒荷香产品，深得游客喜爱。这是一种难得的情缘,与五湖四海的游客邂逅,拉近了彼此的距离,留存了一份真诚,渐渐地萌生了一缕恋恋不舍的牵挂。

　　于荷花盛开的季节,摸一摸清凉的荷叶,嗅一嗅荷花的香气,掬一捧清澈的河水,饮一杯养生的荷叶茶,呷一口香醇的"荷香液",一切都是原生态风情,是那样沁人心脾。

又是中秋，又是月圆

"年年中秋天上月，中秋年年人亦别。天上月圆照天下，他乡故乡牵心月。"当我写下这几行字时，惊觉光阴真的似箭，又到中秋夜，再见月儿圆，天上月永恒，月下众生变。人生不过东流水，岁月一曲不复还。

从《诗经》到现代诗篇，从古代的骚人墨客到现代的文学艺术家，谁都忍不住对中秋月挥毫抒情、酣畅吟诗。观《诗经》的"月出皎兮，佼人僚兮"之璀璨美丽，苏轼的"人生如梦，一樽还酹江月"之自省醒悟，张九龄的"海上生明月，天涯共此时"之广阔博大，李朴的"平分秋色一轮满，长伴云衢千里明"之旷达淡定，现代诗的"把最美的祝福/凝结成如水的月光/寄给/我深爱着的恋人和遥远的爹娘"之中华美德的传承……中秋月，是"有情人终成眷属"的红娘，更是国人不死的诗魂。

月亮，在哪里都是那一轮月亮。因此说，这世界上也许根本就没有他乡与故乡。从原始部落游牧到农耕文明的兴盛；由部落之分再到部落之争，后又壮大形成国与国之别；国之开始则有管辖之范围，再到行政区划等。其间由于商贸运作、开疆拓土、战争频发、躲灾避难等，大量人口流动迁徙，就有了客家与移民这样的词语。延至如今把外出打工或工作的地方，都说成了他乡,出生地就自然说成了故乡。

有了故乡和他乡的区别,人们的思维就有了环境定式——家乡就是故乡,家乡以外都是他乡。如今许多去外地工作或到外地谋生的,一去好几年没回家,有的已经在到外地安家立业了。由于家乡发展快、变化大,不经意间故土、故园、故人就变得陌生了。然而心灵上对故乡深情的牵挂依然如故。尤其到了中秋月圆之际,身在他乡时,那故乡的美,故乡的情,故乡的月,竟然像被发酵了一般,魂牵梦萦,难舍难分。但回到了故乡却没有了落脚点,也似乎没有了亲朋可团聚,使人失去了归属感。记忆中的景色和人事都变了,只有乡音依旧,却没有了停留的理由。他乡已成了故乡,而故乡却变成了他乡,这便是回不去的乡愁。

中秋月,映乡愁。门前的小河、屋后的竹林、房顶的炊烟,大叔的笑容、乡姑的歌声,还有母亲的唠叨,父亲的责骂,爷爷的旱烟袋,奶奶的米花糖,还有那枫树垭、石板桥……那些很不起眼的一花一草,小猫小狗,上坎下屋,猪圈牛棚,都是挥之不去的记忆、刻骨铭心的惆怅。再看看《舌尖上的中国》,是乡愁的味道,这种乡愁,更是令人记忆犹新。

中秋月,挂在天上,实际是挂在每一个人的心上。中秋赏月,是人们对月亮的敬爱,是人们真情的表露;中秋颂月,那是人们借月抒情,是人们心存牵挂。因而,每个人心里的中秋都不一样,每个人眼里的明月也有所不同。人们都说中秋是最有诗情画意的节日,所以,有人欣慰,有人惆怅,有人欢乐,有人孤苦,可那孤悬中天的明月,不管你心上的月怎样,她总会圆得让你无可挑剔,甚至湿润你的双眼。中秋月就是母亲递来的一块又甜又香的月饼,让人分享;中秋月就是父亲秋收获得的一粒饱满的稻谷,让人珍惜;中秋月就是老师传授的一阕完美的古诗词，让人颂唱；中秋月就是故乡呈现的一道完美的风景，让人珍惜梦想！中秋月的记忆，都是在每一次最美的月光下，在生命的底色上烙印下的一个永不褪色的痕迹。

记得我花甲之年的前一年的中秋节写了一首《故乡月，挂心头》的诗：

又到了/谷黄时候/南望一轮圆月/挂在故乡窗口/院边桂花飘香/房后银杏挤满枝头/老人磕响旱烟锅/一只猫追逐一条狗/门前渭子溪/月光晃动乡愁/梦中升圆月/故乡挂心头……

今年读来仍然新鲜，没有褪去半点颜色。故乡的亲人们，年老的要落叶归根，年轻的急着要走向远方，各有各的目标，各有各的方向。何谓故乡与他乡？我看月亮能照着的地方，人能安身定心之处便都是故乡吧。

又是中秋，又见月圆。悠悠千古，多少人，多少代，望月兴叹，对月长啸，怀月情狂，奔月畅想。人人都有一个梦想，期盼月常圆，草常青，花常香，人常往。月到中秋分外明，秋色明媚月动人，花好月圆人欢度，温暖康泰万家心。

凤堰秋色

推开清晨的薄雾,秋来了。炎热开始消退,凉爽沁人心脾。天,还是那么高远;云,还是那般悠闲。月河水上的微风舞动着碎步,龙岗山脊上的细雨浇灌着田野,环城大道边的紫薇止不住地点头示意,大木坝的荷花又羞涩地捂住了脸。

山城隔着一道山水,我摇醒远方凤堰的思念。秋,正携着喜悦,带着期盼,风度翩翩而来,让水的清澈更加清澈,让天的湛蓝更加湛蓝。沉醉在初秋的惬意里,那一片金黄照亮了我的双眼,那一点温柔晕染了整个秋天。置身凤堰梯田中,尽是流金溢彩。风吹稻浪,满是稻香。在森林的掩映中,云海的覆盖下,千亩梯田犹如遗落在人间的仙境,如梦如幻。

蓝天白云下,参差错落又似乎整齐排列的梯田,隐于青山绿水之间,犹如一幅在不停舒卷着的画面,线条行云流水,磅礴壮观。金黄色是秋天独有的色彩。在这个沉甸甸的季节,农民等待着与远方的客人分享丰收的喜悦。

吴大银双手向右上方高扬起稻把,然后往左下方用力抽下去,冯友斌用力抽下去,随着嘭嘭的两声响过,稻谷撒落在拌桶里,沙沙有声。稻把上扬和下落的弧线是那么流畅协调,抽打在拌桶上的声音是那么厚重响亮,节奏是那么均匀干脆。

我满怀激动和敬意地叫了一声老吴大哥、老冯大哥。他俩扭过头来，一脸惊喜："你怎么来田里了？稀客，稀客！""稻谷香气把我招来的啊！"我说着就欲跨进田里。老吴放下举在半空中的稻把，朝我扬着手，说："不要下田呃，别弄脏了鞋子。"不等他话说毕，我三两下就将鞋袜脱下，扔在田埂上。脚踩在泥巴上，软软的、凉凉的，挺舒服，是一种久违的感觉。

老冯快步迎上来，说不打稻谷了，要回家杀鸡去。我边往田里走边说："不急呢，咱也退休了，还想住几天，把这块田的稻子收完了再回去杀鸡也不迟啊。"老吴转过身来，笑着说："那好，我这儿正缺劳力，可是看你这稻子还会打不？"我抓起一把稻子就打了起来，由于多年不打，生疏了，不仅打得费劲，还把一些稻谷打飞出席棚，浪费了好一些，还真可惜心疼。

"没得啥，再练练，打熟练了，你想把谷子撒出去都不行！"老冯安慰地说，"再学学，看看我打得怎么样？"老吴示范了几下，朝我嘿嘿笑着，有几分得意。"嗯！不愧是耕读传家，英雄不减当年勇啊！"我朝老冯点点头，又朝老吴竖起大拇指。

"嘿，大兄弟，啥子风把你这城里人吹来了呢？你还说他当年勇啊，那是老二杆子劲吧！"不知老冯妻子啥时也来了，说着说着就下了田，拿起镰刀，割起稻子来。

在我与冯嫂子寒暄时，阳光穿过树梢，照射在老哥嫂三个人古铜色的脸庞上。不知是他们的笑容更灿烂，还是阳光更灿烂。

我掂着手上的稻穗，说这稻种得真好。老吴说："那是，你别看这一溜一弯的田小，却是要打三担多稻谷的。"他看我一眼，又嘿嘿一笑说："我们现在是互帮互助，种这点田，其实也不费什么劲的。"我明白老吴的心思,他在给自己解释,儿子儿媳都在城里工作,家里啥都不缺,去年说好的进城带孙子,可这田今年又种上了。

打了一半田,老吴说歇歇气,趁此时我指着对门田里隆隆开过的收割机,问老吴怎么不用那个。老吴斜瞟了一眼说:"这田也就巴掌宽,那东西转不过身也倒不过来弯。"我明白他是在给自己找台阶下,就顺着他说:"也是哦,要是那机器开过来了,我今天来你这里打谷子,就白跑一趟了呀!"他使劲拍打我肩膀几下,我们都呵呵笑了。

稻子打完了,稻谷盛了满满的四大箩筐,还多了一撮箕。老冯说上午已经打了一挑,吴嫂子正在家里翻晒着呢,还请我们明天到他家的田里打稻子。

一阵凉风从凤江的黄龙河口吹来,站在半山腰的田埂上,放眼望去,只见蓝天下的梯田,现在已是一溜一溜的金黄或灰黄,那金黄的是等待收割的稻子,那灰黄的是收割后留下的稻茬。梯田间的农户或院落周围的坡地里,辣椒红的红,绿的绿;几行紫薯,紫里透白的花正朝着天空吹着喇叭;萝卜戴着草帽,露出半个身子,水汪汪的、白嫩嫩的;几棵火晶柿树上密密麻麻挂满小红灯笼;一只青蛙呱的一声,跳进田边的水沟里,水花溅在我的脚背上。

夕阳铺展过来,把梯田涂抹得一片殷红。蜿蜒盘旋的汉漩公路上,迂回行驶的一辆辆汽车呼啸而过。

吴嫂子站在门前院坝边的柿树下,举着锅铲子向我招着手,喊我们回家吃饭。屋顶上,炊烟袅袅升起。我分明闻到了辣椒炒土鸡的浓香,还有秆秆酒的醇香。

沐浴着余晖,我们跟着一条大黄狗回家。大黄狗摇着尾巴,一跳一回头地汪汪叫,一路欣喜若狂。院子的竹笆墙上,鹅米豆藤、丝瓜藤随意地攀爬着。藤上青里泛白扁月形的是鹅米豆，开不规则三角形的白色花；青绿长溜的是丝瓜，开五角喇叭形黄色花。

坐在吴家院坝中，我心想：千里稻香应佳音，且赏溪流岸头深。似我无田犹欣舞，何故田间望岁心？是谁绚丽了凤堰的秋色，竟是如此美丽迷人？

龙岗菊花开了

晚秋的龙岗，轻轻的秋风裹挟着一缕又一缕的芳香，甜丝丝地弥漫在空气中。

我寻觅着这一缕缕清香，漫步在龙岗脊上的石阶小径，透迤的小径两边立着蓬勃的樟树，绿得有些浓，还夹杂着忽浓忽淡的清香，引我循味而去。行至千步梯顶端朝凤门楼与龙脊路的交叉口，抬头侧视，石阶小径北侧坡面的枯草中居然冒出了一朵朵白色小花。

龙岗白菊花开了！在这隐蔽、不起眼又少有人知的地方开了。虽然我常到这龙岗散步，原来却对它们熟视无睹，今年晚秋才发现。这清香的味道是那样熟悉，立即让我回忆起童年。

小时候，我随父母从城镇下放到边远的凤凰山乡村。那时正是深秋，山里的沟沟梁梁都有菊花的身影，颜色各异，点缀着无人问津的山野，让幼小的我无比好奇而欣喜。秋风吹过山沟，带来从没有亲吻过的纯正甜香，这愉悦的心境我无以言表。尤其那白色的野菊花，开得纯洁、明亮，我偏爱它。

荒野中，这天然的菊花似乎无人关注，或许谁也不以为意。在这寒露后的大自然里，若不仔细寻找，就很难看见那些洁白而小巧的花朵。杂草的覆盖、林木的遮掩，常常会让人忽略了它的存在。那时的我，垂青于这白色的菊花，喜欢近距离审视它，欣赏它在枯草中彰显旺盛的活力，敬畏它在霜冻下悄然生长的艳丽，仰慕它不管有没有人关注，依然年复一年，默默无闻地傲霜而开。大地就这样，孕育这些不起眼的白菊花，让它们在深秋一朵又一朵地绽放着。花瓣虽小，却润如玉、轻如纱、白如绢地一瓣一瓣地紧紧牵手而舒展，宛如穿着白衣裙的仙女般身姿飘逸；嫩黄的花蕊像玉盘里的珍珠，随着花瓣向外伸展；菊花的叶子呈翠绿色，像翡翠雕刻成的。那份灵气藏不住，在它含苞欲放之时，清香的味道便飘散开来。即使到凋谢风干之时，它那淡淡的香气远远还能闻见。

深秋的龙岗，坡下林间那星星点点、静静开着的白菊花，让我想起了这座城里那些默默奉献服务的志愿者。他们总是不定期地一条河一条沟地去清淤泥、捡垃圾，不厌其烦地挨家挨户讲解保护环境的益处；他们总是有目的地一座山一道坡地去农户家扶贫帮困，不畏山高路远地送去爱心和真诚；他们总是自觉地去关爱一条巷一个村的孤寡老人，不管酷暑严寒都在身边；他们总是不辞辛苦地为一个家一个院的留守儿童送去温暖和亲情；他们总是毫不犹豫地一次又一次地去无偿献血；他们总是……

我想起了儿时乡下的生产队长谭德运，早起喊开工，晚回喊收工，饿着肚子送公粮、嚼着干菜交毛猪，是那样主动较真而心甘情愿；想起队里张家梁子的张婶，照看有病的丈夫，教养四个儿女，还长年累月照顾邻居的俩老盲人；也想起去世四十多年的父亲，在乡村教书，以微薄工资支撑一个家，却年年月月拿钱为穷孩子交学费、买学习用品，让辍学学生再进课堂，还常叮嘱儿女们牢记陈氏家训"正身是本，行善是根"，这也是我一生的座右铭。

眼前的白菊花不经意地悄悄开放，即使今天我没看见，它同样是年年把清香送给每一个路人。我憬然有悟：这山城里的志愿者、儿时的乡下队长、张婶和父亲，就如同这天然的白菊花一般。他们人很平凡，职业很普通，做事很简单，不那么引人注意、被人关注，但他们却一点一滴、一板一眼、一年又一年重复地做着很普通、很简单、很细小的平凡事。虽然他们从没留声，更没留名，但却是暗香清新袭人，美丽如一道风景。

　　行走着，联想着，一束晨光入径，照着白菊，我触景生情而吟：石径坡下一片银，不俗有缘醉清澄。寒芳留照魂永驻，清香浪潮涌来人。

雪落汉阴

冬,慢慢悠悠地走来。期盼已久的一场雪,就在这凛冽的寒风中理直气壮地、无惧无畏地、奋勇当先地落下。犹如山城刚解放那年的进城大军,队伍威风凛凛,战士精神饱满,步伐整齐划一,仿佛是一首节奏刚劲、悦耳动听的进行曲,旋律轻快,脍炙人口,风靡大街小巷。山城人新奇地听着,听着,潜意识里的骚动慢慢平静,自然便沉浸在这美妙的意境里,任雪花覆盖广袤原野,遍铺山川河沟,落满城郭。山城似有所感悟,如一位智慧的贤者,静静地坐着,尽情享受这冬雪的抚摸。

北方来的一场雪,簇拥着我信步在山城的街上,眼前是一片银白色的雪景,处处散发出清新洁净的气息。被喧嚣焦躁充溢的心,在此时像被这清幽洁雅之气浸润过似的,一下子净如秋水,彻底敞亮了。我深深体会到:在例行的检查会、惯性的总结会、名义的座谈会、邀请的交流会、盛行的答谢会中,年终名目繁多的"公费"被取消,配备的"公车"全取消,纷杂的"公务"大缩减,劳碌的"公仆"得解脱,冷眼的"公众"被温暖。山城被这雪花的真情所感动,三沈纪念馆前的蜡梅红了,龙岗公园的枇杷花开了,大木坝的茶花艳了,一股浓浓的暖意涌上来了,山城人们的心间无不荡起愉悦的旋律。

　　棱角分明的雪花，矫健地描绘起冬的景象。城墙白了，街道白了，行道树白了，广场白了，湖面白了，天地人间一片纯白，这还真是一个公平的关照，一个公正的颜色，一个纯美的世界。眺望雪中的山城，不正是一个身披婚纱的新娘子吗？婀娜多姿、丽质清纯、朴实动人。我痴迷这冬雪演绎的美景，不仅仅是我，不仅仅是山城人，也不仅仅是中国人，恐怕地球人都想让心灵在这纯净的雪的世界里沐浴，从而深切地、厚实地去领悟这冬的滋味与情怀。

　　今冬用寒冷维护着自己的尊严，无形和泛滥的水在寒冷的强势下必然凝结成冰。暖冬，人们只感觉舒服，依赖的欲望扩张，却不知自然规律遭破坏后后果的惨痛；经历寒冬，人们才会知晓冷的刺激，做事才会遵循规律，内心才会有所警醒，做人才会有所敬畏。山城今冬正是在雪的威严下，热情而乐观地迎接寒风，不再显摆楼堂馆所的"慷慨"，不再出手礼尚往来的"阔气"，不再忧虑说长道短的"关怀"，不再怨恨贫富不均的"偏爱"，该冷的东西就冷，该寒的地方就寒，雪是铺天盖地的，城乡处处都一样，没有特殊，没有例外。雪花轻轻地落入山城的怀抱，好似遂了自己的心愿，无声无息。

　　"咚咚锵，咚咚锵……"一阵锣鼓声把我的思绪打断，目光从凤凰广场转向客运站。"汉阴公交车开通啦！"上千群众的欢呼声，响彻云霄，汉阴百姓出行的历史在今天刷新。我也赶新鲜，坐上小城空调公交，车轮在街巷留下两道明显的印迹，车内闲谈声不断：一个男人说今年冬天下岗职工又增加了补贴，一个女人说昨天政府给贫困户送来了慰问金，一个中年人说今冬清洁工也有取暖费了，他坐这趟车就是顺便去领……雪花飘舞的冬天，新鲜事层出不穷。我在龙岗站下车，从千步梯上到菩萨泉。一群年轻人在公园的雪地上打闹，女孩鲜艳的羽绒服在白雪的映衬下格外炫目，她们疯跑的身影在雪地上，如彩蝶飞舞，美极了。我想，今天在这洁白的雪地上，他们不该有烦恼和忧愁，应该尽情享受这冬雪带来的欢乐。是啊，生活本应该如此！就如这自然的规律，寒冷的冬天总是孕育生机的。

　　今冬的雪，将洁白的花朵缀满大地，似是天国盛开的雪莲，不与百草比高论低；满面柔情，无心与花争奇斗艳，一心向往的是给大地底层的生灵以无穷的慰藉和欢欣，将花的蜜、叶的汁统统化作禾的营养、苗的乳汁。掬一捧流年在手，启迪着我的心灵，一份期待在雪中弥漫开来。

生生之力

记忆城市的乡愁

提起乡愁，我们脑海中总是充满对乡村历史性改变的记忆，却早已忘却了城市的乡愁。

如今走进大大小小的城镇，你会惊奇地发现，城镇建筑风格都是相似的！高楼大厦已在南方北方、大城小城、城里城外随处可见。城市的改造变化，先于乡村几十年。所以，现代城市具有的风采与繁华，掩饰了城市人内心的愁楚。

我生活过的汉阴山城，已与《县志》记载的模样相去甚远。一天清晨，我触摸着老城的一段古城墙遗迹，时光记忆的闸门豁然打开，如同母亲般的古城，让我深深眷恋……

少年时期，那母亲般的老城，呵护我们快乐地成长。长方形的古城墙，是我们追逐打闹、捉麻雀逮蛐蛐的好地方。四个城门"东迎紫气，南临月水，西接霞光，北倚龙岗"，矗立着翘角飞檐的箭楼，门楣依次雕刻着"日升、文明、肇庆、拱龙"的石牌题名。北门的谯楼高两层，让我们很好奇，仿佛是缩小版的天安门城楼，宏大敞亮。文峰塔更让我们惊叹，威严高耸在城墙东南角，夏夜我们摸爬上五层，在塔上俯视全城灯火，仰观天空星辰闪亮，一身汗却是一脸笑。那时，宽一丈深五尺的城壕，四通八达，草木掩映，是我们躲猫猫"抓特务"的好去处。有时，我们也随大人们一起，在古城墙上散步、看书、晒太阳。外来客人最爱登塔望远，说这里是饱览风景的最佳之地。

县城所在地原来叫新店，县治于南宋绍兴二年从金州城迁至此地。城内大街很怪，都是"丁"字形：东西大街过去叫正街，新中国成立后改为民主街。她是老城的灵魂，亦是贯穿汉阴老城历史文化的主线。从古代的县衙到20世纪80年代的县政府，都设置在此街。儿时的我们，总爱问县政府大门两边为啥是"八"字形砖墙，总爱摸爬门前的一对大狮子。此街古建筑多，有城隍庙、儒学堂、文庙、关帝庙、练武场、老县衙、察院等，我们经常去游玩。

父亲告诉我，城隍爷就是城隍神，是城市的保护神；大殿正门对联"做个好人心正身安魂梦稳；行些善事天知地鉴鬼神钦"，至今让我铭记在心。关帝庙一眼望去，"殿皆石柱，雕龙飞腾，庙貌宏丽"，主殿"事在人为休言万般皆由命；境由心造退后一步自然宽"的对联，其教化之意，至今让我受益匪浅。父亲常带我走进"庄严肃穆，孔圣像慈祥和蔼"的文庙，一副"德冠生民溯地辟天开咸尊首出；道隆群圣统金声玉振共仰大成"的楹联，让我明白了孔子"德圣万世"之名归。父亲诠释说，在中国，文有孔子，武有关公，一文一武，两圣相映，构成了中华民族传统文化的主体，这就是县城的人文主脉。

老城的寺庙建筑，以深沉高迈的文化哲理，饱含强烈的艺术美学精神，创造出独具一格的礼制人文风貌。正如文峰塔楹联"塔势凌云开笔阵；人文启秀焕奎光"，昭示渴望贤才辈出的期盼；文庙大殿门匾雕有"腾蛟起凤"，表达希望后代成龙成凤的愿望。

老城民居建筑以人为中心，与环境相融合，直接赋予建筑整体上的审美文化意蕴，表达出城市群体的期望、追求和目标，以及对美好生活的憧憬。城内的七街八巷，均是"门前片石路、镂耳马头墙，顶有龙船脊、双檐刻花纹，室内多雕刻、门前画檐廊，隔扇做内墙、中间天井水归塘"的客家风格屋舍。比如：沈氏门庭匾刻"洁己奉公"，其为追求大公无私的家风家训；陈家祠堂大门匾额"齐贤尽善"，提倡后辈们言行向圣贤看齐，做人处事要一心向善；胡家大院"礼门义路"的门额，追求家门讲礼仪、行事讲信义之族风。

素有"商业一条街"之称的解放街（北街），与民主街相交呈"丁"字形。儿时在此街数过匾牌，有百货公司、服装店、照相馆、影剧院、木器店、北街食堂等二十七家店铺，最大的是汉阴县粮油供应公司，统管全城居民和驻军粮油供应。南街的街道最短，但名称至今未改；街面别具一格，路是鹅卵石铺成的，中心还用石条分界。"南街分东西，走路不沾泥；西有雨具社，纸伞好名气；东有文化馆，老少皆欢喜……"的顺口溜，至今还在流传。

老城有七口幽深老井，井水甘甜纯净，滋养着一代代老城人平凡的生命。取水方式很独特，运用了桔槔结构，也就是杠杆原理。井边竖立粗壮独木，支撑起木架子，上面加根长木做杠杆，当中是支点；末端悬挂一重物，前段悬吊一根竹竿，竿下头钻孔套挂水桶，一起一落，提水很是省力。早晚井旁提水人很多，是老井最热闹的时候，大家自觉排队提水，很有秩序。中午时，邻里街坊趁提水人少，就在井边提水洗菜洗衣，拉家常，谈笑风生，很亲切。

临街都是店铺，有大门通向后院的住处，后院都是很深的三进四进院子。同姓异姓的四五家围成一个小院，烧水做饭都用柴火，淡淡炊烟，生机一片。在那物资匮乏的年代，谁家有好吃的，都会给别家小孩送去一些；下午大家爱把桌子摆在天井中，凑在一起吃饭；晚上一边喝茶一边谝闲传，其乐融融。若在周日的大晴天，院里就会架满晒衣被的竹竿。女人们大盆小盆地洗衣服，男人们挑水穿梭其间，谁盆里没水就往谁盆里倒，不分你我他。洗好的衣被晾在竹竿上，把小院装扮成了五彩缤纷的世界，生活充满了阳光……

光阴似箭，老城的模样在岁月洗礼中逐渐模糊，声像在时间流转中越来越模糊。古城留下残垣断壁的南城墙、西城墙一段和文峰塔，原本古朴精致的民居建筑风貌，早已在改造拆迁中消失。数次拓宽街道、整修巷道，老城典雅柔和的街市风情，已被繁忙喧闹的氛围所代替。

几十年过去了，生活的确越来越好，衣食住行更加方便，这是毋庸置疑的。回忆老城故事，述说老城风情，记住城市乡愁。

那些欢乐和笑靥都在老城记忆中历久弥新，继而让人充满对未来美好的憧憬。

城市的心景线

城市的特质在哪里？现代化的、快捷的、方便的花园城市、森林城市、休闲城市，已成当下尽人皆知的宣传语。城市早晚的景观，是三五人一群、七八人一伙，悠闲地在公园散步，在亭子里石桌上打扑克，在绿树下唱歌跳舞，在空场地上写毛笔字，这些组合成了当今城市生活一道道亮丽的风景线。

谁人不说当今城市风景多，风景美？而在这美景中，从我的心里浮现的是那些人的身影。

我心中敬仰的一群人，呵护着城市的亮丽。每当东方发白的清晨，这群人就推着垃圾车，提着垃圾桶，拿着扫帚和抹布，将大道小路一帚一帚地扫净，把休闲座椅一点一点地擦净，把沟渠里的污泥一铲一铲地清理干净。白天，车来人往时，这群人就这样一遍一遍重复做着这些似乎被人看不见、瞧不起的工作；晚上，夜深人静后，这群人仍然那样默默无闻地重复这样的清扫，为的是明日呈现一个洁净的城市。这群环卫工人就这样为着生活，为着妻儿老小，也为着这个城市，全然不顾别人用怎样的眼光瞧，用什么样的态度对待，任劳任怨而诚恳执着地坚持整洁着这片天地。

我心中敬佩的一群人，铸造着城市的壮美。城市的壮美，是一幢幢拔地而起的高楼大厦，而每当我们住进一座座宽敞舒适的新楼时，建设这座楼的一群人却早已辗转到另一片荒凉杂乱的工地。夏日，当我们安然在树荫下纳凉时，这群人却在烈日下与钢筋水泥较量；冬季，当我们在温暖的家中或办公室里工作时，这群人却在凛冽刺骨的风中与砂浆砖石抗衡。他们就是建筑工人，为了百姓的安居，为了城市的繁荣，战烈日，斗严寒，用勤劳的汗水浇筑出广厦万千。他们不属于这个城市，却干着最粗重、最危险、最苦累的活儿，深深的皱纹刻印在他们黝黑的脸上，他们却用它展现着真诚的笑容，用勤劳的双手打造着城市美好的明天。

我心里敬畏的一群人，描绘着城市的流动美。这群人把握着城市大众的交通命脉，他们不分寒暑，起早贪黑，日复一日、年复一年地穿梭往返，精准安全地服务于百姓方便快捷的出行。这群人天不亮就出门，天黑透才回家；正点出发不耽误，见缝插针吃点饭；一整天脚踩离合、油门、刹车，习惯了下肢运动；紧握方向盘，目视前方，盯住一个个路口，报站、停靠、起步，习惯了全神贯注与腰酸背痛。这就是公交车司机，在一平方米的工作岗位上，发扬着特别能"承担、吃苦、奉献"的交通精神，为大家营造出一个安全、舒适、便捷的出行环境，用苦累、汗水、艰辛换来大家的平安出行。春夏秋冬，风霜雨雪，城市公交车不间断地行驶，穿行在城市的大街小巷，犹如人身上的血液不停地流淌，满足着广大群众出行的需求，成为流动在城市里的一道道生机盎然的风景。

还有一群人，无论严寒或酷暑，不管黑夜或黎明，始终用自己的节奏守候着这座城市。这群人，也许来自天南地北，也许来自附近村镇，操着不同口音，推着架子车，骑着三轮车，停靠在车来人往的路边，或者某个比较热闹的市场边缘，有的卖蔬菜，有的卖水果，有的卖特产……他们心里默算着成本是多少，一天挣钱多少，还有烂掉、扔掉的赔本多少，一天的买卖够不够妻儿老小一天的开销，深夜回家可不可以吃上一口热饭，喝上一口热汤……他们那写满沧桑的脸上，笑容灿烂依旧，欢声笑语依旧。这样的烟火气生活，描绘着城市草根人群的幸福景象。

生活的天平上，人人都是平等的，追求的幸福感，是心中对自己的满意体验。满意的标准不在于我们物质上的丰厚、名利上的丰收，而在于在获得这些东西的过程中付出的努力。我心中的这些人，虽然他们很少有时间去游公园逛大街，虽然他们下班后已经很疲倦了，虽然他们用辛勤劳动换来的酬金还不足以让他们享受这座城市的奢华与繁荣，但他们仍然由衷地喜爱着这座城市，激情拥抱着这座城市。你看他们休息时，一人手中一支烟，所有的酸甜苦辣都随着缭绕的轻烟飘向了天空；他们对城市沉默不语，内心沉重，表面却不见悲喜，不见苦乐；他们语言交流不多，仿佛在思考着人生，思考着社会，思考着他们与这个城市的关系；他们花白的头发在微弱的路灯灯光下若隐若现。

在城市里行走，我不看重金碧辉煌，不羡慕锦衣玉食，不仰视高名厚利，也不眷恋俊男靓女的花前月下。我羡慕大桥下、马路旁那一对对相互牵手行走的白发老人，我尊重年轻人在公园里陪伴搀扶着他们佝偻着的、满头银发的父母散步的身影……

在城市中，这些永远都是我心中最美的风景、最美的诗篇。

"挤"向城市的血液

　　血液的不断循环让人活着,新鲜血液的不断产生让生命延续。人群的往来流动让城市充满生机,陌生面孔拥进街巷让城市长盛不衰。

　　"挤",已是城市人话语中出现频率极高的词汇。拥挤的人群、车辆、建筑、欲望,城市是一天比一天挤。虽然严格的计划生育政策在城市实行,同时城市人为享受生活不愿多生,可这城市里的人不仅没减少反而越来越多。街道在不停地加宽,立交桥上再建立交,堵车问题不断加剧;房地产开发商没日没夜地建楼,政府的经济适用房、廉租房也炒得热火朝天。都往城里挤啥?城里人很是诧异。

　　挤了,这是不可辩驳的事实。卖菜的、送货的、开的士的、办厂子的、开商店的……城市人不干的活,乡下人愿意吃苦耐劳来干;城市人能干的事,乡下人进城也来竞争着干。如今的城市里,只要你在街上走,处处都有新面孔在眼前晃悠;稍留点神便会发现,城市不仅是城里人的城市,还是外乡人打工谋生闯荡天下的生活领地。你到菜市场,摊主清一色操着方言土语与你讨价还价;你打车,的哥用半生不熟的普通话和你聊天;你进商店,十有八九是来自遥远山村的乡妹子迎接你;

要说建筑工地，清一色全是一脸黝黑的山里小伙子；即使是你送孩子上学，到医院就诊，接触的也大都是大中专毕业后进城的教师和医生——城市也有咱们的份儿，乡下人很是自豪。

挤对了，更是城乡相互依存的定式。向往城市，到城市去闯闯，在城市开辟一方新天地，这正是农村人向城市转移的一个大趋势。一条条崎岖的山路上走来、一道道弯曲的河沟边走来、一座座陡峭的峰梁中走来的中国农民，已成为城市不可缺少的一分子，是改革开放后农民心灵和行动产生飞跃的标志。宽松的环境，让人们的手脚放开，乡下人就以锐不可当的气势、坚忍顽强的意志、持之以恒的毅力、吃苦耐劳的精神，融入城市并占据了一席之地，在各个方面扎了根，甚至主宰了城市某些关键环节。倘若没有乡下人来挤，城里人就会慌了心思、乱了手脚，好多事干不成还干不了，就会食难进口、夜不安寝。乡下人助推着城市发展，"城市，让生活更美好"。

文化"冲挤"，便是城市惊醒乡村嬗变的自然规则。追根究底，城里人原来都是乡下人，有了社会才由乡下人归集为城市人，居住在城市里的人也不会永久是城里人。农村人向城市迁移是大趋势，城市有新的生机与活力，就在于乡下人以本原的、质朴的、粗野而富有冲击力的文化内涵与行为方式，刺痛了城市麻木的神经，洗刷着城市因循守旧的风气，调整着城市疲沓的行为，重建着城市生活的秩序，催促着城市理念的转变。再者，城市的每一次重大变革，也引领着乡村生活方式的转变，启迪着乡下人观念的更新，激发着乡下人对潮流的追求。城市、乡村在互动中融合，在裂变中进步。

乡村向城市一点点靠近，一批又一批的乡下人带着激情和希望，挤向城市。城市在蚕食着乡村，一幢又一幢的城市高楼凸显现代的气势和理智的文明,又渗向农村。然而,如今高楼里面住的多数是乡下人。

　　向城市冲挤,是城市发展的选择,又是农村进步的趋势。

城南红坎子

　　山城汉阴，月河两岸，三桥横跨南北。每当漫步在这钢筋水泥大桥上，我就想起过去那用木桩撑起的、千百年人行的木板小桥。熟悉的往事，就像这月河的流水，在脑海一幕一幕显现。

　　过去，县城对面南岸的河堤是红褐色岩石砌成的，所以叫红坎子。坎子下面好多大麻骨子石头，圆溜溜的、长条条的，参差不齐地顺着坎下的河边，你挤着我、我压着你挨个躺着，就成了女人们洗衣服的好地方。一大早，城里的女人们扭扭晃晃走过小木桥，抢着最好的位置，放下手提的篮子，一上一下地挥动棒槌，捶打着铺在石头上的衣服和流水，像是晨曦里演绎的一场浣衣合奏曲。就算遇上天空下小雨，女人们也会坚持把衣服洗完才离开。有时来了兴致，还会嬉闹一番——一个女人带头用棒槌猛击河水，溅起的水花拍打在他人的脸上，然后就有许多棒槌回击的水花，飞溅在一群女人身上，爽朗的笑声会颤动红坎子下的这条月河，会撼动古城墙东南角的文峰塔，会震荡菩萨泉下的簸箕城。

　　儿时的我们，喜欢在木板小桥上玩耍。三婶、姜姨和母亲过小木桥去洗衣服，我和同伴们就比试看谁能以最快的速度冲过小桥，看谁能在桥上单脚立的时间最长，看谁过桥后不走石坎梯子而是攀爬河堤最先上到红坎子。就在那个夏天,龙岗晨霞摇动着月河水,三婶用她那粗壮的手臂,摇起如海浪般的水花溅向母亲,母亲麻利地挽起裤腿,跳到河水中,避开了飞来的七彩水花,然后高高扬起棒槌,准备以更大的水花来回击。突然,姜姨一声惊叫,让母亲手中的棒槌一僵,也打断了一河女人的嬉笑。原来三婶的儿子在木板小桥上玩单脚立,不小心掉下河去。说时迟那时快,母亲丢下手中的一切,猛地扑进急流中,还没等一群女人回过神来,她已将三婶的儿子搂在了怀里。将孩子抱回岸边后,母亲双眼望着碧波粼粼的月河,还有那随水浪远去的最心爱的凡立丁套裙,只听到娃子们那一阵阵惊叫和女人们的一串串叹息……

又一个春天,人们读着报纸上刊载的《春雨欲来风满楼》这篇文章,这时的红坎子河堤两岸,红旗招展,一个全民治理河水的"人海战略"开始了。机关干部、企业工人、街道居民各划一段,学校师生举着彩旗,顺着河堤一字排开。"一棵白杨,一棵柳树,间隔地栽;第二排依次类推,栽五排。坑要挖深,水要浇足,一人三棵,挂牌登记,包栽包活。"林业技术员用铁皮大喇叭高声喊,一遍又一遍地喊。师生们听话地保持行距,量着窝距,一棵白杨一棵柳树地栽,然后在每一棵树上挂上红牌牌,刻上自己的名字。

树挂着红牌牌长高了,经历了几场山洪暴雨,直到1998年那场大暴雨,把红坎子冲垮了,还冲走了白杨、柳树和树上的红牌牌。水退后,小木桥又重新搭在河面上,母亲带我们沿着垮塌的红坎子顺流向下找,那些树和牌牌却不见了踪影。

垮塌的红坎子,沮丧了几年,便迎来了"建设秀美山川"的浩大工程。红坎子上游的山山梁梁、河河沟沟都进行了退耕还林与小流域治理,于是红坎子下的月河水,闪烁着银色的光辉,穿过木棒撑着的小桥,乖巧地、温顺地低吟着欢歌,自由欢快地向东而去。

修好的红坎子,紧随城乡一体化开发建设,开始大热了:城南红坎子外的田野,成了开发抢手之地,高楼一幢幢拔地而起,休闲广场、文化广场镶嵌其间;红坎子南北河堤被大手笔重建,根基被钢筋水泥筑牢,堤坝被加宽加高,可抵御百年不遇的洪水;两座人车分离双向通行的高架桥为通行提供了便利,一座拱形的景观桥连接城南城北;滨河大道绿树成荫,野草小花依偎河岸,成了人们锻炼休闲的好去处。

沿堤而望,场地、草坪、绿树相映成趣,河岸楼宇矗立,文峰塔倒映水中。桂树、银杏、灯影、中国结成了人们的新宠。蓝天、白云、月儿跳出龙岗楼廊,半张笑脸映在水面,一闪一闪地迷幻着今人的心思,诱引着多情的河虾、鱼群,还有那成双成对的鸳鸯、白鹭。

望着巍然挺立的红坎子河堤,母亲那心爱的凡立丁套裙,离我们远去的那份母爱,还有那嬉闹的浣衣画面似乎清晰可见。

月河水依旧,红坎子崭新,而在我心里永久流淌着一个远去的回忆。

山城生长的力量

栖息在土地上的城市，都饱含生命澎湃的能量，源源不断，持续生长。而每一次生长，都由时代的力量引领生活的蝶变与文化的革新，继而引领整座城市的前进。

汉阴山城，一座历史悠久的城市，启示着时代的美好。她亲昵土地而生机勃勃，崇尚文化而志存高远，在时代浪潮中，这片土地正在努力生长。

来到山城的人说：汉阴不仅是悠久历史中的抱瓮之乡、怀让家园、三沈故里、红色老区、移民根基，更是新时代开发崛起的人文之地、秀美之地、繁华之地。山城更是一方热土的魂灵所在、精神所在、信念所在，也是未来所在。拔地而起的高楼与绿色的三山竞高。这片土地上的建筑与街道，生长涌动着整体的力量——经济力量、时尚力量、文化力量、生活力量。这种整体的力量正如汉江月河一样，奔腾向前，永不停息。

这片土地上，秦巴秦楚之南来北往的历史，在新店（古地名）一座城中沉淀勃发，生长出强大的经济力量。

因为这里，有月河川道，沃野千里；有唐宋丝路，连通南北；有明清移民，汇聚东西；有子午栈道，商贾云集；有仁人志士，耕读传承，让这座山城自古兴盛。中华人民共和国成立后，汉江月河仍是舟楫往来、运输繁忙，而且襄樊铁路、十天高速公路由此经过，让有"安康白菜心"之称的汉阴，经济繁荣更上一层楼。如今，以县城为中心的生态工业园区、绿色农业园区、物流集散园区、凤凰山森林公园及旅游文化产业园"一城五园"经济新生力量，焕发出蓬勃生机，如雨后春笋般破土而出，茁壮成长。

汉阴内生力量不断强大的同时，也通过招商引资主动地吸纳外来力量。走进山城，你可以看到不同肤色，听到不同语言，见到不同国家、地域的人群。他们怀揣梦想来到这片经济兴旺、商贸发达、诚信文明的热土。本土的企业、商家，并没有因为怕竞争而排外，而是以坦然的心态，聚焦共同的"中国梦"，真诚地与他们拥抱在一起，还赞美这是观念、智慧、人才、情感的凝结与提升。在这里，宽敞整洁的城市街道，林立新颖的高楼大厦，整洁美丽的市容市貌，善良淳朴的民风民俗，让奔忙生活在这片土地上的所有人，从观念、行为上，跟着时代进步，随着发展提升。

这片土地上，十五平方公里的山城，生长出让人不敢想象的新潮力量。

今天，这里汇聚了文景盛世大厦、睿正商贸大楼、民生百货超市、精典美食一条街、秦巴山珍蘑菇宴厅等，在这武林般的商贾圈里，竟有2000多种国内外著名品牌入驻。走在"陕南第一街"（北城街），漫步凤凰广场，时尚的美女风姿绰约，令人眼前一亮；新潮的俊男风度翩翩，更加吸引靓妹的眼球。一街道，一大厦，一广场，汇聚了以时装为主的各类品牌、流派和商家；衍生出设计师定制、女性主题服务、男性专业修饰、动漫创意等关联产业，不断奏响着新潮澎湃的时尚旋律。

不仅如此，山城本身也在创造时尚，塑造新潮形象，生产经典产品。走进汉阴，可明显觉察到月河川道的工业经济带、南区沿江（汉江）的特色商品带、北区山地的林果产业带所创造的时尚潮流。"带"中规模建成了富硒食品、新型建材、生态旅游等产业，形成了百亿产业链条、千万税收的企业群体。新潮的清珊装配建材、红电水泥制品，时尚的佳佳乐陶瓷、真石漆保温彩喷，幸福生态农业、"天宝贡茗"硒茶、福田健康饮品、德润硒粮米业、"大唐山花牌"菜籽油等荣获省级名牌产品，汉阴成为"全国食品工业强县"，如今正积极打造航母型的"时尚"产业园区。

在这片土地上，千年的文化遗产，亘古流淌的汉江月河，正孕育着雄浑的文化力量。

唐至德二年（757年），安康县改名为汉阴县。汉阴至今已有一千二百多年的历史，积淀了深厚的文化底蕴。众多珍贵的历史文化遗存，仍在这片景象万千的土地上熠熠生辉。县城间的明城墙、文峰塔、文庙、菩萨泉、西关双石狮，乡间的双河口驿站、吴家花屋、汪家大院、张家堡子、沈家祠堂，宗教场所两合崖、道教铁瓦殿、双溪寺等，如散落的珍珠星星点点，俯拾皆是。

山城汉阴，从厚重的历史积淀里走来，不断继承和发扬优秀的传统文化，中华人民共和国成立后，这里已生长出独具韵味的文化力量。在新时代的山城内，龙岗脊梁上矗立起雄伟壮观的龙岗阁，阁内五层精心布展了丰厚的地域文化；城中原二小搬迁的破旧老四合院，已修葺一新，建成了"三沈纪念馆"；新建的两万平方米的文化艺术广场（大厦），集广播电视、影像制作、图书阅览、舞蹈艺术、数字网络、立体影院、演艺剧院于一体，是开放惠民的公共文化乐园；新修的颇具明清建筑风格的"沈尹默书法研究院"，已是中外书法爱好者、大专院校及中小学师生的培训学习基地；恢复扩建的沈氏祠堂，拓展了中纪委在全国推荐的"沈氏家训"，已成为新民风建设的"家训家风"教化场所；享誉全国的"三沈文化创意产业园"中，一处处蓬勃旺盛的科技创意街区，一家家极具个性的文化创意店铺，一道道引领潮流的书画创意走廊，一间间文学艺术家创意工作室，让这里充满独特的艺术魅力，从而产生强大的文化产业冲击力。

这片土地上，既有月水之柔情，又有凤山之秀骨，绿水青山映城成趣，正孕育着精致的生活力量。

城南最大的"凤凰山国家森林公园"，离城不到五里，古树参天、四季葱郁、泉溪潺潺，是山城天然的空气净化器，更是人们郊游休闲的极好去处。城北的龙岗生态公园，占地四点七平方公里，绿地覆盖率高达百分之九十六，是城区集中的"氧吧供给站"，也是集观光、休闲、娱乐、栖憩于一体的以运动为主题的健身公园。步入其间，与草木花鸟、时令季节来一个亲吻。在这里，不仅能舒畅地呼吸清新的空气，而且能一览龙岗阁、千步梯牌楼、状元林、抱瓮丈人雕塑、菩萨泉、凤凰亭、尚德亭、芳林亭、朝阳门、革命烈士纪念碑、林荫广场、祖师殿、戏楼等景点，更可将整个汉阴山城尽收眼底，将凤山和月川的美景一览无余。这样的自然、生态、活力与幽雅，让人流连不已。

把美好留在人间，把自然还给民众；经济社会的发展，最终都是要让人幸福。为了提高民众的幸福指数，汉阴定当砥砺前行，精准施策地扶贫，全面建成小康社会。这是山城汉阴向新中国成立七十周年献出的一份最真诚的厚礼。

百姓美好的生活，始于此。

金州老城故事

金州安康老城故事，是旧城与新城的故事。现在的金州安康一派现代化城市的景象，高楼林立、车水马龙，一河两岸绿树红花、人山人海，体现着日新月异的变化。

金州安康老城啥模样？我陪同中国文学出版社文艺出版部杜丽副总编在安康调研，她一席问话激起我真切的回忆。我父亲1928年在金州城上学，随后又上安师，经常对我讲金州安康城的一些老故事。

父亲说，据史料记载，早在新石器时代，汉江两岸及秦巴腹地原始人类部落就已出现，以水道、陆道交往周边。夏代，属于梁州；商周时期，为庸国的封地，史称"上庸"；春秋时为秦楚巴三国辖治，战国时成为秦楚反复争夺之地；秦时，此处置汉中郡西城县，郡治西城；汉沿袭秦制，东汉建安二十一年（216年），曹魏攻占汉中，分郡之东（即今安康）为西城郡；曹魏、西晋时期设魏兴郡，隶属荆州；西晋太康元年（280年），为安置巴山一带流民，取"安宁康泰"之意，改安阳县为安康县，"安康"从此得名；南北朝时期安康先属南朝，后属北朝；隋复设西城郡，属梁州；唐设金州汉阴郡；宋设金州安康郡；元降金州为散州；明代前期设金州，万历十一年（1583年），洪水淹没州城，遂于城南赵台山下筑新城，改金州为兴安州；清初仍设兴安州，顺治四年（1647年），州府迁回老城，乾隆四十七年（1782年）改设兴安府；辛亥革命后，废兴安府，安康隶属汉中道；民国二十二年（1933年）废道，县直属于省，民国二十四年（1935年）设陕西省第五行政区行政督察专员公署；1949年12月改为陕甘宁边区安康分区行政督察专员公署，1951年元月改称陕西省人民政府安康专员公署，"文革"期间改称安康地区革命委员会，1979年改为安康地区行政公署，作为省人民政府的派出机构；2000年12月撤地设市，为安康市人民政府，府邸仍是金州，可是这城的变化却是日新月异了。

老城的故事依然活着，活在安康老人们心里。因为他们的童年、少年和青年是在老城中度过的，老城是在他们眼皮底下一点一点消失的。年轻人会说老城故事是一个遥远的故事，金州的老城和新城与现代化的新安康反差极大，无法相比。但金州老城的故事并不遥远，传奇的沧桑风雨仍然神异动听。五千年前，我们的祖先就选择在这块风水宝地上繁衍生息。老城叫金州，它坐北朝南，秦岭巴山是它的天然屏障，这儿还是中国版图的圆心腹地，历史上的秦头楚尾，汉江流域的中游地段，钟灵毓秀，四季分明，水碧山青，物阜民丰。千百年来，一朝朝的州史府吏，一辈辈的能工巧匠，一代代的文人雅士，一群群的商贾布衣，让金州老城声名在外。

父亲还告诉我，金州老城，既位于南北水路、陆路的枢纽岸口，又是历代军事争夺的要地。为了南来北往通商方便，又为了抵御战火入侵，还要防止洪水灾害，老城曾有四面城墙十个城门。城墙全由人工垒砌，依地势南高北低，东西斜面而上。现城门有通津门（大北门）、临川门（小北门）、迎恩门（北堤门）、安康门（大南门）、兴安门（小南门）、康阜门（老西门）、宁远门（土西门）、安澜门（水西门）、兴文门（南堤门）、仁寿门（朝阳门，又为大东门）。城内建筑错落有致，高矮不一；有楼有塔，气宇轩昂；有庙有殿，雕梁画栋；有寺有宫，彩绘精巧；也有历经风雨的泥墙破屋做伴相对。老城里大姓人家大多建有祠堂，祠堂为同姓族人办大事所用。祠堂附近，一般有几棵高龄的樟树柏树相伴。东关西关，在中华人民共和国成立前还可看到一座座牌坊，有彰显列祖列宗功德的，有颂扬贞烈女子气节的。

郡邸州府坐落在老城之中，以此为轴心而建的商业街有通津街（大北街）、大南街、古楼东、西街、安悦街等。几条街道尽管长不过三五百米，宽不过一竹竿的距离，却商铺林林总总、店栈热热闹闹，南丝北棉、东绸西皮，货物琳琅满目，行人摩肩接踵。除了商业老街，城内还有一条条纵横交错的小巷小路，用鹅卵石铺就的地面被日晒雨淋、人畜踏踩得油光锃亮。老城内还星罗棋布着一口口老井，供人们吃水洗衣洗菜，还有防火作用……明万历十一年（1583年），洪水淹没金州老城，遂于城南赵台山下筑新城，并将知州公署一并移于新址，改金州为兴安州。新城之称谓与"旧"相对，二者间隔约二百丈。新城墙周长六百九十多丈，高两丈多，东西南北皆有城楼。清顺治四年（1647年），州府迁回老城。

金州老城延续变迁，1978年我上安师时，金州的老城与新城已不再是父亲讲的那样了。老城墙只剩下残缺不齐的北面和东西半截河堤墙，新城只剩下北门和东南角一小段城墙，除一部分街巷老房子被保留外，整体已没了原来的模样。但在老城与新城里生活过的人最骄傲的是那时阳光无比明媚，空气无比清新，河水无比纯净。那时，老城、新城与大自然和谐而融洽，在这个近乎封闭的生态环境里，老城的路面水沟里除了自生的杂草和树叶外，几乎见不到人为丢弃倾倒的垃圾。在老城人的眼里，所有的东西都是可以再生利用的：剩菜剩饭用来喂猪喂鸡，人畜粪便是最好的有机肥。那个时候市面上没有塑料袋，人们上街买菜都是自己拎个竹篮子。老城里的阳沟水可以洗衣洗菜，城内城外的水塘可以洗澡玩耍。健在的老城人，他们的童年，一年吃不到几餐大鱼大肉，平时连白米饭也不能经常吃到，而且很小就要分担家务，但却是艰苦并快乐着的……

如今，我退休又居住在安康金州城，眼见世界变化太快，快得让人眼花缭乱，仅仅几十年的时间，老城就在人们的眼皮底下消亡了。而使老城消亡的正是老城人自己。老城的消亡过程是从拆除城墙城门开始的。中华人民共和国成立后，战乱结束，匪患消除，人们觉得城墙城门失去了作用，而且给出行带来不便，于是，南门、北门、西门、小东门等一座座城门相继被拆。城墙也一点点被蚕食，有的成了街面，有的被修成公路，有的地段被种上庄稼，旧城就只有防洪的北城堤得以保留，而新城城墙几乎被全部拆除，只有北门遗迹得以保留。

改革开放后，对美好生活的追求向往激发了人们的积极性，老城开始充满活力。短短几十年时间，老城有了翻天覆地的变化。为了改善居住环境，老城开始拓展，城区面积成倍成倍地增加，城内城外、汉江两岸开始连成一片，南北向宽阔的大桥路、金州路、解放路，东西向的兴安路、巴山路、瀛湖路，还有江北大道让人自豪，"秦巴明珠、生态安康"上了新闻联播……

金州安康老城的消亡让老城人心里五味杂陈，这些年金州得到许多发展，却失去了许多记忆。健在的老城人总是想：要是老城的城门城墙还在，要是老城的名木古树还在，要是老城的古庙古寺还在，要是老城的祠堂牌坊还在，要是老城的老街和小巷小弄还在，老城的历史价值、文化价值、旅游价值说不定会很大。而这一切都已成为历史，历史总是在向前，不忘历史才是智慧，在历史的变迁中创新才是进步。

金州安康老城，不可忘记；金州安康老城的故事，不可不讲。但愿金州安康老城的故事能一代代传下去。

八月山城桂花香

八月天，我徜徉于汉阴的北城街头林荫道上，便有阵阵香味扑鼻而来，一种舒爽、愉悦的感觉油然而生。此时，街中的车流声、两边的叫卖声，与微风掠过树梢的哗哗声浑然地成为一曲激情洋溢的交响乐。风吹过，八月桂花香，这香，是那般高雅恬静，在秋日里，以馨香轻拂人间，荡漾出街头一波一波的热闹和兴奋。

山城汉阴，地势起伏柔美，背倚的凤山蜿蜒巍峨，是桂花树适生区。《楚辞·招隐士》道："桂树生兮山之幽；偃蹇连蜷兮枝相缭。"桂花是与隐士关联的，有着"虽处僻远亦自芳"的品性和甘于淡泊、不求闻达的风格。所以在这里，无论是川里的家院还是山里的村户，都有多年老桂。院内、院外、门前两边、围墙两角的桂花树苍劲翠绿，那香飘十里的甜味，早已让人浸唇黏齿。这里的老人很自豪地说："买咱这儿的大米，又香又甜又黏，是贡米；还有咱这梨，是贡梨……都是桂花天然熏染的……"我徘徊在一株百年老桂之下，不由得想起宋代诗人杨万里的句子："不是人间种，移从月中来。广寒香一点，吹得满山开。"因而，这里的人好种桂树，人也有桂树的骨、桂树的性、桂树的魂、桂树的源。我深深迷恋这乡村农家的一片胜景。

据说，凡间本是没有桂花的，月宫里的吴刚为了感谢一名叫仙娘的寡妇两次救他的善举，让仙娘在人间率先酿造桂花酒，才悄悄给了她桂树的种子，人间这才有了桂花。于是文人墨客就传诵着人间桂花天上来的传说："清香不与群芳并，仙种原从月里来。"（楚娘《桂花》）"遥知天上桂花孤，试问嫦娥更要无？月宫幸有闲田地，何不中央种两株？"白居易幻想通过与嫦娥对话，问她是否还要在月宫中栽种桂花。天上的桂花在月宫里，人间的桂树在山谷中。桂树长于月宫，高高在上，所以，自古以来，人们将桂花的清馨比作"天香"。古人诗曰："月中有丹桂，自古发天香。"既是天香，普通花草之香又怎可望其项背？古老的传说虽然有些虚幻迷离，但传说毕竟是对美与善的赞扬啊！

桂树寿命很长，一般都可活一百多年，有的树龄往往高达几百年。每到桂花开的季节，川里山里的姑娘们在树下撑起帐子，小伙子们爬到树上用力摇晃，那金黄色的桂花，就像雨点一样纷纷落下，被称为"桂花雨"。此时这月河南岸，漫川遍野，连绵数里下着"桂花雨"。这"桂花雨"在当地可大有用场，时遇中秋，可做桂花糕、桂花酒、桂花粥、桂花饼、桂花糖、桂花蒸肉……再泡碗桂花茶，在这月圆之际，家家都品茶、闻香、饮酒、食饼。小伙子折几枝桂花插在姑娘的窗前，浓郁的香气中传来姑娘愉快的笑声和歌声，让人分外喜悦。

夜里，走进凤凰广场，垂柳、香樟与活泼的小草儿相互依偎，更有那清波粼粼的月河水与皎洁如玉的秋月交相辉映，座座矗立的新楼也在品味着这清新的香气，享受着这美丽的风景。香气袭人的桂花奋勇当先，竞相开放，用她的芬芳和美丽拨动着人们的心弦，让人"不知今昔是何年"。慢慢品味那桂花，我神思飞跃，浮想联翩。这是来自月宫的桂子吗？要不怎么会如此清香淡雅，含蓄却沁人心脾？难怪古人赞她"清香不与群芳并"！

见天上明月与地上桂花，我便想到佛经中也曾有过桂花的传闻。古代天竺国有一种能结子的木樨，叫天竺桂，逐月开花，但只寥寥数点，所结之子与莲子相似。于是又有传说，说是每年中秋之夜，桂子如雨，落于天竺。因而有古人宋之问的诗句"桂子月中落，天香云外飘"，仿佛将人带入那缥缈、空灵之境。此时看文化艺术广场四周的桂花树，大的小的都开得生机勃勃，明明知道都是人工移栽培植的，却仍不免觉得是月宫之桂子落入凡间！

八月，是桂花飘香的季节，也是山城浪漫的季节。

秋到金州城

我退休后,就随儿孙居住在汉江中游的金州城。这里街道宽敞洁净,高楼林立,车辆川流不息,井然有序,人来人往,摩肩接踵,标志规范,设计典雅,一派现代文明的繁荣景象。但我也知道,金州城的历史很悠久,她在源远流长的古韵中加速追赶着时代的步伐,既古朴又充满活力。

秋临这座城,总是伴随着一场酣畅淋漓的大雨。那场潇洒的大雨,断断续续下了两天,云雾之中天地万物浑然一体,风和雨一口气把六月至八月积攒的酷暑炎热一扫而光。汉江波涛汹涌地横扫岸边沙石草丛的尘埃后,就渐渐变得乖巧温顺,粼粼水波发出哗哗哗的声音。

金州城对秋天的来临是敏感的,江北沿岸一排排遮阳伞消失了,露出了一蓬蓬泛着红色的香樟树冠;江南岸边一处处啤酒广场收敛了,迎来了一支支中老年舞蹈队伍;小区所有空调的嗡嗡声停止了,打开窗户吹进了凉爽的清风;河堤路边一棵棵银杏树已染成金黄色,一块块葱兰(又叫韭兰)缀着朵朵白花,金州城最美的季节就是这秋天。城外香溪路有艳红的枫叶林,溪水绕过的稻田有金浪流香,八仙洞前有俊男靓女祈祷,望江楼上有老人孩子言笑晏晏。几片悄无声息的落叶,映衬着金州城远处的群山白云。此时,天空明朗、恬淡、高远,清澈的汉江水衬得天空更加蓝,好一幅唯美的水彩画!

这个季节,金州城大街小巷里男男女女的装束变了样,变得别致而有情调。站在街口,再也看不到身穿防晒衣的女人,眼前晃悠的全是色彩斑斓的秋装,最夺目的是那条花色和谐的长丝巾,在脖子上飘逸,显得很浪漫。男人们脱去短袖穿上长袖,外加一件休闲装,脚上露趾的凉鞋换成锃亮的皮鞋,配上白色套袜,装扮得器宇非凡。金州商场、莲花酒店的门迎将背衫短裙换成了美感十足的旗袍,在厅前亭亭玉立。寂静了许久的学校,现在已是生气勃勃,书声琅琅……

秋临金州大桥,桥中绿化带间的桂花丛芬芳漫溢,围沿的草菊含苞欲放。桥下江水不再咆哮,船只在消瘦的江面上自由来往。卧在河流上形似石板的桥,在两岸古色古香的砖瓦房下显得格外优雅与庄重。石板缝里偶尔传来几声虫鸣,眼前或有几点雁影掠过,伴随着秋天碧水在微凉的风中发出瑟瑟的清音,树叶飒飒地摇曳。桥两边有飘散的落叶,黄的叶片沐着光,打着旋儿,转着圈儿,轻飘地飞过桥,落在江面上便慢慢地随波东去。

这就是金州城的秋,萧瑟而独特,洋溢着金色的希望。到了皓月当空之时,秋伴着那清冷的月光,轻轻地笼罩着金州城。斜倚窗前,那白得令人心动的弦月斜挂在天幕,可望而不可即,但那缕缕银丝却和缓地洒向大地,令人感到伸手可触。不知此时广寒宫里的月光是否如此清亮?凉气是否比这儿更浓?披了银纱的空气,在夜里有些冷冽,汉江轻缓的流水,叶子落地的轻音,一切都是那么安详却又清爽,宛如你闭上眼,梦便已至尽头。

这便是金州城的秋,华美而绝尘。自古以来,秋有"我言秋日胜春朝"的豪情,有"采菊东篱下,悠然见南山"的闲逸，有"常恐秋节至，焜黄华叶衰"的悲凉，而金州城的秋，却似一朵柔美而明灿的野菊，开在清晨似梦似醒的静谧里，开在人们清朗温和的笑语里，开在我们流光溢彩的眼眸中。

金州城的秋景，明净潇洒，瑰丽而又雄壮。当整个城处处荡漾着秋色的时候，就会让人感到格外温暖，另是一番韵味。

金州的秋，金碧辉煌；金州的秋，七彩芬芳；金州的秋，欢乐清爽；金州的秋，美好安康。

山城狗年

谁说年味淡了,这狗年真的旺旺了。老天爷也敏感起来,说晴就晴得艳阳高照,爽朗明净;说下雪就下得铺天盖地,遵规守矩。不拖沓郁闷,不浑浑噩噩,让人感到一种爽快劲儿。万里霞光五彩画,一声犬吠九州春。

山城的春节前夕,大街小巷少了些梦幻迷离的广告,多了些熟悉的"身边好人"、公认的"道德模范"、古今的"二十四孝"、教化的"仁义礼智信"彩图。即便是店家那花样新颖的商品宣传,都不单以价格为主导,而以温暖的祝福、诚挚的诺言给人以美好的向往。整个城市呈现出一个个暖融融的年货交流购买场。

狗年最令我欣慰的事,是被商家力挺多年的洋味十足的圣诞老人,在狗年门前已更换成财神爷的雕塑与画像,一展中华民族勤劳、宽容、和善、智慧、快乐的精神风采。北城街一串串高挂的红灯笼,凤凰大道一排排高悬的中国结等,蕴含了山城人对来年美好的期待。穿城而过的月河围湖中的莲花彩灯,让人啧啧感叹时光的变幻,岁月的变迁,生活的美好,以及坚持文化自信的舒畅快意。

狗年看电视,念亲人,又总在思考每逢春节,为什么铁路、公路、机场那么"拥"、那么"挤",甚至形成"潮"?

亲人回来了，思考才有了答案——春节是中国人"团圆、怀旧"的日子。团圆，是游子对家人亲情的一种思恋，家人对离家外出亲人的一种守望；怀旧，是对过往生活的一种眷恋，对记忆的追溯与享受。每个人的心底都有团圆与怀旧的需求，这种需求是精神上、情感上、心理上的，而且是牢固的，其方式则体现为一种民俗文化。民俗不是强迫的，它是自愿的和自律的，是一种共同精神需要和共同情感表达，是淋漓尽致、敞开心怀的表达。因而，春节才成了中华民族的传统，成了民间美满幸福的象征。

标志性的汉阴文化艺术广场上，"百名书法家送春联"活动引来人山人海；剧院多场"民俗曲艺展演"激励着民间艺人进城展示才华；3D数字影院也开展惠民活动，春节前后的电影票被抢购一空；焕然一新的图书阅览室、电子阅览室吸引着众多读者。赶年集的人路过广场，许多店家的促销员适时给送上两三张鲜艳、亮丽、喜庆的"福"字招贴，让人心暖的同时又佩服商家的体贴。

北城南区、大街小巷的居民们兴致勃勃地在自家的门上插上了彩旗，挂上了大红灯笼，撑起了红红旺旺的"年景"。进城出城的行人涌动如潮，有的满面春风，有的手捧鲜花，有的用车载着年货，有的拎着水果……城乡"姹紫嫣红迎佳节"已成为狗年最亮丽的一道腊月风景。

狗年的山城，让我在如今的春节假日中依然能品味到浓浓的年味。人们祭灶、扫尘、写春联、贴门神、挂年画、贴福字、祭祖、守岁、拜年、迎春、耍狮子、摇彩船、玩龙灯、唱花鼓，好不热闹。现在许多从乡村住进城里的人，记忆里不灭的仍是乡村春节这些民风淳朴、年味醉人的风情，还有那意蕴深远的中华传统民俗文化。

山城人在狗年拜年脱俗有新意，改在网上拜年，不再"礼"尚往来。远在他乡的游子，可视频聊天，使亲人们隔着万水千山的距离也得以"团聚"。有人走出家门，偕妻子静静坐在烛光摇曳的茶座酒吧，再品味一下过去，遥想一番未来；也有人邀三朋四友坐在宽敞的歌舞厅里聆听那《春之声圆舞曲》，让疲劳一冬的心灵被温暖的春风轻轻吹拂；还有人与好友一道走入三沈纪念馆、书画美术馆，过一个"文化自觉"的年；更有赶回家过年的人携妻带子守候于文化艺术广场或龙岗阁，享受着被夜空缤纷的礼花映红笑脸的时刻，静静聆听春天的钟声庄严地敲响……

旺旺狗年，律动着生命，迸发着情感，守候着承诺，满溢着希望。

这正是：

  金鸡亮嗓送祥和，瑞犬昂首祈福音。
  三山两川美如画，追赶超越日月新。
  全民共建新民风，精准扶贫传喜讯。
  汉阴儿女弄春潮，龙凤起舞乐欢腾。

聆听安康变奏曲

安康这座城，在历史中遗留下一些痕迹，不同时代发出的不同声音，这些便是这座城市的时代记忆。

老人们说，捂上耳朵都能听得到，安康过去是遍布马道街巷、土墙矮屋、泥筑河堤的马蹄声响，江上船运纤夫的号子，地上肩挑背扛的苦工的哀叹……如今，尽是清脆的马达声、汽笛声、喷气声、欢笑声……这是改革开放给安康带来的美好机遇。

五〇后的我，几十年来，听闻安康变化之声，是现代化建设的不凡之声，是百姓生存环境改善的天籁之音。安康江城两岸的大小建筑工地，那五线谱般的脚手架，节奏感极强的挖掘机，与指挥塔上的哨音，演奏出一部相得益彰的变奏曲。在这里，规划和开工，拆迁和重建，拓宽和改造，像是在安康城的上空，频繁地吹响的起床号和冲锋号。这号角在城乡的大地上，渐渐催生出一座座崭新的高楼大厦，一条条宽阔的水泥大道，一处处方便齐备的公共设施，一个个鸟语花香的休闲公园，一座座车水马龙的跨江金桥，一环环碧水玉带，一丘丘青山银梁。

20世纪的金州人，总抹不去汉江水患之记忆。那时的安康城堤由泥石垒砌，单薄而低矮。汉江稍微生气或怒吼，城堤就会发出垮塌声，随之而来的就是悲哀的哭号声。1983年7月31日，汉江发出震耳欲聋的咆哮声，河堤垮塌，房屋倒塌，树木被连根拔起，老城新城成了一片汪洋，这一悲切的历史记忆，深刻而沉重。

新时代的安康城堤，在汉江边需要仰视。贴近大堤，可清晰听到密布的钢筋正与混凝土坚实地拥抱。老城也嬗变为新城，呈现一派时尚、现代、繁华气象。沿江两岸建成滨江公园，五桥横跨南北；一棵棵垂柳在风中摇曳，一排排香樟在阳光下滴翠，紫荆、玉兰、桂花在蜂飞蝶舞中献蕊，人们惬意地在花丛中行走……江南已是高楼林立，江北已建成国家级高新区，楼群商企雨后春笋般拔地而起。晨练晚步归来，我喜欢站在坚实高阔的城堤上，欣赏这一江朝气蓬勃的圣洁之水。它以柔美的姿态、和谐的韵律，与我深爱的安康世代相依，谐音共鸣一曲铭恩而励志的汉水情韵。

走进安康城，可听到改革开放四十年的时代乐章。那是车轮转响、机械轰鸣、改天换地的开发建设之声。我觉得在这种繁杂的声音里，有着一种铿锵的力度，律动着一种勇往直前的激情，传递着一种克难图强的精神。不能人云亦云、片面地、浅层地理解城镇建设的嘈杂和城镇街市的喧嚣，城镇发展至此是必然，又何必与自己过不去而抱怨呢！若我们用成熟的心智去诠释这一切，这些嘈杂和喧哗，不正交汇成一支现代城市的摇滚乐，一阕生动活泼的时代华章吗？倚靠在安康城堤上，瞭望汉江两岸，我无时无刻不想唱"江南江北好景色……"。改革的时代在前进，开放的时代在发展，社会的发展水平在提升，这个时期会留下万象更新的诸多物证，包括在建设进程中发出的响彻云霄的声音。这种声音伴着光彩、热度、力度和韧性，在人们生活的大地上盛开出绚丽多彩的鲜花，结出饱满殷实的硕果。

　　有时独自漫步在街道或江边，不由自主地打量起安康——这个古老而年轻的陕南名城。河两岸，楼亭阁棚人满座，聆一耳喧哗，便转身攀上亭台，我听出金州城发出的各种声音，辨别出其中别样的腔调和蕴藏的独特味道。"卖酸菜呀，收头发哪，磨剪子嘞，补锅哪……"这些城乡接合部最熟悉的吆喝声已经消失，保存下来的汉调二黄、花鼓场子、民歌小唱、商贩售货的叫卖声，也已随着生活方式的改变，渐渐成为老一代人耳边的回音。传统的叫卖声已快要销声匿迹了，取而代之的是南腔北调、抑扬顿挫，夹杂着霓虹彩照、微信视频的光影电子之声。于是，我慢慢学会了倾听。细细品味这些声音，简直就是精彩的小品或相声，不啻是一种原汁原味的艺术享受。城市的新生，城市的机能，正在市民身边、百姓之中叠加调和成尺度，丈量着城乡的长度和城镇的深度，以及与这个城市一起成长的文化高度。

　　一个清晨，我悠闲地步入汉江文化公园，不知不觉这里更换了声音。一阵晨风吹过，飘来了广场舞旋律："阳光的油彩涂红了今天的日子哟，生活的花朵是我们的笑容……"大妈们在激情动感的歌曲中翩翩起舞；三五个穿戴俏丽的姑娘，拉响了手中的小提琴，优雅的琴声掠过清澈的汉江水面，激荡出粼粼微波；七八个老少爷们，敲锣打鼓，拉着板胡，迈膝步亮手掌哼二黄，引来一阵阵掌声。一缕晨光洒来，温馨地抚摸着这座城市和江水，也照映着树上早叫的鸟。"热面皮、香馄饨、酸菜饺子呃，来一碗——"一声声叫卖声，着实让我精神一振，这不正是城市交响曲中插入的轻快小调吗？我的心情随之放松而明朗。

　　看来，安康城市在扩展，建筑在拔高，动车有了，高速路通了,飞机场建了,高铁也开工了,国家级森林城市已建成了,发出的声音不仅是动人的乐章,在细微之处,还蕴藏着无穷的变化,透出奇妙的城市灵气。走过一个个广场、公园、茶吧、书厅、路边摊点、公交站台,观察每一个安康人,大都是安逸祥和的表情,这每一个表情就是一个音符,一同和着这座名城的淡雅之声。所以,我说这个时代的安康是多元而和谐的,传统文明与现代城市的交融令不同的声音组合在一起,构成了这座城市遥远而凝重、灵动而亲切的天籁之音。

城市的明天会更美好,生态、文明、幸福的目标离人们并不遥远。安康发展进程中的时代变奏,是一支优美动听的乐曲,若你能听出这天籁之声,便可将心情放飞,安居生活,净化心灵。

回到家乡尝新米

又到"喜看稻菽千重浪"的季节，家乡人邀我回乡尝新米。

随车而行，一路上，我看见坪地一坝坝良田，迎风翻滚着金色的稻浪；沿河沿溪一层层梯田，随风散溢出阵阵谷香；塝上的雷公田，似镶嵌在山梁中的铜镜，映射出缕缕霞光。

走进乡村田野，我记起家乡人整秧田、犁水田、插秧苗的情景，脑海就浮现出秧苗青青、蜻蜓点点、蝴蝶翩翩，和阳光雨露充足，布谷秧鸡飞去，稻浪蛙鸣的影像。眼前正是这金色的秋季，打谷的日子，拌桶下田了，家乡尝新米的时节到了。

现在的尝新节，早已没了过去的氛围，但是家乡还依然保留着打了新谷子，邀亲友们回家乡尝新米的习俗，若亲友在城镇忙，来不了，就送点新米去尝尝。这种风俗习惯饱含着淳朴的古训，是想告诉亲友：家乡又是一个丰收年，家乡人"秋稻新米倍思亲"，勿忘"粒粒皆辛苦"的勤劳之本。

我来自陕南汉江北岸凤凰山南麓的一个山村。我清楚记得家乡老人讲的"尝新"史话：山里的乡亲，大多是明末清初那个时代从两湖两广移民到这里安身立命的。农耕尝新米的节日，也是从故乡传过来的。由于家乡人是多地域、多姓氏、多风俗的移民客家，又与当地巴人生活在一起，习俗也就慢慢融合而有所变化。特别是到了人民公社时期，人人都成了生产队的人，田地都是集体的，这"尝新"的农耕风俗活动，就由原来的家族族长主持，变为生产队队长来组织了。这"尝新米"的规矩、形式、氛围、时间等，就有了许多不同。

我年轻时生活在家乡，正赶上人民公社时期。那时，耕地与粮食就是家乡人的命根子；它们不仅在大集体生产队里被看得跟生命一样重要，还与国家建设的兴旺发达息息相关。记得那年，集体尝新米的祭祀节上，队长的一段祭辞，讲明了这个道理："今天尝新米，勿忘耕田地。农事有古训，敬祖敬天地。人人尝辛苦，个个出力气。交足公购粮，为国献厚礼……"那些年集体大生产时，从插秧到尝新米的过程，我至今历历在目。

"三月播种下稻秧，四月储水稻秧长，五月初来插秧忙，六月薅草追肥长，七月拔稗灭虫害，八月中秋新米尝。集体粮食大丰收，社员个个喜洋洋。"当时一首《尝新米》山歌，我仍是记忆犹新。山歌将耕种劳作的时节一一编入，也唱出了人们近来丰收的快乐心情。

山里的气候，高一丈都不一样，庄稼成熟时间也不同。低处的田，水稻已经泛黄，队里人一大早就在田坎上走着，细看密扎壮实的稻秧，轻拨稻穗上盈盈的露珠；当一轮红日探出山头，丰收在望的惬意，就挂在他们微笑的脸上。这时，队长就带几个老农走进一坝早熟田，抽摘一些稻穗，细细观摩，轻轻抚摸，慢慢揉搓，查看稻粒是否熟透，以此决定最先收割哪几块稻田，顺便堵住这些稻田的进水口，挖开田边的出水口，放干稻田里的水，以便收割打谷时干净利索。

做好一切准备，还要瞅准好天气，选定"尝新米"的吉日。打谷那天，生产队队长早早起来，站在高粱上一声喊："开田打谷啰！"队里二十多户人家，男女老少四十多个劳动力，便麻利地拿上镰刀，挑起箩筐，拖抬四五个拌桶，赶到要收割的稻田，割的割、打的打。那劳动的声响极富节奏感和韵律感。割打两个时辰后，挑谷子的就起肩了，把金灿灿的稻子倒在大晒场上，用推板摊开，用爪耙耙成行，受风吹日晒。直到夕阳下山，晒场的人赶紧收拢稻谷，抬出风车，麻利地用撮箕铲稻谷，从风车上口倒入箱里，熟练地摇动风车把手，秕谷便从前口飞出着地，饱谷便从下口落在箩筐里。就这样，一箩筐一箩筐的新稻谷，在保管室里的篾席上堆成山。人们劳累一天，虽是挥汗如雨，却是乐在心里。

到了尝新米吉日，队长就提早安排人手，把一担担晒干的新稻谷碾成新米。还叫人杀一头上百斤的肥猪，分几个大灶煮饭、炒菜。那时，集体吃大食堂，大土碗人手发一个。上午十点多，队里能走动的百来人，都喜笑颜开地聚到保管室晒场上，分成几行，排在大灶前，一人打一大碗新米饭，舀一大勺肉菜，然后集中站在院坝中间。尝新米祭祀活动开始，人人举着大碗新米饭，队长站在最前面，神情严肃地主持仪式：一敬上天，因为是上天赐给人间稻种；二敬大地，因为是大地长出庄稼粮食；三敬祖先，因为是老辈人辛勤劳作传承农事。大家依次三鞠躬后，队长亲自端一碗饭和肉菜，先喂给狗吃，因为据说是天狗把稻种带到凡间的。接着，队长念完几句祭辞，这才集体开吃新米饭。队里"尝新米"的场面与情形极为壮观，上百双筷子碰着上百个大碗的声响，和上百张嘴的噗噜声叠加在一起，与秋色秋风合成一首奇妙的协奏曲。

当然，吃集体大食堂，因老幼病残而不能来的，队上都会叫其家人带同等分量的饭菜回去，绝不亏待任何人。后来，大食堂没了，队里把集体"尝新米"活动，用集中"分新稻"的形式来代替，还给喂狗户多分几斤新稻谷。"尝新"吉日，同样是队长选定，祭祀活动程序不变，人人举起分得的新稻谷，敬天、敬地、敬祖先。随后，各户回家后，把新稻谷砻碾成新米，再按各家族风俗习惯，来祭祀"尝新米"节日。

家庭过"尝新米"节日，形式内容各有不同。记得那时我们家是从江西义门迁徙到陕南的客家，祭祀习俗是打新谷第二天尝新米。桌子摆在院坝中间，叫见天见地；端四个凉菜，寓意天有四方；炒上六个热菜，祈祷来年风调雨顺；满桌十个菜，旨在敬天敬地、实心实意。菜上齐后，父亲庄重地端出四碗白花花的新米饭，整齐放在桌上，寓意年有四季；然后点燃一对红蜡烛，插入院坝坎边，再点燃三炷香，高高举过头顶，全家人一起三叩首，拜天、拜地、祭祖宗。那时，我们家没有养狗，父亲就舀碗新米饭夹些肉菜，送到梁上谭家院子，唤来大黄狗先吃。

后来，我考学离开家乡，正是土地承包到户那年。各家农户耕种有了自由，新稻谷成熟和收割的时间就有点差异，因而各家尝新米的日子就各不相同。家乡人是非常重视尝新米的，因为能尝到新米，就表明饥饿难熬的荒月即将过去，预示着好生活已经来临，所以家家户户在这天都要郑重而高兴地举行尝新米仪式，还要请亲朋好友来参加见证，以表达对天地祖先的敬畏感恩和对新时代美好生活的虔诚向往。

乡村发展到了新时代，已经摆脱贫困，从解决温饱走上小康生活，而新时代的年轻人很少在农村种地，因为吃饭现在不是问题，所以尝新米仪式几乎消失，甚至人们对什么时候吃到新米、新米饭是啥味道都漠不关心了。殷实的现代物质生活，已经淡化了传统的农耕文化。

可喜的是，2018年，党和国家在每年农历的秋分，设立了"中国农民丰收节"，赋予千万农民荣誉感、幸福感和成就感，更赋予千年农业文明一种仪式感：春种秋收，春华秋实，这是国家第一个专门为农耕设立的节日。这不仅让当代人准确把握时节规律，更是用现代思维点缀传统文明的一种最佳形式。这节日，成为国家提倡的、远远超出"尝新米"仪式的且最具有现代感的节日。巧用传统农耕文化，有机融入现代文明生活，这是一种契机。

这次回到家乡，还不到秋分时节，早稻已开始收割，我极力享受着乡村迎接丰收的激动和喜悦，进而惊叹家乡人对"尝新米"农耕文化的重视、传承和发扬。

回家乡"尝新米"，给了我极大的启迪和感悟，家乡人在享受美好生活的同时，始终不忘敬畏自然，不忘感恩时代，坚守勤劳根本，传承传统文化。这种自强不息的农耕文明特质，这种不忘初心的时代精神特性，让我敬佩不已，永远铭记在心。

茶山溪水炊烟

西关石狮子

县城西关河堤上一对石狮子,守望这方水土几百年了。

这对石狮子矗立在西关河堤上,一个望着天,一个瞅着地;一个朝南守着一条河,一个朝北守着一条街;一个凭灵性保护桥上过河人的生命安全,一个用神力固牢大堤,抵挡暴雨水患。西关这两只极具代表性的石狮子,憨态可掬又充满灵气,虽不那么高大雄伟,却令西关远近闻名。

狮子,一般来说,都是左雄右雌,成双成对,传承中国传统的阴阳哲学。而西关这对狮子的造型就比较特别,爪下没有绣球和幼狮,不分雌雄,一双眼睛全神贯注地盯着这条街这条河。它们是这里的忠诚卫士,在漫长的历史年代中,无论沧海桑田或是岁月变迁,这对石狮子历经朝代兴衰更迭,依然屹立不倒,坚毅不屈。它们不仅是西关河堤的装饰,也是历史发展的见证,更是海内外山城人的乡愁所依。它们承载着西关那说不完的故事,也魂牵着山城人道不尽的家乡情怀。

西关街又叫西坛。它街宽不足一丈,呈"之"字形,从县城西门延至糜子沟口。自西南进城的人必从此过,故称之为西关街。明成化二十六年(1490年),县府在街头糜子沟口下方修建了小型祭坛平台。平台上三重檐的祀殿,分别覆以三种颜色:上檐青色象征青天,中檐黄色象征土地,下檐绿色象征万物。县城人在这里敬天拜地接万物，禳灾祈福，俗称西坛。

西坛坛口朝南，对着的就是西关河堤。河堤上的石狮子，见证了年年暴雨过后，月河与观音河两水暴涨，加上糜子沟口下来的急流，汇集成汹涌澎湃的洪峰，冲击西关的危险情景。如此十年九回的水患，不仅袭击西关，还对县城造成极大的威胁。于是修筑西关河堤，就成了历代县府的紧要之事。

宋朝迁县治到此地时，县城就常遭水患侵袭，城外西关更是首当其冲，因而很少有人家居住。时至明成化二十二年（1486年），夏季一场大雨，水漫西关，知县张大伦上西门箭楼巡查，深知守护好西关就护住了县城，就保护了百姓的生命财产安全。入冬后，他即刻主持修筑西关河堤，组织几百人以厚土夯筑西关大堤。河堤筑成后，四十多年无恙，因此"之"字形的入城路两边，就逐渐搬来些小摊小店小作坊，既做生意又方便过往路人，门店铺子增多了，慢慢形成了街。

西关街刚有人气，就在明嘉靖十四年（1535年）遭遇了一场五十年不遇的暴雨。土筑河堤被完全冲垮，街上仅有的十几家房屋店铺全部倒塌，洪水还漫灌到城墙根。退汛后，时任知县的李时秀查知堤坝根基不牢，随即主持灾后重建，以卵石奠基，混合石灰高筑厚土，故人称其"李公堤"。此堤历经八十多年，在抵御了无数次洪水冲击后，有多处垮塌，水溢街城之事屡屡发生。明万历四十五年（1617年），新任知县张启蒙赤脚下河查看河堤状况，发现若再有洪水来袭，整个河堤定会不保。于是，他趁冬春枯水季节，及时募工重新修筑，召集几十名乡下石匠，日夜凿打石条，砌筑河堤。他还信奉神灵之力，特意在西关码头的河堤上置放一对石狮子，用以镇守河堤，同时守护西关过河用的小木桥。

石狮守望的小木桥，是县城东南西向三座桥中最长的一座。它由九节木板桥面连接而成，每节桥面的木板长约一丈，宽五至七寸，厚一至二寸，多用柔韧轻便的松杉或杨柳木制成，每节下面由木桥墩撑起来。小桥的桥墩呈方形，由四根高五尺的硬木柱架成"八"字，有专人守护。那时候，西关这座木桥，几乎是南岸一万多人进城的必经之道。桥上行人来来往往，不计其数，下桥后人得走十五级石阶，上到西关河堤入口。守关口的这对石狮子，人人都会去抚摸一下，以示虔诚敬爱，又希望借助神兽的灵力，给心里添一份安慰。

西关马家父子经常拆桥搭桥，人称他们是小桥的"守护神"。每当夏秋雨多季节，河水就会猛涨，小木桥的安全就会受到威胁，很容易被大水冲走。于是，每当要下连阴雨或是中到大雨前，马老爷子就会麻利地叫上两个儿子，招呼几个乡亲，不管白天或是晚上，就光着身子冲下河中，把小桥的桥板桥墩一一拆掉，搬到高处。等雨停水退后，又把桥板桥墩一一搬下河，稳稳地搭架好小桥，方便来往的人过河。对小桥的守护就这样一直延续着，乃至后来的高家、陈家、沈家等，一辈一代地接力传承。西关就这样一辈一代延续，从小木桥走向北方的人，有很多很多；从小木桥走进南方的人，有许多许多；还有奔东赴西的人，更多更多。

西关石狮子，在沧桑岁月中历经磨难。雨雪将它冲刷成斑驳的颜色，风霜将它的表面侵蚀，而它毫不畏惧，气定神闲，欣然接受且泰然自若。

洪水冲倒过石狮子。清光绪年间，在一场百年不遇的大暴雨中，洪峰将它冲倒沉入河中。说来也奇怪，狮子倒下后洪水即刻减弱，西关街免遭一场水患，人们认为是神力显现。当时的通判王炳煌在汛后亲率众人捞起石狮子，清洗中发现其头有损伤，痛惜得泪流不止。随即，他不仅筹资再建河堤，还加高堤坝至一丈二（原七尺），堤长延伸至县城南渡口，同时给石狮子加石礅基座，迫使月河水南徙。

沙底淹埋过石狮子。民国初期，石狮子在一夜间被人偷走，长时间下落不明。直到中华人民共和国成立后的1953年8月，连降大到暴雨，洪水几度形成高峰，冲垮西关河堤，横扫西关街，大水漫灌到县城，虽无人员伤亡，但西关住户的房屋财产被冲刷得所剩无几。洪水退后，人们发现月河南岸沙滩显露出一对石狮子，西关人一眼就认出来了，立刻将其捞起来，轻冲细刷后抬回原处。后来听人说，是月河南岸人听信风水先生所言，把月河南岸遭受洪水之灾难，归因于西关河堤石狮子的神力，所以将之悄悄偷走埋入南岸沙底。

西关人保护过石狮子。20世纪70年代中叶，西关一家人听"破四旧"的人说，要砸烂河堤石狮子，于是连夜将石狮子搬运到自家地窖下藏起来，直到改革开放后，西关河堤加高重修，才将石狮子重新请出来，安置在河堤码头上。

棚房遮挡过石狮子。时间推移到20世纪90年代，县城东南西边建成三座人车通行的水泥大桥，月河上的小木桥自然隐退，石狮子就被冷落了。后来的西关老户和拥进来的人群，就在西关空地与河堤上乱搭乱建棚房，遮挡住了河堤上的石狮子。直到现在西关棚户区改造，规划出全新的西关街市，新旧棚房全部拆除，这对石狮子才重现尊容。

踏着西关老街，再次凝望河堤上矗立的一对石狮子，斑黄的颜色、残缺的身躯、昂扬的神态，让人仿佛穿越了几百年的时空，留给我们无穷的遐想。

我似乎读懂了西关石狮子生生不息的传承，我似乎感悟到了前辈人坚毅顽强的精神所在。时间消逝在岁月长河里，石狮子的形象，却烙印在后辈们奋起前行的路途上。

滩上老街

观汉江云海,我来到漩涡镇,顺便到滩上老街去看了看。

滩上的老街,繁忙了一千多年,如今只剩几户人家。青石板明朗朗地匍匐在街面上,述说着岁月的沧桑。滩上的河边,已看不见码头的影子。石坎梯子隐蔽在杂草丛中,唯有凸出的几根石条依稀可见。

碧波荡漾的汉江与凤凰山溪流汇聚而下的冷水河在此处相遇,冲击出一个大水湾,形成一个滩。滩上的江流,在这里平缓地迂回,旋转,形成了一个漩涡。古时汉江水路繁忙,过往船舶常在滩上码头停留,码头上的高处就设有吊楼子,一排排木头撑子,立在江边的半腰上,形成了一道特别的风景,还渐渐成了街。秋冬春三季枯水期,滩上就成了一个大沙场,古代有驻军在这里操练军队,所以这里又称"校场坝"。据说自秦至明清,历史上五次大移民,滩上的码头都是见证者。后来,当地百姓就随口叫它"滩上老街",也有人叫它"漩涡老街"。

老街东头,立着一个牌楼,刻有老街的匾文。传说唐代中期,有一船主行船偶遇洪水,在这里停靠,于是便联合其他船主出资而设立了此门楼。虽说这里是个滩,平时却风平浪静,很像一个泊船的港湾。每当太阳从凤凰山伸出头来,老街的眼睛总是半睁半闭着，从容地迎接每一个鲜活的早晨；即使遇上大雨咆哮，雷声怒吼，老街那锯齿状的屋檐，依然可以让雨水哗哗地泻下，在石板街上溅起跳跃的水花，在吊楼子脚下溅起浪花。即使江上有汹涌澎湃的洪峰，也会在这里回旋、卸力，平缓地向东流去。行船到这里停泊栖息，不管是船工还是客人，总是能睡一个安稳觉，也总想睡一个懒觉……

老街中段，有一个下码头的豁口，豁口处立有三米多高的石头地标，刻有"滩上老街"字样。老街的水路，上接汉阳镇与石泉嘴，绵延十几公里；下游紧靠紫阳的汉王城，不足十公里；陆路向北翻越凤凰山衔接县城，与秦岭子午道相连，是川陕大通道之一。老街旁是河边的石坎梯子，一米多宽，七十九级梯，左右生长着竹林，竹林保土挡洪水，既护着石坎梯子，又护着支撑吊楼的柱子。有书记载，江边码头曾经渡过北上抗日红四方面军的第十师和川陕游击队。

老街只有一条街，顺江东西向，街心以长石条为界，南北建筑风格截然不同。南面顺河而建，清一色是竹木结构的吊楼子房，大木头作房屋框架，竹片严实编织框栏，敷上黄泥为墙。北面依山而建，砖木青瓦房，均是两层，双檐翘角，融江南和秦川建筑之优美，风格独特，居住舒适，有五十多户人家。

老街醒得早，天刚蒙蒙亮，卖小吃、开饭馆的就忙活起来。烟顺着屋顶瓦隙袅袅升起，风一吹，歪歪斜斜带着几分睡意。随后就有吴家的"米面、芝麻馍呀——"，余家的"油炸果子（麻花）、豆腐脑哎——"之类的吆喝声，此起彼伏地从东头传到西尾，惊起熟睡中的船工和客人。于是，他们会麻利地起床，找孙家的饭馆，要吃酸坛子、挂面，那吃起来才刹劲[①]，开船拉纤格外有精神。上下街头有一些忙农活的大人，也得早起下地去。

紧接着那些铁匠铺、篾匠铺、杂货铺等也跟着提门板，开始做生意……一道太阳光把檐角的影子射到街沿时，江南过渡船赶集的、江北走山路赶场的、汉王城、石泉嘴的人群，就把老街挤得热闹非凡……

当晚霞映红江面，落日余晖抚摸石坎梯子时，老街又恢复了平静。一只只矮板凳、一把把靠背椅子，从街对面纷纷被搬了出来，吃晚饭的人们不再以街心石条为界，而是随意搁置而坐，端着大碗，边吃边聊，有酒的只要一拿出来，不用请就会被抢着喝，老街满是酒香。这时候几只猫也来凑热闹，这儿转转那儿叫叫；还有几只小狗，围着主人撒起欢来。此时的老街成了孩子们的乐园，他们打地牯牛②、玩纸板、跳房子、踢毽子、躲猫猫、碰腿腿……开心极了。有时头上飞过几只鸟，发出归巢的叫声。码头上的船只，还有人在忙着卸货、装货，为明天按时开船赶路而竭尽全力。

滩上老街，让我记忆尤为深刻的是它的整洁、卫生。那时没有清洁工，也没有城管人员，各家各户不仅各扫门前雪，还善管他人瓦上霜。店铺的招牌虽不同，但都依据门额大小制作得典雅大方，没有炫耀浮华之感。

因为街背后是沙泥山体，历史上有几次暴雨后出现滑坡，威胁着老街人的生命财产安全。中华人民共和国成立后，县政府立即规划老街迁移，新址定于冷水河口东面的孙家包，老街住户陆续搬走。经过几年努力，1958年秋，漩涡镇新街建成开集。

漩涡镇新街，经过六十年变迁，已是楼房林立，车水马龙；跨江架金桥，盘山铺油路；产业富民生，文旅提精神。一句话总结就是：日新月异，今非昔比。

如今，走在老街的青石板上，老街曾经的吊楼子房、牌楼、刻着街名的巨石，还有那些叫得响的小吃已荡然无存。还在坚守的几户人家，住的青砖旧房，墙体斑驳，木柱朽败，纹理可见。时光流逝，锈蚀的门把仍彰显着古朴的活力。

滩上老街，在我脑海中，古风犹存，留下了岁月的静谧、流年的无奈……

注：① 刹劲：方言，很卖力、很有劲。此文中表示特别的感受和味道。② 打地牯牛：土语，即抽陀螺。

留下平房的影子

再一次走进大山里,我拍下了仅存的几间老平房的照片,如果今天不拍下它,下一次来也许就没有了。因为现在的城市、乡村都是砖混结构的楼房,平房几乎消失了。

回想过去的平房,土墙是大地的本色,青瓦是草木的肤色,栖息在大自然中,与溪水山林同色,袅袅炊烟与淡淡云雾相绕,鸡鸣狗吠,鸟语花香。再看现在的楼房,墙体像是插在土地上的钢筋柱子而高高在上,色调像是长在草木上的白癜风而格格不入,红顶像是焚烧在原野上的火苗而气势汹汹,其身份似乎是大自然的入侵者。

这是我的偏见。乡村之所以这样,是因为全国农村都这样。砖混楼房,是农户人家富足的象征,是安居踏实的生活的体现,不可说长道短,更无可非议。只怪自己对平房有一种特殊的情感,小时候出生在茅草土木平房,后来又成长在砖瓦土木平房,对冬暖夏凉的平房有着深刻眷恋。看着以前生活成长的平房即将消失,难免产生一种淡淡的哀伤,有很多说不清道不明的缘由。

住在城市楼房里,虽然是一个楼梯道上下,但对门邻居姓啥叫啥都不知道,门一关仿佛相隔十万八千里。而过去平房是大家庭式的生活,无论是乡村的上坎下屋,还是城市的院子,端着碗就可以串东家走西家，拉家常送帮衬，是其乐融融的邻里关系，是童言无忌的伙伴友情，是真诚关爱的家长里短，是热情坦然的迎来送往。当然也有争嘴吵架的时候，但只要崽子们一声"阿姨""叔叔"，矛盾也就烟消云散了。也许是爱屋及乌吧，似乎平房的一切都是美的，下雨时乡间泥泞的路，走起来很有情趣；为防夏日蚊虫的滋扰叮咬，熏艾蒿、摇蒲扇很有情致；还有牛圈、鸡窝、狗棚，都那样别致可亲。

感触平房，暮春三月，田野绿了，炊烟伴着晨曦袅袅升起，又随着西下夕阳徐徐升起，上坎下屋的大院子里弥漫着野菜的清香，王姨张婶端来一筲箕艾蒿馍馍，热腾腾的一股香气引来欢声笑语。

回忆平房，"邻里碗传碗，亲戚人帮人"很有民间人情味，不管是院子之间或是上坎下屋，只要有啥好吃的东西都要与邻里分享，有啥好用的都要相互推荐；邻里间讲究"你帮我，我帮你"的规矩，遵循"你拉我上坎，我扶你上岸""你帮我排忧，我帮你解难，携手同奔美好生活"的习惯。

怀念平房，秋收季节，夜里凉风习习，各家把门前晾晒的苞谷坨子、稻谷场子收起，院坝中间摆上八仙桌，放上大碗酒菜，邻里不分你我围着桌子坐，划拳饮酒畅胸臆；崽儿们一会儿偷吃一口菜，一会儿偷喝一口酒，辣得甩鼻涕抹眼泪；一伙乡下文化人拉二胡敲铜锣，吼天喊地唱着花鼓。欢快的心情乐得月亮羞云间，敞开的喉咙吼得星星忙眨眼。

眷恋平房，冬天廊檐下晒太阳，享受家庭的温馨。年轻的女人们扯着崽儿们坐在矮板凳上，绷毛线绕线球；没出嫁的小姑子们织着各种款式的毛衣；大伯大婶们围坐一起，指着李家的田地语气充满丰收的喜悦，说着张家的收成谈论明年的光景，揣摩何家的父母怎么又棒打鸳鸯了，又说起吴家小伙子新房布置好了，王家姑娘酿的酒香了。

　　土木平房，是我刻骨铭心的情结。真想退休后，去乡下山涧边盖几间土木砖瓦房子，依山傍水，养一头黄牛、三两头猪、七八只鸡，找一只狗看门，再种些山菜杂粮，享受勤劳自足的幸福生活。还可让我执笔灯下，描绘出三春阳光明媚的暖意、三夏林溪泉涌的爽快、三秋瓜果飘香的甘甜、三冬千里冰封的静谧……

　　留下平房的影子，留下淳朴的乡风，留下传统的村庄，留下历史的痕迹。

中信和栈人家

一场小雨过后的六月,天高云淡,风清气爽。参加"深入基层、放歌路上"文学笔会的全国作家来汉阴"秦楚子午丝路"采风,我正好作为主人陪同,好久没到这地方来,也想瞧一眼秦岭南麓双河口山水风景。我想,肯定别有洞天。

坐上大巴,与作家们一路欢歌笑语来到双河口古镇,再从古镇沿楼房河子午驿道,向秦岭方向驶进。四五公里水泥村道后,便是蜿蜒如蛇的沙石土路,大约一小时后在东沟下车。迎面有一山,山形宛如一只仰天而鸣的大公鸡,鸡冠扶摇九天,名曰"鸡公岭"。

鸡公岭半山腰上过去有个鸡窝子,叫吴晏塆。从地名可知,吴氏和晏氏人应该是这个地域最早的移民。正想着,吴支书从塆上人家下来,指着对面一院石板房介绍说:"那是'中信和栈',汉代县府在这里修建的。秦楚两地往来经过这驿站的丝盐商贾、马帮、挑夫及官差络绎不绝,他们相继在这方圆十里地续建栈房七八院,塆中通过公助民捐的方式修筑了一座财神庙,历经悠悠岁月几千年。民国二十六年(1937年),途经县城的西万(西安至万源)、汉白(汉中至白河)公路贯通,'脚歇双河口,挑茧过长安'的子午驿道就渐渐路断人稀,周边栈房和神庙就沦落为现在的断壁残垣。吴氏和晏氏的子孙大部分相继迁徙，只有民国翻修后的中信和栈与五百年前栽植下的两棵大药树，仍相互守望。"

听完吴支书解说，我们徒步前往。山道并不陡峭，小路并不狭窄，泥沙土软绵绵的，作家们一边走着，一边一个劲儿地感慨着这难得的惬意和舒适。到中信和栈要跨过楼房河，溪水在这里立起了几道小瀑布，绿的石菖蒲与艳的刺玫花镶嵌其间，"美轮美奂，别有洞天。"作家何春华、姚维娜、霍洪玲、石凌、李秀云等异口同声地说。于是，他们或单独，或搭伴，或一群群地争相拍照留影，生怕与这佳景擦肩而过。

在两丈长的双石条桥上，路边的大石柱格外引人注目，石柱顶端长有四季常青的筋藤，茂密如皇冠，"人间奇观，绝世罕见。"唐不语、张天福、陈宝君、陈忠林、罗圻等作家震惊地赞叹道。大家既惊奇又疑惑不解，这孤独的石柱上怎能长出那样葱郁、四季常青的灌木？我也瞠目结舌无法应答。北京中华伏羲研究会副会长、著名作家李应该先生抚摸、观察后，说道："这不是石柱，而是万年前的'树化石'，这树化石通气吸潮，石柱上的筋藤能下吸地气地湿，上接阳光雨露，在这云雾缭绕、溪水潺潺的林荫环境中，才会有这样的奇异景观。"李先生一席话让我们恍然大悟又长知识，四周顿时响起一阵掌声。

步道两边是枇杷树，树上挂满一串串"黄灯笼"，和山坡上一簇簇淡蓝、浅粉、灰白的不知名的野花，与这一群口音不同的客人，构成了这仲夏山野一幅动人的景象。

我站在中信和栈的高坎上，见那斑驳陆离的中信和栈似乎百世不变，像伏在石坎平院中舒服地长眠一样，安然入梦。两棵大药树拔地而起、郁郁葱葱，观沧海桑田、视风云变幻却默默无言。我在想，如今双河口被列为省级文化旅游名镇，重开子午丝路古驿道，我们的到访带来的喧闹与骚动，是否惊醒了它悠然自得的酣梦？尽管它睡眼惺忪，想要兴师问罪，却很快被男作家们的龙章凤姿所吸引，为女作家们的清纯优雅而迷醉。于是，它清醒了，活跃起来了，豁开荆棘密布的小路，敞开杂草封闭的百步石梯，那高耸入云的伞状树冠也露脸了，层层叠叠的叶子欢笑着滴出了油绿的泪花。

远眺一溪两山，那绿色主宰了整个山野。这山的形态既错落有致又渲染得体，还有鸟语蝶飞、鸡鸣犬吠，这子午丝路是一轴气势磅礴、浑然天成的水墨画卷，这样的大手笔我想也只有大自然才有吧。

作家们兴致勃勃地吟山诵水、抚今追昔，我转过身到中信和栈后面转悠，却发现有位老人正在垴里挖地。那老人头发斑白，身材矮瘦，身子骨却显得硬朗，他将锄头挥得老高，像电视中倔强执拗的愚公，似乎想要把这鸡公山掘平。

"老大叔，挖地呢？该歇会儿吧。"我走过去轻声给老人打招呼。

"你来啦，好久没见到贵客嘞，歇会儿就歇会儿哦！"老人耳朵很灵敏，乐呵呵的，话里透出山里人的质朴和好客。"太阳大，到家里坐坐呀。"他一边说一边丢下锄头往回走。

老人就住在中信和栈院子侧边的偏房里，土巴墙石板老屋，一大片竹园和两棵大药树把院子遮得严严实实，偏西的太阳只透出几丝微光。"好久没见到这么多的贵客呃，远方来的吧？稀客稀客！"乐呵呵的老人见到这么多陌生人，一边忙着从屋里拖来小木椅，一边说，"院子凉快，贵客快坐，快坐。"

我先和老人攀谈起来，才知道他名叫晏真福，祖辈父子唐朝时期从湖北"挑茧过长安，担盐半月还"时不小心摔伤，当地吴氏人家救了他，于是他们就留下来了。他今年已经七十四岁了，孩子们都住在县城里，只有他和老伴还住在这山上。

"孩子也叫我们老两口住进城去，政府也劝导我们，儿子媳妇都孝顺，可是我们就住不惯那高楼大厦呃！你闻这山沟里空气多好，喝这山泉溪水多纯净，还有地种，可以养身体。儿子那里太嘈杂，我享受不了。还是山里好啊！"老人笑眯眯地解释说。

老人的笑，吸引了北京来的主编苏伟，他紧握着晏大叔的手，与大叔照相，说老人那堆满皱纹的笑，仿佛老人的心一般纯净、敞亮、真诚，令人为之动容。苏伟在《汉阴印象》中感慨和体悟道："晏大叔由于身体健康，别无牵挂，他便过着隐士般逍遥自乐的生活，不为世故人情所左右，纯粹得像一首诗。这就是他宁愿住在山腰间破烂阴暗的土屋里听风沐雨、生火煮茶、燃灯夜话，也不愿随儿女去县城住楼房、过城市生活的原因。晏大叔爱自然、爱自由、爱自乐，胜过爱规则、爱约束、爱程序，一句话，他不想失去农人的天性。"

此时河北作家王克楠也紧紧握着晏大叔的手坐下照相。攀谈时老人笑着说："人活一世，求一个平淡，谋一个实诚，好一个勤劳养家，百年后就心安理得了，你说是不是？""是，就是，就是！"王克楠一边回答，一边念叨，"但教康健，心头过得，莫论无钱。从今只望，儿婚女嫁，鸡犬山田。"此句我事后才知，是元人魏初《人月圆·为细君寿》里的话。

就这样，作家们依次与晏大叔照相，边照边谈，老人不善言辞，却一问一答地说了很多。他谈起祖辈来这里的许多故事，讲他父辈在大炼钢铁时，为保住这两棵大树，腿都被人打残了；也讲他年轻娶妻生子奔波的经历以及楼房河很多逸闻趣事；还说自己老了，打小就清心寡欲，现在更不愿凑热闹赶时尚，还说金窝银窝不如自己的草窝，金钱银钱不如长庄稼的土地值钱，祖祖辈辈留下的土地既养人又育人，一辈子的故乡必须一辈子坚守⋯⋯

一席话，赢得我们的赞叹和掌声。可晏大叔这时收起笑容，愁眉不展长叹一口气说："过去三个村，不到十年，中上游两个村里的上千人几乎搬迁走了，三个村合为现在一个村，这村里年轻人也都追求到镇里城里买房，再过些年这个村怕是要消失了哦⋯⋯"

"晏大叔您担心太多了，这个村还会更兴旺呢！古镇驿站一建设，子午丝路一开发，中信和栈将来一恢复，您这里就会热闹起来哟！您看到了，今天就来了这么多来自全国各地的大作家、文化人，今后会有越来越多的贵客呢，您说呢？"我如是说。晏大叔脸上的皱纹隆起，笑得灿烂无比。

老人的笑，似乎让我看到晚年的自己，也在这环绕着青山绿水的中信和栈旁边，住一石板土巴墙屋，选一块菜园地，种上蔬菜和杂粮，摘坡里青茶沏一壶，邀三朋四友闲聚海聊，可以戴上老花镜读几页书，写一些随心所欲的文字，还可以把子孙接来，享夏季凉爽林荫，享天伦怡情之乐，来延续晏大叔那自由、自爱、自然的天性。

夕阳快落山了，霞光中的中信和栈旁石板房人家，已升起袅袅的炊烟，我们知道那是晏大叔的家，是晏大婶做晚饭了。炊烟袅袅随风轻飘，绕过大药树，绕过山林，变成轻纱，化作白云。这天人合一的自然、灵动美妙的风景，吸引了我们的视线。

黄龙庙一瀑三潭之谜

从汉阴县城，翻越国家级森林公园凤凰山，或者从汉江边古镇漩涡镇，沿汉漩路直上老君关，就可一览神奇壮美的大地浮雕——凤堰古梯田。其中凤江梯田就有一处神秘诱人的今古奇观，那便是黄龙庙下"一瀑三潭九道湾"的人间仙境。

传说仙鸟凤凰落此为山，还得玉帝王母赏赐的一颗龙女宝珠，又因此处位于汉江之上、凤山之下，就冠名凤江。一千七百多年前，汉江改道后，游江的黄龙得知凤江龙女要呼风唤雨，拯救一方百姓，就沿凤江而上来帮忙助阵，它深得凤凰、龙女喜爱，大家一起戏水弄珠，把这里变得溪流潺潺，草木葱郁，鸟语花香，风调雨顺。

此事不胫而走，远在黑海的黑龙，知道这里有玉帝赐的龙女宝珠，还听黑海龙王说，只要得到龙女宝珠便可将黑海（内海）打通，不再困守一隅，就能畅游四海，因而一心想得到。

有一年夏旱，龙女和黄龙像往常一样，在夜间布云施雨。黑龙见有机可乘，想施计助雨而趁乱夺走龙女宝珠，于是它立即卷起乌云挟带狂风赶来，让凤江暴雨倾盆，山洪暴发，河水猛涨，眼看百姓就要遭受巨大灾难。这突如其来的变故已被黄龙看穿，它对黑海黑龙之意早有耳闻，虽有防备，但没想到来势这么猛烈。于是，黄龙急忙腾起龙身，一头猛扎下河床，劈开一个高崖，先将洪水挂在空中缓流；再荡出一个大滩，积聚洪水困住洪峰，以保住下游百姓；还叮嘱龙女守好宝珠，躲藏在崖下，又请凤凰赶快告知东海龙王，将玉帝赐的降龙棍送来。

黑龙为了得到龙女宝珠，一边狂吐暴雨，一边与黄龙打斗。黄龙只顾全力排洪和保护龙女，顾不上对付黑龙，已是遍体鳞伤。眼看快支撑不住了，幸亏凤凰及时赶到递来降龙棍。黑龙见到降龙棍虽然有所畏惧，但不甘心示弱，用计跳过山崖，绕出九道湾继续倾吐暴雨。然而此计又被黄龙识破，为降住黑龙，黄龙拼命挣扎起来跳过山崖，挥起降龙棍一棍子砸下去，黑龙见状腾空躲过，坠入沟下撞出一潭，泛起洪峰，降龙棍划过崖边，钻出圆棍崖痕①；黄龙见没打上，再挥起一棍，向潭中戳去，黑龙又趁洪峰腾起，躲过第二棍，坠下二潭，仍然狂吐暴雨；黄龙使出全身力气，挥起第三棍，没等棍落，黑龙就跳出二潭，坠下第三潭，这时它已是精疲力竭，为了保命速即出潭，跪地向黄龙求饶，保证不再兴风作浪，顿时雨停洪消。黑龙一再哀求留它性命，希望今后一同呵护这方山水，一同在这里修行，一同保这方平安。黄龙见它态度诚恳，就收起了降龙棍；凤凰见它有悔改之心，就同意留下它；龙女见它远道而来又苦苦哀求，便原谅了它。

凤江一场灾难就这样过去了，黄龙为了警示黑龙，就将降龙棍插在黑龙潭的崖上，降龙棍就长成了四季常青的参天古药树。黄龙自己化成金色龙影②留在黑龙一潭的壁口上，看护降龙棍，与黑龙一道修行。龙女为护佑这块宝地，不再引起宝珠之争，就将宝珠投向黄龙滩崖上的土坡，用厚土掩埋起来，变成了现在的魔芋包。黄龙滩崖高百丈，溪水直下，瀑布壮美，龙女便游于此滩。每日午后这里水汽氤氲，映着彩虹。

后来，这里的百姓为了感念黄龙，捐资修建了黄龙庙，并塑其身为黄龙真人，供奉庙中。黑龙后来也不再作怪，还帮黄龙调节风雨，惠及众生，百姓就供奉它为黑龙真人。遇到天旱，百姓向它们祈雨，每祈必应；后来又衍生出祈福除病、安身立命等功能，于是庙中香火鼎盛，远近闻名。

黄龙庙东是黄龙滩，一瀑一滩，阳光出彩虹，月光现莲花[3]；庙西黑龙峡谷，三瀑三潭九道湾；庙崖间古药树四季常青，遮天盖地；庙对面魔芋包，内藏宝珠，五谷丰登。庙宇周边，龙泉轰鸣，古木森森，藤蔓荆棘，幽深静谧。一个神秘传奇，一处人间仙境。

注：[1] 圆棍崖痕：传说在黑龙洞一潭上面有穿崖圆柱凹痕和圆盘形凹迹。[2] 金色龙影：黑龙一潭壁上形似黄龙舞动的图像。[3] 阳光出彩虹，月光现莲花：午后三四点瀑布水雾彩虹又出现；月光明镜下，瀑布冲击滩面，溅起一层层水花，树影与月影交织，形似莲花盛开。

两合崖[1]的灵魂

说两合崖有故事，不仅体现在它规模虽小却是开放式的寺院，还因为它信徒众多。更耐人寻味的是，在这座寺院里，普通民众所信仰和崇拜的民间诸神，皆可在同一屋檐下生存，诸神分工不同，但各司其职，和睦相处，相安无事。

走遍中国，走遍世界，这种宗教融合的现象也并不多见，这里却彰显着和谐与祥和。说句调侃的话，这两合崖看上去似庙非庙、似观非观，倒更像是"神仙们"聚居的一个村庄。如果这个村庄里的诸神有灵的话，他们灵魂的境界，大大胜过现实生活中那些为了利益尔虞我诈、钩心斗角、"同而不和"的世间人。和谐，就是允许"和而不同"，进而走向天下大同。在两合崖，有灵魂的人们或许能够受到启迪。

人们常说的魂魄，就是宗教讲的灵魂。灵魂是什么？民间百姓和宗教都认为它是附着在人的躯体上作为人的主宰的一种东西，灵魂离开躯体后，人即死亡。在封建社会或宗教统治时期，经常用灵魂这种"暗物质"无形地捆绑人性，利用灵魂在人们心中的神圣地位，起到威慑和更好地约束个人行为的作用。如今，我们把人格、良心、精神、思想、感情统称为灵魂，用道德和舆论来约束人的行为，要求灵魂的完美，最终达到社会的统一和谐。

从两合崖角度来理解，灵魂其实就是善良纯粹的心灵，是早晨睁眼听到的第一声鸟鸣，是心灵深处时常迸发的呐喊。它轻盈灵动，不受地心引力影响的同时，也不受金钱利益的诱惑，人能被收买只是因为无法抑制自己的欲望，而灵魂恰好就是自己的驱魔人，不然怎会在夜深人静的时候，受到良心的谴责？那正是灵魂对自己的救赎。

不管是谁，切记不要以为自己长了张罗汉脸，就不能有"小叮当"的灵魂。人的灵魂，就像住在自己身体里的孩子。正如世上每一片叶子都不一样，世间每一个人的面孔也会不同，每个人的性格各异，所以每个人灵魂的模样也会有差别。

现在走在城市或乡村，所见到的现代人，都像只没有脚的麻雀，总在不停地飞，忙碌地觅食，营营役役。这样的生活状态让自己忘了生存的目的：人家买车，自己立即甘当车奴；人家买房子，自己赶紧当个房奴；人家生了个大胖小子，自家却添了个闺女，很妒忌；人家找了个好工作，自己也拼命追赶还不停地自寻烦恼。

现实中有太多的事情，是自己在被人群裹挟着前进，然而自己那孩子般顽皮的灵魂，能同他人一样追赶自己的设想和欲望吗？不顾现实地盲目奢求，反而累得自己走不动了，当灵魂追上来叫醒自己的时候，不妨撕下那张面具，好好陪它说说话，看看自己做的这些，都是自己乐意做的吗？

回归自己，等待善良纯粹的孩童般的灵魂与自己同行，与其说是在等它，不如说是给自己一些喘息思索的时间。适时停一停，让心灵小憩，品一杯茶，闻一朵花，让灵魂追上自己，让它给自己做一个心灵SPA。

走进两合崖看看，正殿如来佛掌管他的世界，崖壁孙悟空前往西天取他的真经；药王孙思邈惠济天下，草医唐老爷救治乡民……无论外国的、中国的，道教的、佛教的，各路神仙都在这里走向大融合、大团结、大和谐。国事家事、大事小事，事事有人做，两合崖孩童般善良纯粹的灵魂启示着我们干利人的事，享行善的趣，塑智慧的魂。

注：① 两合崖：当地地名，两合崖位于安康汉阴县蒲溪镇北二里处，距汉白公路二百五十米。两合崖始建于汉代，是儒、释、道三教合一，集观光、休闲和传统宗教文化活动为一体的旅游胜地。

马家河桥传闻

马家河这个河名是有来历的，传说与一位道士有关。

明朝时期，民间大兴建设寺庙道观之风。当年有一位武当山道士骑驴经汉江进入月河川道，溯月河而上，沿途拜观传道，敬奉无量天尊。行至汉阴平梁二郎庙附近，道士从驴背上下来，徒步前往二郎庙，那驴却径直来到清河边，饮起水来。此时正是赶集之际，来往过河的人很多，一位秀才突然发现一匹很难见到的驴在前面饮水，从书中他明白道士经常骑驴，很少骑马，惊奇之时将驴说成马："道士马下河了！道士马下河了！"山里赶集的人从来没见过马，更没见过驴，听到喊声便停下了脚步，见到此物，就随口而喊："道士叫马下河了！道士叫马下河了！"住在河边的许多百姓，见是秀才在喊，似懂非懂地听错了，传说成"道士叫改成马家河了，道士叫改成马家河了"。一传十、十传百，清河就这样被误传改名为马家河了。

清河，因武当山道士的驴被误传成马，被改成了马家河。道士知道后，认为这是"天之道，该易行"（上天指的道，我该按易经的道理去验证、去作为）。于是就决定在这条河上游的道观里传诵《道德经》。武当山道士的到来，给这里的道观带来旺盛的香火。他的名气使得诸多信徒及达官贵人前来听经祈福、烧香拜祖。武当山道士将功德箱里的香火钱，一半用于道观修缮和生活所需，另一半用于在驴饮水的地方建一座石桥，取名马家河桥。他的心愿一了，便继续前往汉中访游。

修桥的石匠用了半年时间，终于把桥建成了。这天，正好来了一个道士、一个秀才，还有一个村姑，都想要先过桥，这就把石匠难住了。纠结片刻，村姑突发奇想说，我们四个人每人作一首绝句诗，就用"马家河桥"四个字分别作为每句诗的开头，以怀念武当山道士的善举，诗的内容必须体现自己是干啥的、什么身份。谁作得好，谁就先过桥。石匠一听，不觉心里有些发怵，这村姑简直是愚妇，道士和秀才作诗厉害，你给我石匠出难题不说，还把自己也绕进去了呃！

村姑话音一落，道士瞥了石匠一眼，先开口："马是青崖马，家住宫观下。河边常念经，桥上走天涯。天大地大——出家。"石匠一听，果然出口不凡，这诗不仅符合"马家河桥"四字为每句诗的开头字，而且诗的内容将道士的天地观说得一清二楚——马是青崖观的马，以宫观为家，常在这条河边念经，天南海北走过多少桥，又从桥上走到天涯海角。这天地之道，就是人的生存之道，道教同天地一样大。这干啥的、啥身份一目了然，桥上走天涯更是寓意深刻。因此，石匠激动得直夸："妙，妙，妙！"

秀才瞥了石匠一眼，指着桥上石头马说："马是托书马，家在岭角下。河中诗花迸，桥上报快马。乡马宫马——佳话。"石匠这一听，更加赞叹不已，心想这秀才就是秀才，诗作得比道士更有味道，还豪气凌云。马的作用是托书，从秦岭的山脚下来，河中涌动的是诗书文字的浪花，桥上奔跑来的是京城报科举高中之喜的快马。将桥赋以人文理念，还得意自信自己读书将会功成名就。尤其是乡马唤来京城快马，其用意巧妙,当然成为书香佳话。石匠连忙直夸:"妙哉,妙哉,妙妙哉!"

村姑也瞥了石匠一眼,不紧不慢地说:"马是吾养马,家夫双腿跨。河岸留蹄印,桥上并蒂花。娘家婆家——阖家。"村姑说罢,石匠傻眼了,没想到自己担心的傻姑,却作出这样巧妙绝伦的诗来。诗一开头就把青崖马、托书马归为她养的马,还都成了自己丈夫驾驭的马;河岸一切的马蹄印,都是丈夫从娘家到婆家往来接送所留下的足迹。巧就巧在"桥上并蒂花"寓意一切的桥,都把一河相隔的两岸连接起来,文字本意超出了并蒂花之意,是阖家欢乐之花。

石匠对她刮目相看,他回头瞥了村姑一眼,接着说:"马是石头马,家中锉子打。河畔立起来,桥上龙身架。走哇过哇——还等啥!"

历史推移到了今天,马家河与清河同在,河的上游为马家河,下游为清河,以马家河水库为分界线。而马家河桥的马桩、桥栏、石板桥面不知何时毁于一旦,只留下摇摇欲坠、残缺破损的桥身了。

冬天疙瘩火

疙瘩火,烧在冬天的山里,烧在农家的堂屋里,那是一冬都不熄灭的火。

疙瘩火,将温馨柔软地浓缩起来,一家人坐在一炉暖融融的火边,舒心地度过一个冬季。

在山里还没到冬天的时候,勤快人家早就在自家树杁里挖树疙瘩了,树疙瘩大多是砍了树而枯死了的树蔸,或是树根下长的大根瘤。把它们挖回来堆在房后屋檐下,再砍一些柴火放在一起,备一冬烤火取暖之用。

冬天一炉疙瘩火,是山里农家的太阳,弥漫着家的温情和欢乐。一家老少围着火炉,火炉上悬挂着铁吊罐,炖莲藕猪蹄、焖鸡肉萝卜、蒸苞谷米饭,煮啥都那么好吃;火炉中埋红薯、烤芋头,烤啥都那么清香。这些都是我从城镇下放到深山农村深深体会到的。冬天吃这些,那胃口比春夏秋还要好得多,要是再来上几个客人,那就吃得更热闹,喝得更带劲,秆秆酒一天到黑都喝不醉。

山里的冬天,天寒地冻,活儿本来就少,这火炉就成了家的中心。走出门外,寒风像一把把刀子在脸上割,寒雪像一根根钢针,刺在脸上生疼。于是大家都懒得出门,围着红红的炉火,拉些家常说些家事,计算一年的收成与开销,做对了哪些事，还有哪些事没做好，上学的学习咋样，当兵的啥时能回来，过年还要添置些啥东西，儿女大了婚事该咋办，上坎下屋的有哪些忙还要帮，亲戚六眷中哪些还需要走动走动，这些都是火炉边的话题。

我经常替山里人写书信，年关时节给家家户户写春联，把山乡人家的家训家规和念想写成愿望，写成一堆温暖的"炉火"，贴在红红的门框上。有时我也写些山里生活的感想：那些在雪花中矗立的火晶柿树，枝上没有一片叶子，满树的红柿子，在白雪飘舞中晃动，像一颗颗跳动的心；还有那一簇簇救命粮火棘，挤满灌木枝丫，布满山梁，比南方的红豆更能带来相思的情致。

一到中午和晚上，几乎天天都有生产队里的乡亲们，叫自己的女儿或是儿子，推开我家的门，连拉带扯地叫我去他家吃饭。都是家常便饭，那热情就是一片心意。"山里就你一个教书先生，从城里来到这山里吃苦，还是民办教师，多不容易啊！"一句话说得我热泪盈眶。

"来来来，陈先生，挨着火炉坐。"一家人都起身让座，我感动不已，心里如疙瘩火一样热腾。"来来来，喝一口刚温热的秆秆酒，暖和暖和。"主人从火炉边提起酒壶，倒出一碗冒着热气的酒递过来。那黑底白圈的土巴碗，白圈釉垢快成黑圈了，酒面上还浮着几粒烟尘。此时，你要是迟疑或推辞，那就是嫌弃他们，他们表面不说啥，心里却是瞧不起你的。我母亲出生在乡下农村，我一下放到这里她就告诫过我。于是我端起碗来就喝，不管碗干不干净，也不管胜不胜酒力，咕嘟咕嘟一饮而尽。就这样，每回头一次到哪家，就喝醉在哪家。总是隐隐约约听他们说，这城里人不会喝酒，还那么撇脱[①]，下次不能蛮劝了。

纯酿秆秆酒真好,它是一炉疙瘩火,蓝蓝的火苗在我心里头燃烧;它又是一炉纯真情,红焰跳动的乡音在我心里奔流。

于是疙瘩火、秆秆酒,让我成了乡亲们的知心人。无论大事小事,他们都会叫我,我会一口答应,毫不犹豫赶去帮忙。他们也总是说,没啥报答你的,就有这疙瘩火、秆秆酒哦,莫见怪呃!久而久之,他们都愿意与我交流、倾诉。我才知道他们是明清时期移民过来的湖南人,"有齝莫齝,烧把大火喳"②就是典型的湖南话。这些知根知底的闲谝都是在疙瘩火炉边进行的。红红的疙瘩火把人的脸映得通红,就像我喝了酒的脸一样。

疙瘩火,一年一度从冬燃到春,寒冷的季节却是温暖的日子,山里人的纯朴快乐莫过于此,还有比这更温馨的乡情吗?

许多年过去了,不知山里人家是否还这样,但是我铭记着冬天那一炉燃烧的疙瘩火。

注:① 撒脱:方言,耿直、干脆,不扯皮的意思。② 意思是有吃的没吃的,先烧把大火烤暖和一下。

秆秆酒香了

故乡的风,在这个冬天,从渭子溪的枞树垭壑,越过凤凰山,吹进县城,让我听到了那"秆秆酒,山里有;自己烤,待亲友;坛坛罐罐都装满,一年四季喝到头……"的乡音。

说是故乡,其实是20世纪60年代,我下放到南山乡村劳动锻炼的地方。下乡十多年,故乡人拿碗装熟腊肉,用瓷坛盛秆秆酒待客的场面,似乎就在眼前晃悠。我清楚地记得,故乡人至今坚守着,也传承着祖辈们留下的一道念想,一件最开怀的事,就是烤秆秆酒。

那时,生产队里学问最大、上过高小的谭德赢,我叫他五表叔,他总爱找我陪他喝酒。因为一沾酒,我就脸红,一旦手脚都红了时,他就乐滋滋地谝这秆秆酒。他说,你们城里娃娃知道吗,这秆秆,大样子像苞谷秆,却比苞谷秆细些高些;秆的芯儿像南方的甘蔗,却又没那么沁甜[①];穗子像北方的高粱,却又比高粱散些壮些。我问为啥叫"秆秆",他摸摸嘴下胡须,"吱——"一杯酒下喉后,得意地说:"你这知识青年不晓得吧!这'秆秆',北方人叫甜秫秆,我们南方客家移民叫它芦粟或芦黍,本土人撇脱叫它甜秆,学名叫作糖高粱。"正说得起劲,五表婶提来一壶刚热好的秆秆酒,接过话头:"还是本地'甜秆'叫法好,把苞谷、甘蔗、高粱这些四牙八块②的东西分辨得一清二楚。"

甜秆甜，是故乡崽儿们的盼头，也包括我。一到播种的时节，院头、坎边、沟角以及自留地里，到处都是我们栽种甜秆的身影。天旱，能跑几里路去河滩担水浇它；太阳暴晒，顶着火烫的烈日为它拔草，想它快些长大。过后，五表叔还教我们一招说："如果有雀鸟飞到甜秆头顶叨吃红籽籽，别看它皮皮还是溜青③的，甜秆的瓤瓤却是沁甜的。"到这时，我们就悄悄溜进地里，把甜秆摁倒，膝盖对着节巴使劲往下一搣，挨个搣断成一节一节的，用牙齿撕开外皮，细嚼里面的秆汁，真的很甜。若是家里来了客人尤其是小孩，大人们就会说："去，没啥吃的，砍些甜秆来嚼嚼！"孩子们高兴，客人也是笑脸相迎，还会说："这甜秆真甜，今年烤秆秆酒一定很香哦。"

故乡人是热脸子④，只要客人一夸，就揣摩今年烤秆秆酒这事就展了⑤。客人前脚出门，全家后脚就去地里砍收甜秆了。甜秆堆放在堂屋里，三五根一把，用刀剁成一寸长的节节，用木棒砸成碎片，把土酒曲与甜秆碎片搅拌均匀，装进搁在烤火屋中的大木桶里，保持一定温度，盖上木盖后用布条包缝，再用黄泥封严实。这样发酵一两个月后，听到木桶里传来咕咚咕咚的响声，闻到从木桶中飘出的淡淡的醇香味，就该出槽烤酒了。

烤秆秆酒前，故乡人要选吉日烧香蜡火纸，敬拜酒神，还要请烤酒师。通常是先在自家院坝前砌一个大灶，有的直接挖个灶洞，安上一口肚深口大的锅做底锅，锅内得洗干净，不然烤出的酒是糊锅味。底锅水选用渭子溪泉水，在离水面一指高的地方，平放一个密而透气、薄而结实的竹笆。竹笆上放置酒甑子，是下口大上口小的木桶，里面填上大半桶酒料，酒料略低于甑子上的出酒孔。甑子内中间安放接酒器与出酒孔管连接，并稍稍倾斜于出酒孔。甑子上口用皮纸或布条缠绕，架上大天锅压实密封，确保不漏一丝气。天锅外底部要清洗得光滑而洁净，酒的醇正与口味都在于此。天锅里尽量盛满冷水，温度若升高至三十多度就要立即换水。

"点火烤酒有诀窍，诀窍就是火候。"队里有名的烤酒师任顺茂帮人烤酒时常常这样念叨。有一次，我们几个知青请他烤酒，问他怎样把握好火候，他一板一眼地说："火候在于烤酒的柴火，柴火要选用硬质的柴料，还要干湿、粗细搭配得当。点燃酒灶里面的柴火后，火势先要大，底锅水开了后变中火，就要一鲁气[⑥]保持下去，直到一甑子酒烤完，这样既节省酒料，又能烤出好酒。"在大家的一阵掌声中，我似乎看到酒灶里火势增大，底锅的水烧得晃晃开[⑦]，大热的蒸汽穿透酒料，携手情窦初开的乙醇兴高采烈地向上攀升，猛然遇上渗冷[⑧]的天锅，便融为一体而化为流星，滑落在天锅下的接酒器中，又顺着引酒管缓缓而出。先是珍珠般一点一滴，随即成为一条银色丝线，继而是一股清泉涌流，从欢快的"叮咚"到激情的"叮叮咚咚"，活蹦乱跳地流进盛酒罐里，于是酒香就弥漫了乡村山野。

头锅水烤出的酒，叫"头子酒"，故乡客家人叫"头期烧"，酒味儿甘醇清爽，是酒的精魂。头子酒既少又烈，还甘甜可口，醇香悠长，一般人家绝不提取头子酒，若提了这一甑子酒就会寡淡无味了。

然而，烤酒高手任顺茂，他烤酒非要提取一些头子酒，还不影响一甑子酒的酒劲酒味。因为他烤出的酒，不仅酒色纯、味道正、纯度高、闻着香、喝着美，而且产量还高。队里人都晓得他提取的头子酒只送一个人，那就是做酒曲的五表叔。五表叔懂酒，说起酒来头头是道，做的酒曲从不寡酒，任顺茂之所以出名，还靠他的酒曲好，算得上宝剑赠英雄、美酒谢知己了，既感了恩，又善待了老人。

于是，我闻着酒香回到故乡，楚楚的茶山溪水炊烟，是一种超然的仙境；浓浓的乡音亲情风俗，更是一种渗入骨髓的幸福体验。

故乡秆秆酒，未曾饮已醉矣。

注：① 沁甜：方言，甘甜的意思。② 四牙八块：方言，支离破碎、似是而非的意思。③ 溜青：方言，纯青，全部深绿色。④ 热脸子：方言，急脾气的人。⑤ 展了：方言，对了，没问题了，会很好的意思。⑥ 一鲁气：方言，一鼓作气，本文是不停歇而均匀保持的意思。⑦ 晃晃开：方言，水烧开沸腾的样子。⑧ 渗冷：方言，比冰冷、冰凉更冰更冷的意思。

钱鹤年题字"双河口"

在秦岭南麓，古代通往皇都长安的子午栈道有多条，关隘无数，而双河口就是秦楚交往、南北通商"子午道"上的驿站之一。《汉阴县志》记载，陕南山区的丝绸、木耳、茶叶等土特产多由双河口驿站北运，而关中地区的食盐、布匹、杂货等也由此驿站南运。因而，双河口古驿站具有几千年秦楚丝路交流的历史，保留着许多沧桑岁月的丝路风雨记忆。

钱鹤年，字梅江，浙江乌程人，清嘉庆时期由贡生而入国子监当学生。嘉庆十年（1805年），他首任汉阴通判，至嘉庆十二年（1807年）离任。其后又两次任此职，前后长达十四年。钱鹤年在任期间，经常深入农村调查民情，足迹"遍于四境，虽妇女儿童亦识其面"。他"兴学校、编保甲、表节烈、纾民困、教蚕桑，善政不可枚举"（《续兴安府志》），政绩显著。

嘉庆十三年（1808年），钱鹤年大力倡导种桑养蚕，并从湖州带来蚕种，聘来养蚕能手，并向全县发布《广植蚕桑谕》，对做出成绩的养蚕户予以表彰。嘉庆十四年（1809年），他会同兴安知府叶世倬向汉阴县南山乡民饶钦选赠"绩效桑蚕"匾额后，又向北山乡民周代朝赠"绩效敬姜"匾额。在策马途经汉阴这条子午栈道时，还考证了民间"挑茧过长安，担盐半月还；脚歇双河街，一气出沣口"的说法。

他们一路沿青泥河北上，近望河两岸，宽敞处有河流冲积形成的良田、滩涂，坡地是桑竹之属。到达双河关隘，但见古木参天，便下马察访石板古镇驿站，眼见各类商帮穿梭不断，绸庄、饭馆、酒肆、茶社、药店、铁铺、油坊等店铺林立，街头古寺深藏，钟鼓清幽，香烟脱俗。叶世倬不时向钱鹤年点头，赞叹其治理有方。

两人一眼望见寺坐西朝东，背靠小山，门迎楼房河、梨树河两河交汇口，石涧弹唱，潺潺如琴，尽吸天地之灵气，同沐日月之光辉，占据两条河上风上水之处，是为子午驿站天地造化之神意。叶世倬与钱鹤年十分惊喜，心旷神怡，同时说道："此真乃双溪寺天佑双河口之地也。"方丈熟谙佛理，即刻请两位大人入寺内，摆好笔墨纸砚，求题字赖以兴隆。叶世倬书题"双溪寺"，钱鹤年笔题"双河口"，寺名、地名由此而生。

此后，双河口古街更是商贾云集，民间交流往来更加密切频繁。于是五匠齐聚，大兴土木，造楼建阁，颇为热闹，小镇从此诞生。古街兴盛于古镇之前，子午丝路盐道往来通畅，人声鼎沸。茶马商队、高肩扁担挑着绫罗绸缎、金银珠宝、楚蜀特产在此旱码头停泊栖息，消除疲劳。

中国古代通过"丝绸之路"与世界交流，西安是"丝路起点"，而汉阴双河口古镇是安康南北"子午道"上的丝路驿站之一。时任通判的钱鹤年，在平息嘉庆十年（1805年）七月的"宁陕兵变"中，率部于石泉防堵宁陕叛兵，保全了汉阴全境，使得生灵免遭涂炭，他也因此深得百姓爱戴。钱鹤年为官清廉，多才多艺，叶世倬形容他"素工指墨及琴，丰颐美髯，望之如神仙中人"。其画一绝，名播兴安。在汉阴建成稿园后，名流雅士纷纷慕名前往观瞻，兴安知府叶世倬，安康知县王森文，平利知县石珩（葱佩），山南硕儒董诏，汉中洋县进士、中书舍人岳震川等人先后莅临汉阴，在稿园创作了许多名垂史册的诗、文、书、画等佳作，为安康文化史谱写了辉煌的篇章。

  如今，钱鹤年题字的"双河口"真迹已不知去向，而双河口门楼牌匾题字，是由中国书法家协会会员吴纯宝搜集钱鹤年书法集字而成。

素心如兰

一盆兰花

大清早,好友学康送来一盆兰花。我接过花盆仔细一瞧,花茎上满是含苞欲放的花蕾,盆壁上彩印着一首咏兰诗:"手培兰蕊两三栽,日暖风和次第开。坐久不知香在室,推窗时有蝶飞来。"这让我想起与兰花的一段情缘。

孩提时,我随父母从城市下放到大山深处的乡村,在生产队劳动时,认识了兰花。起初我并不知道树杈里长得像韭菜片、茅草叶的东西就是兰花,后来在砍柴、掰竹笋时,乡亲们指教我辨别,我才认识了兰花和其他许多花草树木。那时,兰花在生产队的乡亲们眼中,就是一蔸蔸草类植物,极不起眼。我对兰花的天然姿容、香沁心田也不甚了解,就忽略了它。山里人当时也就那样,在乡野日复一日、年复一年地迎着风雨、顶着烈日、冒着严寒,辛勤劳作、默默耕耘,与大自然共生存,兰花未曾受人重视,更无人问津。

边远的山里,兰香沁人心扉,那若有似无的淡香,一年四季都有,不留意的人们是不会知道的。春天来了,万物复苏,绿色生命释放的清香和百花竞相散发的幽香,稍稍留意就会感觉到;夏季草木禾苗的蓬勃生机、瓜甜麦熟的溢香,稍稍留心也就会亲吻到;秋季硕果累累、遍地金黄的飘香,也直接能让人亲身体会到;即使是冬季,也会有油菜麦苗的绿意,茶花、梅花在雪花飞舞中散发的寒香,仍然会让人一一嗅到。然而,我和乡亲们一样,不怎么留意大自然这样氤氲的清香,只会感觉到春暖夏热、秋冷冬寒,根本注意不到自然界里的万物在每一个季节生长所释放出的清新气息。

那时生产队分给了我家一块树杌,海拔在一千米以上的山中,我认识的兰花就生长在那里。从书中我了解到兰花的高洁、孤香,从那时起,我开始关注这些兰花。无论在酷暑烈日的炙烤下,还是在风雪交加的寒冬里,它们依然舒展着绿叶坚守在山林之中,倾吐着清香,随意弥漫于空谷之中,不与乔灌树木争高,不与其他花朵争艳,坦然地、默默无闻地独自开放。我不知道这些兰花在此幽谷中隐居了多少年,却知道尽管它们至今无人问津,但它们仍然执着地、专注地、适时地散发着芬芳。

自从开始关注兰,兰在我心中便不是草,而是花。别人叫它兰草花,我却要纠正这种叫法,要他们去掉"草"字,称其"兰花"。在乡村十三年,若我于深山见到兰花,从不去踩踏,更不去采挖,而是蹲下身子去抚摸,去清理它们身上的树叶和其他覆盖的杂物。每当我做完这些事,见到兰花慢慢松动筋骨,舒展身躯,自由绽放时,我仿佛闻到了一股股幽香,我明白这是兰花的回馈,便非常舒坦、开心自足。

后来因考学,我离开了热恋的乡村,也离开了深爱着的兰花。毕业后,我被分配到县城工作,但始终忘不了山里的乡亲和兰花,因此很想有一盆兰花陪伴我。可是,我又不忍心去违背兰花自然生长的规律;虽然花市上有人卖兰花,可我就是不愿意去买;有人想送我一盆兰花,我也拒绝了。因为我知道,这些兰花原本不长在城市里,来到城市的兰花,心灵是被强行扭曲的,它们离开大自然而局限在狭小的盆中,委屈地生长,我见到会心疼,所以就只有回避。

直到有一天早晨，我路过垃圾箱边，见到一蔸被人丢弃的兰花，叶片有些微卷，根有些干瘪，看到它已是奄奄一息，我心疼了。于是，我先到单位请了假，回身便把这蔸兰花小心翼翼地捧回家，先浇点水，润湿叶片和带土的根部，再用干净的湿毛巾包住，抢救、维持和延续它的生命，然后再去买花盆。我知道兰花在山里生长的特性，需要找到土质松软、透气性良好，并且呈微酸性的土壤。所以，我立即赶乘去漩涡镇的早班车，途经凤凰山顶时下车，进树林里刨一大口袋多种质料共融的山土，再乘坐返程的班车回到县城，将这盆兰花栽植好。这盆兰花也真争气，不仅活了过来，还生机勃勃，而且年年开出纯洁的素心兰花来。

这一盆兰花的复活，让我不得不思考，尽管自己下定决心不去人为地移植大自然中的花草，但我应当面对已经改变了的现实。兰花淡泊、美好、高洁、贤德、幽香的品质，以及坚韧刚毅的气质博得了世人的青睐，已有很多人把它移栽在家里。古往今来，书中都有记载，历代丹青妙手竞相为之泼墨挥毫，更有文人墨客争相为其吟咏。所以，无论怎样，好好待它，才是目前最为重要的。

也许是爱屋及乌吧，凡带有"兰"字的人或物，我对其都有种莫名其妙的珍惜和眷恋。也许是与兰有缘吧，可谓是：少年进山认识兰，四季翠绿神天然。寒暑风雨亭亭立，花溢幽香不争艳。

好友又送来一盆兰花，我会好好呵护它，使之陪伴我人生之路。

天上落下的花

几年没下过这样一场雪了,真可谓:千里冰封,万里雪飘。

孙女果果刚满五岁,正是好奇心重的年纪,非要拉着我的手到龙岗公园去看雪景。一出门,孙女就问:"这是天上落下的花吗?"我说:"你看是不是呢?""是啊,是啊!"孙女高兴地跳着走着说着。天上落下的花就是多,把天都占满了,把地都铺白了。

走在飞雪漫漫的园林公路上,大朵大朵的雪花开在龙岗阁上,使得阁楼像颐和园的白塔;开在抱瓮丈人的石雕上,石雕好似穿着玉披一样;开在菩萨泉边的菩提古树上,古树漾一腔温馨的笑意。

千步梯的平台上积着尺余厚的雪,孙女在雪地里来回打滚,说比家里的海绵床还软和。脸都冻红了,嘴里还一个劲地说着"好玩好玩";手也冻红了,还大把大把地抓雪块堆雪人,甜美的笑声不断。

雪人堆成了,孙女甩开我的手,蹦蹦跳跳地朝前跑,没等我喊出慢一点儿,她一个踉跄摔在雪地上,耳朵贴在刚落下的一片梧桐树叶上。我赶忙去拉她,孙女用眼盯着我,手指竖在嘴上,冲着我嘘了一声。我立刻停下脚步,蹑手蹑脚地走过去,轻声问:"果果,你在做什么?""我听到雪花开放的声音了。不信,爷爷你也趴下听听。"她说。我俯身蹲下,把头贴近孙女的耳边。"听到了吗?"孙女神气十足地小声问。"爷爷听到了。"我也严肃认真地轻声回答。

梧桐树边是一片毛竹林,飞舞的雪花开在毛竹林中,沙沙沙的声音好像蚕在吞食桑叶,又像秋雨纷纷飘洒。这声音其实很大,只是来这里看雪景的人多,太过喧闹,掩盖了雪花落下的声音。于是,我干脆扶起孙女,拉着她的手朝龙岗山脊上走去,在那里寻找别样的声响。

山脊的步道两边,栽植了许多种常青树,雪花开在不同的常青树上,那声音与毛竹林中相比细微了许多,窸窸窣窣的。雪花开在"委员林"那雄伟壮丽、叶厚光亮的广玉兰的大叶子上,是呲呲呲的细微声,似有似无;开在"状元林"间植的雪松与香樟的叶面上,是唰唰唰的细碎声,有韵有律;开在路旁的石亭石碑上,啥声也听不见,默默无语。

一路走过,孙女好奇地问:"怎么这叶子小的树林雪花落下的声大,叶子大的树林雪花落下的声小,那亭子和石头上雪花落下的声音一点儿也没有呢?"孙女这突发奇想的提问,真让我愣了愣,略加思考后,我也不管孙女听得懂听不懂,便指着天空说:"这雪花啊,就像人一样,也是有灵性的哟!海纳百川、为人正直、心胸宽阔的人就听不到闲言碎语;心眼狭小、心思复杂、计较得失的人就常嘀嘀咕咕;无生命的物体就没感觉,当然也没回应哦!"呵呵,我自嘲地笑了,孙女愣愣地望着我,说:"爷爷你在说啥呀,我一点儿也听不懂啊!"

五岁的孙女哪能听得懂这些,我赶紧打岔说:"果果,果果,你看你看,雪花开在毛竹林上是一片片的,开在雪松上是一层层的,开在桂花树上是一朵朵的,开在梅花上是一点点的,是不是啊,好不好看啊?""是啊,真好看!"孙女拍着手跳着回答。我又说:"果果,你闭着眼闻闻,有香味吗?"过了一会儿,孙女眯着眼率真地说:"爷爷,我好像闻到了,有点香,这下雪的天比前几天的大雾天,气味好闻多了,要是天天都下雪该多好啊!"

孙女的天真童言让我想到:世上任何花开,都没有雪花开放得如此盛大;世上任何舞蹈,都没有雪花飞舞得如此优美。

人间真是:雪落尘伏,气清心香。

一览我渺小

冬日暖阳里,多年不回老家的堂弟说要登山,我便坐他开的车从县城向西出发,半小时后上到五爱村部,然后爬行三个多小时,登上凤凰山的顶峰铁瓦殿。

大汗淋漓、腿软脚酸、气喘吁吁的我们,看到雾散晖染的秦巴大地,不由得心旷神怡、精神抖擞起来。居高俯瞰,宽阔奔腾的汉江成了一条细微的曲线,已成规模的集中安置区楼房,变得像玩具魔方,转眼再看县城的龙岗阁恰似芝麻点。

此时的我,没顾得上堂弟有什么感觉,就大声仰天长啸:"会当凌绝顶,一览众山小啊!"话音刚落,堂弟扯扯我的衣袖,指着自己慎重地说:"会当凌绝顶,一览我渺小!""一览你渺小?"我诧异地瞅着他,他向远处的汉江一指说:"大哥,你看那么大的一条汉江,成了一条细线,你若站在江边,这时能看见当弟的我吗?你说我渺小不渺小呢?"

堂弟的反向思维让我惊奇。三十年不见的他,此时让我刮目相看。堂弟十八岁考进西安美院,毕业后自谋职业,人到中年打拼出环球美术雕塑设计院,这是几百人共同的事业,他们的团队十多次获得全国雕塑设计比赛一等奖,拥有上亿的资产。回到家乡,一般该是显摆的时候,而他却选择住我寒舍,吃家常饭,最难得的是登凤凰山,不仅发出个人渺小的感慨,还启示我要有渺小感。

此时我在想,这种感觉以往我们有过吗?好像没有。记得二十岁那年,春季的一个星期天,我和十多个青年教师登山兴致一起,清晨出发,到太阳当顶的时候,登上凤凰山巅。站在主峰铁瓦殿前,大家像打了个大胜仗一样,虽筋疲力尽却欢呼雀跃,英雄般自豪。目视山南山北,大地苍茫,"会当凌绝顶,一览众山小!"大家不约而同,吼得豪气冲天!这诗句是杜甫青年时期写下的,古今都一样,热血沸腾的年纪,一切都是渺小的,只有自己最伟大,伟大到可以征服高山,可以征服世界,可以征服一切。

今日登山,获知"一览我渺小"。是啊,少年时我们以自我为中心,青年时我们以世界为中心,中年时我们以家庭为中心。岁月渐长到花甲,走过蹉跎岁月,行经曲折坎坷,才逐渐明白,我们征服不了高山、世界、一切,而是高山、世界、一切征服了我们。试看,登上高山顶峰,顿感天空苍茫浩渺,大地宽广博大,人在天地之间,小成一只蝼蚁,小成一枚草芥,小成一粒沙土,豁然间眼神里就流露出崇敬之光——相比大自然,人算得了什么?何以狂妄自大,何以目空一切呢?

人生在世,要有"一览众山小"的志气、勇气、豪气,更要有"一览我渺小"的冷静、睿智和谦恭。

双河口石板瓦的记忆

在这里，你不仅能体会到一个文化古镇的风韵，还会唤起那渐行渐远的石板瓦房的模糊记忆……

双河口，青山拥四围，秀水绕三方。

鱼鳞似的石板瓦，淡粉色的泥巴墙，金黄厚实的铺板门，石条铺成的街面，原木撑起的吊楼，翠竹绿树环抱，鸟语花香陪伴，双河口文化古镇俨然一幅淡淡的水墨画。尤其那绵延起伏、鳞次栉比的石板瓦房，最使人难舍和难忘。

石板瓦房，顺街相对而上，瓦与瓦、房与房都是起伏相间的。那年炎热的酷暑，我走进古镇，刚住下，天空风乍起，阳光收起了灿烂的笑容，树叶飘飞，仿佛华尔兹优美高雅的舞蹈，从鱼鳞似的石板瓦屋面上悠闲从容地飘过，倏地又行云流水一般轻轻地远去。霎时，大雨瓢泼，随着风，雨点由下而上，又由上而下地敲击石板瓦，俨然是一个天才的钢琴家，演奏出夏季最美妙的乐曲。

雨罢，一丝丝的清凉，瞬间似穿越林间的昨夜长风，溢满整个心灵。

一到炎热的夏天，我总想去有石板瓦的双河口，还总渴望雨的来临，就像年轻时候的我们，渴望乡村最浪漫的爱情；就像楼房河的小溪一般，淙淙地流淌过我们的心灵；就像梨树河边的山花一般，在梦里只留下些许莫名的惆怅和回忆。

叮叮咚咚，雨的开场曲，在宽的、窄的、厚的、薄的石板瓦上弹奏作响。

哗哗哗，倾泻的雨，在参差不齐的石板瓦屋檐上水帘般垂下万千条瀑布后，巨大的轰鸣声仿佛当年李自成率千军万马经此处南下，如战鼓，似铜锣，如断金切玉，似撕布裂帛；仿佛当时李先念率领陕南抗日第一军经此处北上，如虎啸，似马嘶，如高亢的呐喊，又似低沉的怒吼。让人疑心那单薄的房瓦是否经得起雨的击打，会不会被雨浪掀翻，这大概是我杞人忧天。

房上一片一片的石板瓦，街上一幢一幢的石板房，在雨的磅礴大军冲锋陷阵时，始终手挽手、肩贴肩地凝聚在一起，坚固如盾，气定神闲，昂然搏击。雨箭似鼓槌，石瓦似编钟，叮叮咚咚地敲打出清越的声音，舒缓时似《高山流水》，欢快时如《春江花月夜》，低回婉转时恰似《二泉映月》，慷慨激昂时胜似《黄河大合唱》，深情高亢时犹如《长江之歌》。古镇人，就这样品味大自然的风雨之情。

云开日出，古街小巷润泽如酥，石板瓦是最后的胜者和王者。石板房庇护了古镇人自由自在、安逸舒适的生活。

平凡者往往伟大，渺小者历来坚强。石板瓦本来就是古镇里不平凡的精灵，它是人的传奇，更是山的神话。

记忆中，老人们传说，先秦时，这里就是南来北往必经的驿站，房屋是草盖顶的，一遇大风大雨，不是天穿地漏，就是被掀翻揭顶，一年要重修好多次。于是逢年过节百姓就在双河口的狮子包前烧香磕头，求天保佑不刮大风，不下大雨。

据说先秦时，夏季大风暴雨，好多穷人仍在狮子包前祈祷，只听狮子包一声震天怒吼，四周的山在吼声中发抖，天空中的闪电发出道道金光,劈向山石,山体顿时啪啪炸裂,吓得人们埋头祈祷不敢张望。

雨后天晴,有人发现楼房河与梨树河交汇的狮子包,变成张口祈天的神态,双河两岸的山体就留下一层一层的划痕,用铁钎从划痕中一抝,一块一块的石板就呈现在面前。消息一传开,当地农民都在山中自找自开山石板,从那时起,双河人就开始用石板挡风盖屋顶,抵御日晒雨淋,抵御严寒酷暑。至今,双河街村还完好地保存着好几处古朴美观的石板民居。

漫漫历史长河,宁静秀美双河口,勤劳善良的双河人就在双河交汇处的街头,捐资修建了双溪寺,以纪念双河天神的普度众生。

如今干净整洁的古镇,宛如一位沉着淡定的老人,虽然面目沧桑,却自在从容。古镇从何处来,古镇又将回归到何处,其实本不重要,人生匆匆,天下熙熙攘攘,去就是来,来就是去。唯有那古镇里青灰色的石板瓦,见证着人间的悲欢离合,记忆着驿站的丝路花雨。

双溪寺有言:伟象无形,大道从简。生命真谛,自古皆然。时光荏苒,逝者如斯。如今,随着建筑技术的不断发展,我们城市的生活几乎都被一片钢筋和混凝土的森林所包围。那种鱼鳞似的石板瓦、淡粉色的泥巴墙、金黄厚实的铺板门,被翠竹树林环抱及鸟语花香陪伴的驿站文化与田园式生活,才是现代人最渴望的。在穿斗木青瓦房下静静听雨的淳朴淡然的日子也渐渐成了一种遥远的童话和奢侈的回忆。

穿越时空的隧道,追忆千年的沧桑,轻轻地漫步在双河口柳畔,静静地走进古镇那绵延起伏、古风古韵的氤氲之中,艳阳高照时,那古镇石板瓦上闪烁的阳光,像向日葵一般让我们的目光为之聚焦。细雨飘零的时刻,那古镇石板瓦房上淡淡袅娜朦胧的轻烟，像戴望舒的诗歌一般，让我们为撑着油纸伞、丁香一样结着愁怨的姑娘注目。

那河，那水，那山，那树，那草，双河口一切的一切，扑朔迷离，如梦如幻，更令人如痴如醉。沐浴着扑面而来的徐徐古风，行走在古街小巷的宁静氛围之中，仿佛走进了时光隧道，那驿站外的车水马龙，那商贾的匆匆身影，那二黄的高唱低吟，那战争年代的枪林弹雨，那晨曦中的鸡鸣犬吠……

双河口文化古镇，是楼房河与梨树河畔最美的记忆，也是一轴美轮美奂的山水画卷，一册浪漫休闲的经典读本，一种雨后石板阳光的味道，一份石条街小雨如酥的诗情。

汉水客家人

凤山南麓那一条条弯曲的山路，仿佛飘逸的绸带，缠绕在绵延的群山中。堰坪茨沟的路这头，是层层梯田，袅袅炊烟；凤江黄龙庙的山那头，是悠悠白云，朗朗晴空。

日头爬上黄龙村前那棵大枫树的顶上时，三月里金色油菜花海的田埂上，出现了几点游动的红——是蝴蝶恋花、红雀跃空，还是赤蜂采蜜？等到几点红慢慢靠近时，我才看清楚那是穿着粉衣红裙的客家妹子。冯氏、吴氏、黄氏客家妹子的身上，满是山野和清泉的气息，未经粉饰的面庞，透着山茶花一般的质朴和天然。堰坪那片原本荒凉的沟壑，在客家人的勤劳双手下成了生命的粮仓；凤江沉寂的野岭在客家人的智慧中勃发出绚丽的色彩。客家人的艰辛，装点了凤堰美丽的春夏秋冬；客家人的善良，让平淡简朴的乡村生活诗意盎然。

若问，凤堰为何会这般秀美，这般澄澈？只要你仔细聆听这山中百灵鸟的歌唱，就会大彻大悟，释然一切。

秦岭北山人头戴一顶草帽，肩搭一条毛巾，这是客家人日常劳作的标配。艳阳下山雀一声声"麦子，吊吊黄"的鸣叫，催促着欧阳氏、徐氏、汪氏客家男人抢着把麦子收割，客家女人随即精心挑选出粗壮的麦秆，用淘米水将麦秆洗了又洗，直到麦秆变得柔软亮白。

夏日的月色里，凉风中，灯影下，她们一圈一圈地编织着关于心仪男子的梦。客家妇女们在场院上谈笑着自家的老人孩子，客家妹子们讨论着自家心上的小伙俊哥，一切隐秘的心事都被密密实实地织进草帽里。草帽顶上丝线套扎的并蒂莲花，毛巾角边贴绣的戏水鸳鸯，那便是客家妹子收藏心事最神圣的地方。因为那是她们一折一扣捻实的情愫、一针一线拽紧的念想，是客家妹子隐藏着爱恋的寄托。

北山客家为何有如此风俗，客家姑娘为何有如此聪慧的心灵？只要你平静地品尝这山里清冽的泉水，就会心旷神怡，心领神会。

月河川道上一根扁担，一副箩筐，是客家人肩负的全部生活重担，承载着一家老小的柴米油盐。

涧池张家堡子在历史的幽深处记载着客家张氏"挑茧过秦到长安，担盐翻岭两月还"的商贾风云，他们用坚实的肩膀，支撑起一片天空。永宁沈家院子迎着岁月的风雨，磨炼出客家沈氏的包容、坚毅与顽强；县城陈家祠堂默守着生活的炉火，锻造了客家陈氏的刚烈、韧性和善良。丰收的田野，渗透着客家的滴滴汗水；金色粮仓，饱含着客家的艰苦辛劳。禾苗上每一滴露珠，都是客家人辛勤的汗水；逢年欢庆的每一声锣鼓，都是客家人痛快淋漓的欢笑！

月河川道的客家为何会这样勤劳，为何这样坚忍？只要你坦诚感受这龙岗上呼啸的北风，就会豁然开朗，一目了然。

陕南流传一首首山歌，客家人从江唱到山，从古唱到今，一年又一年，一代又一代，唱得日头红，唱得月亮圆。

客家男人用什么宣泄狂热的激情，客家妹子用什么表达最深的爱恋，客家老少用什么抒发生活的情趣？山歌，只有山歌！"客家山歌满山坡，星星月亮比不过。哪里有妹哪有歌，哥唱山歌妹来和。树死藤生缠到死，藤死树生死也缠……"汉江两岸，客家人在这里生息、繁衍，在这里歌唱、畅饮；秦巴群山，客家人在这里劳动、创造，在这里舞蹈、欢聚。山歌饱含如海深情，山歌恋情动人心魄。敢爱，便如阳光般灿烂、芬芳醉人；敢恨，便如水火般分明、地动山摇。

客家山歌词句为什么如此深情，客家山歌曲调为什么如此缠绵？只要你豪饮一坛客家酿造的老酒，就会魂牵梦萦，快活似神仙。

母亲那把棕叶扇

夏天到了,我就想起了儿时母亲的那首歌谣:"棕叶扇,扇儿光,扇儿扇风好凉爽。扇儿摇,蚊子跑,孩儿睡觉蚊不咬……"

孩童的夏天,就是棕叶扇的季节。那时候的棕叶扇,是普遍的纳凉工具,大人小孩,人手一把,轻轻地摇,凉风习习,好不惬意。

棕叶扇,记得父亲在课堂上讲过,是用棕榈树上的棕叶制成的。棕树是世界上最耐寒的棕榈科植物之一,是亚热带植物,分布在秦岭以南地区,不仅叶可制扇,根还可入药。还讲扇子最早称"翣",在中国有三千多年历史,据晋崔豹的《古今注》记载,扇子起初不是用来扇风的,而是一种仪仗饰物,由侍者高擎着为帝王障尘蔽日。早在周代,王和后的车子上就用扇子来遮蔽风尘,叫"障扇";后来封建皇帝和高官出行的仪仗中,都有大障扇,以显示其威风。到了汉代以后,扇子的种类增多,有纸扇、鹅毛扇、木扇、篾扇、芭蕉扇、棕叶扇,还有玳瑁扇等,就普遍用它来取凉了。再后来,扇子不仅成为驱暑纳凉的好帮手,其功能也从日用品衍变为艺术品,如明代周之冕的竹雀扇、唐寅的枯木寒鸦扇、沈周的秋林独步扇,清代恽寿平的菊花扇、王武的梧禽紫薇扇等。

那时我常坐在母亲身边,听她讲编扇子的知识。棕叶扇分为硬扇和柔扇两种。硬扇也叫蒲扇，先从棕树上将稍老点的棕叶采回来，用开水一烫，等晾晒干，再拿剪刀剪成圆形，周边镶上布条，用针线缝合，便是一把扇子，制作方法较为简单，但不是很耐用。蒲扇又叫"葵扇"，用料分两种：陕南一带用棕叶，而两广云南一带用蒲葵叶。柔扇才叫棕叶扇，编织而成，制作精细，工序繁复，但美观大方，柔韧耐用，一般可用上四五年，深受人们喜爱。

做柔扇的棕叶，需经过采、煮、漂、晒，才能变成白嫩柔韧的扇用叶子。采集是采棕树顶端未开叶的一尺来长的嫩棕芯。母亲说："棕树在炎热时节的四至九月才长新叶子，二十多天长一片，一棵树一年能采六七片叶子，一般是'一片棕叶一把扇'。采下嫩棕芯后，用大锅烧开水煮，煮上四五分钟，杀去虫子、病菌，也让叶子成熟变柔韧。"我喜欢帮母亲做漂洗棕叶的活。把煮好的棕叶收拢，找一根绳子从中间穿起来捆紧，架在木棒两头，挑到梁坡下的小河里去漂洗。青绿色的叶子在水里散发出淡香味，招来一些小鱼、小虾和小螃蟹，在棕叶间游来游去。这时，我总爱故意扯一扯棕叶，戏弄它们一番，惹得它们东逃西窜；还爱把双脚伸进凉凉的水里，是那样开心有趣。漂洗好棕叶，挑回去后，母亲就把它们放在太阳下的竹帘上晒，气温越高越好，连续暴晒四五天，直到叶片渐渐变白、干爽，才算准备就绪。

在乡下，编扇子又叫打扇子，分为匀破棕叶、精打扇心、密镶扇边、紧收扇口、缠插扇把这几个步骤，是很有讲究的。

母亲心灵手巧，打得一手好扇。匀破棕叶时，只见她先将叶片背筋全部剔除，再按扇面大小确定扇料宽窄，将每一把扇料叶留下一半作经，撕下一半作纬，还能将一片棕叶撕出两三把扇料来。打扇心更认真，她依据棕芯的长短，确定扇子的尺寸。然后坐在小板凳上，把身子俯下来，面前斜支一块四方木板，两只手将经叶左右分股、中心压扣，再将纬叶插进其间，经纬交错而不停，脚踩实在，手劲均匀，说这样编织出的扇子才疏密适度，纹路清晰，而且柔韧精致。做好一把毛扇后，最见功夫的是密镶扇边，而母亲不仅把扇的纹理编成辫子形，还将叶尖巧妙地与扇纹压扣。紧收扇口时，母亲能赋予扇子一定的形状，不留扇尖，扇呈圆形；留一个扇尖，扇呈阔叶形；把扇尖稍稍一偏，扇子就成一个桃形了。最后是缠插扇把，母亲说这道工序也马虎不得。先将竹棍一头削成扁而尖状，再穿插入扇子正中心纬叶的三分之二处，撑直扇面，就能利用扇尖的柔度扇出大风力。留出一截长的竹棍作为扇柄，在柄周围用棕叶编织出交叉花纹，直至扇子的下缘，并将叶尖巧妙地与扇子串联镶嵌牢固，这样一把棕叶扇就算完成了。

  在生产队时，母亲白天要下地干活，只能在晚上偷着打扇子。队里的大姑娘小媳妇们，见打的扇子既可纳凉，又可赚钱，就晚上悄悄来我们家，跟着母亲偷偷学。母亲总是大方细心地教，她们就都学会了这打扇子的手艺。过去人们用扇子纳凉，还吟出许多小歌谣。如："扇子有风，拿在手中。有人来借，等到立冬。""六月天气热，扇子借不得；若是来借扇，你热我也热。"还有诗曰："身子一晃风就生，驱蚊消暑又降温。待到九月秋风起，身居旮旯无怨声。"这就是人们对扇子功用的生动描写，充满了诙谐幽默。

  现在，人们降温消暑主要是靠电扇和空调，而我还保存着母亲打的那把棕叶扇。

鸡年往事

鸡年到来之际，人们自然企盼鸡年大吉。

鸡年吉祥，源于中国人对鸡的推崇。尤其古代民间视鸡为辟邪驱鬼的吉祥物，还称它可以吃掉各种毒虫，为人间除害。因此，《韩诗外传》称鸡为"五德之禽"，说它头上有冠，是文德；足后有距能斗，是武德；敌前敢拼，是勇德；有食物招呼同类，是仁德；知更不失时，天明报晓，是信德。所以，开年第一天百姓剪鸡窗花，而且把这天定为"鸡日（吉日）"。

小时候，我住在乡下，对鸡有一种本能的"爱"。我亲眼见过母鸡抱窝的场景，在草垫上，它伸展双翅用体温孵蛋，二十多天不起身，每当小鸡破壳而出时，它就表现出超常的兴奋与活力，不停地咕咕叫着，似乎它是这世界上最幸福的鸡。母鸡抱窝的蛋，不管是它自己下的还是别的母鸡下的，它都一视同仁，即使在寒冷的冬天，它也要把每一个蛋孵出小鸡后，才站起身来。然后又带着小鸡们学步，教它们觅食，形影不离。在室外，母鸡还十分警惕地、不时歪头斜眼地观察前后左右的情况，一旦发现鹰或黄鼠狼的影子便低声鸣叫，张开翅膀召唤小鸡们钻入其腹下或翼下隐藏，用生命呵护孩子。

在过去，鸡是十分重要的报时工具。司马迁的《史记·孟尝君列传》中就有鸡鸣的故事。战国时期，著名的函谷关的开关时间就以鸡鸣为准。当时出使秦国的孟尝君落魄而逃,面对大门紧闭的关口,担心后面追兵赶到,危急时随他出逃的门客中有会口技的人,就学鸡啼,他一啼而群鸡尽鸣,骗开函谷关门,于是离开秦国,逃回了齐国。古时的鸡鸣故事、典故还有鸡鸣报晓、鸡鸣候旦、闻鸡起舞等,启示人们拂晓一声鸡鸣,新一天开始,也要启动新一天的征程。

鸡是乡村院落最勤恳的歌手,也是我们儿时最亲切的伙伴。特别是红冠大公鸡站立在院头石包上,喔喔喔,那洪亮而标准的鸡鸣最让人难忘。

我和乡下的孩子一样,是听着鸡鸣长大的。每当黎明来临时,若有一鸡啼鸣,那附近的鸡就万声齐鸣,整个乡村此起彼伏鸣唱一片,声势浩大、气势磅礴。听到鸡鸣,乡村的小孩子就该起床上学,大人也立马起床劳作。鸡鸣叫醒了山林的鸟儿,叫醒了满目的青青山坳,叫醒了林间的潺潺小溪,叫醒了圈里的耕牛,叫醒了山野每一个角落。这鸡鸣,是大自然最和谐的鸣奏和最悦耳的交响曲,是乡村独有的一道风景,是温暖农家清寒生活的疙瘩火,更是贫穷岁月里的希望和寄托。因为有鸡鸣,山川显得生机勃勃;因为有鸡鸣,乡村获得悠闲和谐;因为有鸡鸣,这世世代代面朝黄土背朝天的乡间父老生活得有滋有味。

在计划经济的年代,人与鸡不仅有密切联系,还有深厚的感情。鸡是乡村千家万户一个重要的经济来源,人们过日子都得靠鸡。最普遍的是用鸡蛋换钱买盐等日用品;最突出的是来贵客时以煮荷包蛋、炒鸡蛋为最好的菜肴;走亲戚、访好友时拿些鸡蛋送只鸡作为最好的礼物。鸡担负着一户农家所有的希望和梦想。那时候,家家户户养鸡,鸡的数量多,就是勤劳与富裕的象征;鸡下的蛋多,就是走财运、有福气的好兆头。

现在的农家已经不是家家户户养鸡了，因为有林场和圈舍养鸡场养了，所以在农村很少能听到鸡鸣了。此农村已经非彼农村了，社会的进步缔造了新的产业模式，这种步伐和速度，让生活水涨船高而日新月异。尤其是从农桑中走出来的20世纪60年代以前出生的人，他们既见证了前辈们辛酸艰苦的历程，也见证了国家从物资极度匮乏到丰富多样，从贫困到温饱到实现小康的变化历程。鸡在人们的传统观念里，在寻常百姓家中所扮演的角色依然不可替代，雄鸡报晓仍是平安、幸福、美好的象征。

自有人类文明以来，鸡伴随着中华民族"日出而作，日落而息"，从"鸡声茅店月"到"鸡窗夜静开书卷"，春去秋来，它无时无刻不与我们的劳动、学习和生活相随相伴。

鸡年吉祥，在如今金鸡报晓的太平盛世，我们沐浴鸡年的春雨而奔向希望，托着鸡年的梦想而闪耀光芒，满怀鸡年的斗志而拼搏开创，传递鸡年的祝福而如意吉祥。

花甲本命猴年遐想

猴年本命年，花甲迎春，才知晓"白驹过隙，时光荏苒"。人生岁月光阴匆，青春梦萦绕脑中；两鬓染霜知老时，晨彩西斜晚霞浓。

蓦然回首，工作四十年，从乡下到城里，从教师到行政，我也该退休了，终于卸下了肩上的担子！回首往事，同时代的人一生也都在艰难奋斗：虽是成长在和平年代，但生活条件差，工作苦，待遇低，负担重，责任大。而我与同代人一样，自小遵家训，知勤奋，感父母之恩，晓事理，生于贫穷家庭耐吃苦，经坎坷历练铸韧性，守传统信念能担责，尽心尽力明公正，解甲归田而感恩一切。

岁月易逝，悄然我已至花甲之年，一切都要转轨：由工作转为生活，由忙碌转为休闲，由参与转为旁观，由政务转为家事，由公仆转为民众……这是自然规律，也是人生归程。正如大作家方英文为我书写的勉联"白云去留随天意；青山起伏因地缘"，也恰如著名诗书画家高建群为我题写的佛家语"花开花落两皆好，退步原比进步高"。

于是在夜的宁静中，我开始思考属猴的人的性格。原来只知农历以十二生肖、天干地支纪年，同列之九为"申猴"，却不知古人对其有说法，以诗为辞：

申猴为九寓寿长，位居至尊不张扬。

金猴有尾仁义在，灵活应变享安康。

对我而言，至尊不敢，仁义、寿长、享安康，才是对我莫大的慰藉和勉励。凡是属猴的人，都会被人说："看你猴精猴精的。"但精在哪里，仔细一想，精就精在待人恪守儒家之仁义，处世践行道家之诚信，治事捍卫法家之严明，创业酌用兵家之权变，养心尊奉释家之超脱，行文巧用纵横家之灵活而已。

透过斑驳的记忆，曾经的苦涩和酸楚随着青春的逝去而渐渐淡忘，留存下的只有那些美好的片段和深沉的回味。坎坷时，记得孔子说"发愤忘食，乐以忘忧，不知老之将至云尔"；群聚时记得"三人行，必有我师焉"；在工作的蹉跎岁月中，记得老子说"知人者智，自知者明；胜人者有力，自胜者强；知足者富，强行者有志；不失其所者久，死而不亡者寿"。我的人生感悟油然而生：必须吃苦，吃苦才懂得珍惜；要认真做事，在做事中明白责任；不惧失败，只有在失败中才会获得经验教训；有辛酸泪不怕，在暗自流泪中铸造坚强；还会受到许多莫须有的伤害，自己舔舐着伤口才能学会体悟匍匐前行的信念与悲壮。身处这个世界、这个时代，方向比努力关键，能力比知识宝贵，情商比智商重要，经历比学历突出，健康比成就要紧，要不以大事而为之，更不以小事而不为。

本命年猴年，我看到许多国画大师都喜欢画猴，将猴子智、勇、勤、义的特性表现得淋漓尽致。相传旧时马厩上总要系上一只猴子，作用是辟邪、祛除瘟病、守护马匹安全，这也就是《西游记》里的孙悟空曾被玉皇大帝封为"弼马温"的原因。《西游记》还让人悟出一个道理：猴王虽然智、勇、勤、义，却不得不历经磨难，征程虽充满艰难险阻，还叠加屈辱痛楚，但猴王坚守护法、扶正、忠主的信念，忠贞不渝，而且义无反顾，不屈不挠，这就是"美猴王"精神，值得传承光大。我当以它为偶像，退休后也继续尊崇。

花甲之龄，使我远离了青春浪漫的驿站。人生亦有坎坷，也不那样完美，不去怨天尤人，更不作茧自缚，而要迎接大好时光，去憧憬自由美好的新生活。一个普通人，平凡一辈子，钱不多温饱就行，友不多知己就好，事不多乐行就可，情不多专一就恒，文不多随心就成……庸人不自扰，亲友皆和谐，开心过好每一天，就是花甲本命猴年的一种幸福美好。

该说说老黄牛了

先说个经历吧，在农村二十多年里，我放过牛、喂过牛、用过牛。每逢大忙季节，父亲总是鸡叫头遍时就喊我起床，我趁着星光上山坡，割一大背篓沾满露水的青草，天刚亮时先喂牛，牛吃饱后才牵它去犁地。犁地中途歇息、吃中午饭时，还要给牛添草加料，到了天黑收工后，父亲还要专门煮几碗黄豆让牛吃"宵夜"，说煮熟的黄豆最能补牛的体质，最能长牛的气力，最能提牛的精神。在20世纪那个饥饿的年代，人吃的都是些薯类杂粮和野菜，黄豆是乡民过年才磨上一次豆腐吃的珍贵食材，而父亲却毫不吝惜地拿出来喂牛，还说过年可以不吃豆腐，但不可以不喂牛。可见黄牛在父亲心目中，已是家庭的重要成员，甚至有过之而无不及。

再说个现象吧，我曾经的故乡是山里的乡村，那些年凡是有男孩的农户家庭，一开始就奔死奔活地要先养头牛，要是女儿养得多的，可以不那么奔命养牛。因为我亲眼见到许多儿女亲家除有"调换亲"的外，大多数贫困人家都用一头牛做彩礼，来娶一个媳妇。在那个时代，山里一个农民家养一个女儿，有时还没有一头牛值钱，因为牛是山里百姓的主要劳动工具，也是主要劳动力，生产没有了牛，生活就失去了保障，所以牛就是山里农民的命根子。

再说下现实吧,"老黄牛"一词不知从何时开始,成了一个贬义词。任劳任怨的"老黄牛"精神在人们心目中不再是高贵品质,而是成了无奈、老实、听话、任人摆布的代名词。让人憋气的是:"哎呀,你真是单位的一头老黄牛呃!"此话一出,即使说的是真心话,听起来都是嘲讽味。凡是被认定为老黄牛的,那就会该干啥一直干到老,干的事还会越来越多,因为听话,同事不想干的会撂给你去干;因为老实,有人干不好的事会安排你去干;因为老实听话,在晋级提拔重用时考虑的不是你而是别人,你也不会争辩。所以被冠以"老黄牛"称号的,就难以冲破这个"光环"。

再说些秉性吧,有诗言"老牛亦解韶光贵,不待扬鞭自奋蹄"。但凡有一点儿本事的老黄牛,多少也有点儿"牛脾气",有时干得很累了,它要停步仰头,出口大气;有时干得太疲惫了,犁沟的脚步也会踏偏;有时干得太饥饿了,顺嘴在地边田坎上啃几口杂草,这时任人怎么吆喝如何鞭打,它都硬气地忍着顶着不转向。这时的老黄牛虽然能做事、会做事、肯做事,但还是会惹得一些人不理解、不高兴、不认可,甚至有少数人为了显示权威,把老黄牛的忠诚当愚昧无知,把老黄牛的善良当软弱可欺,一亩地非要老黄牛一口气犁完,还很"牛气"地说是"鞭打快牛"。

再说些碎语吧,老黄牛吃的是草,出的是力,挤的是奶。单位的老黄牛就是单位的中流砥柱,这样的老黄牛最需要人文关怀和生活照顾,然而现实却是大相径庭,就像俗语说的"又要马儿跑,又要马儿不吃草"。遇到难事时惦记着老黄牛,有利有益有荣誉时却往往忘记老黄牛,甚至遗弃老黄牛。若有晋升之事,就会有人来做老黄牛的工作:你是这个单位的老黄牛,今后有的是机会,让给别人吧;若有升职之机,也会有人来做老黄牛的工作：你是这个单位的老黄牛，如果把你提拔了，这方面工作谁能顶得了呢？还是推选别人吧……

如今从上到下已经形成定论：以制度还原老黄牛有为有位的真实内涵，彻底扭转贬低老黄牛的社会风气，振兴老黄牛干事创业的信心，让老黄牛得到应有的尊重和善待。

举国实现"中国梦"，人人"甘当老黄牛，争做实干家"——要像老黄牛那样坚忍顽强、乐于担当，像老黄牛那样负重前行、奋力开拓，像老黄牛那样任劳任怨、默默奉献，像老黄牛那样忠厚耿直、朴实善良，像老黄牛那样鞠躬尽瘁、死而后已。这样，"中华复兴、中国美丽"的梦在不久的将来就一定能成真。

中国需要老黄牛，时代呼唤老黄牛，社会为老黄牛的声誉平反，民族彰显老黄牛精神，只有让每个老黄牛都有建功立业的机会，才会激发更多的小黄牛去冲锋陷阵，克难奋进。

流水悄然远去

走在乡间的小路上，岁月如小溪悄然远去；抚摸原野的草木，世事随时光隐退消失。

天地自然，人便在天地之间。乡间一农家小屋，让我偶然记起《幽窗小记》中的一副对联：宠辱不惊，闲看庭前花开花落；去留无意，漫随天外云卷云舒。人生平常，看庭前，春夏秋冬自然之意；生命坦然，望天上，大千世界风云亦是无常。

想起一个故事：唐玄宗时期，安禄山叛乱，李唐政权处于崩溃边缘，是郭子仪挂帅才将江山打回来的。郭子仪功成身退后，皇帝赐他一座汾阳王府。兴土动工时，他闲来无事，拄着拐杖到工地去监工，叮嘱正在砌墙的泥瓦匠，墙基一定要筑得坚固。这个泥瓦匠边干活边说：请王爷放心，我家祖孙三代都在长安，都是做泥瓦匠的，不知盖了多少府第，可是只见过房屋换主人，还没见过哪栋房屋倒塌了的。郭子仪听了这番话，拄着拐杖就走了，再也不去监工了。

泥瓦匠所讲的，是祖孙三代的实际经验。郭子仪所听的，不是消沉的现实，而是心境平和、情怀博大的人生之道。就这样，往往功高盖主的臣子难以寿终正寝，而郭子仪却在唐代将军中独享富贵寿考。

记得小时候，我们什么都不懂，天真无邪，无忧无虑，心灵是一片晶莹剔透的星空。我们听父母的话,遵老师的教诲,纯真得像清澈的山泉,快乐得像一只小鸟。那时无知无畏,不思考以后怎么样,也不会想那么多,正如初生牛犊不怕虎。鲜嫩的生命如同植物生长的新枝丫,好似月光下一支抒情的小夜曲,天性率真地生活在童话世界里。少年的童心,充满好奇和幻想,还总会做一些浪漫的事情。

到了青年时代,我们开始独立担当,个性张扬不羁,精力旺盛,姿态昂扬,心灵似乎是一轮蓬勃如火的朝阳。与世界的全面交流打开了人的心智与欲望,思想变得活跃激进,我们不知疲倦地寻找理想的目标,以至于近乎疯狂地追求期望的幸福,寻找世上一切真的、善的、美的东西。生命就像汇聚的河流,不顾一切地奔腾向前,即使屡受挫折也毫不气馁,义无反顾,一往无前,竭诚钟情于事业。后来我们慢慢明白,大河需要千百条小溪的汇聚,才能聚力勇往直前。人生理想目标的完成,不只靠个人,还需更多资源的涌入与许多人的合力,才可能实现。

不惑的中年,我们负重而成熟,少了冲动多了谨慎,心灵仿佛是一座巍然屹立的大山。由于历经为生存打拼,为未来筹划,现实与憧憬交错,逐渐让自己回归到内心,人生的追问往往倾向于内心的选择。心胸变得宽广,学会反思与修正;思想变得成熟,明白能力大小要与目标相匹配;行为变得稳重,知道什么可为或不可为;豁达地收获成果,睿智地正视人生。人活一世恰似河流汇聚成的大江,有波涛汹涌的澎湃,有波澜不惊的浩荡,滚滚向东而去。人生开始"懂得",学会默默承受,暗自坚强,什么都拿得起放得下;有了"踏上一程山水,换得一份坦然"的生命之悟。

人过花甲之后,变得深邃世故起来,乐于随遇而安而顺其自然，心灵便装满了"缘已尽"的禅意。经历过天真、执着、成熟再到世故，我们往往吃过很多苦，也积累了许多经验，熟悉社会运转中那些明的、暗的，深的、浅的规则。历世事沧桑，已成过眼烟云；阅人间浮华，好似南柯一梦。这时我们的心智与心法更为老到，内心宽容、原谅一切，目光看好、看惯一切；我们想把经验分享传授给年轻人，让其少走弯路。这时的内心，正如接纳百川的大海，容纳了千江万河，生命只留下潮起潮落。待物，我们智慧地随心所欲而不逾矩；处世，我们潇洒地自由散漫却有约束；做人，我们懂得利用规则追求自己理想的人生，生命的真谛在夕阳中出彩。

  人生犹如溪流，从高山发源，汇集成河，穿越莽莽群山；汇聚成江，历经激流险滩；一路披荆斩棘，最终归于大海，完成其一生的奔忙。我们在不知不觉中，感受到悄然逝去的岁月，感觉到岁月留下的惆怅，感悟到名利地位的寡淡，人生进入自由豁达、力所能及的新境界。

  坐在溪边石上，溪水只管哗哗流去，一点儿也不在乎别人的看法。人生何尝不是如此，只要没懈怠，自己努力过，曾经奋斗过，做了该做又喜欢做的事，走了该走又随心走的路，褒贬又何足挂齿呢！

  生命的年轮不停地扩展，心灵依然年轻。江河流水悄然远去，朝霞晚霞皆是人生彩霞。

江河荡清风

冬窗夜色

人们说，站得高看得远。我家就在汉阴城高处的李家台临近月河的高楼顶层住着，位置在最东头。东南北三面都有大窗户，白天屋里跟外面一样敞亮，闲时眼睛一抬，就可直观窗外山城景色。

凭窗而立，白天，可看东方日出，可观北岗园林，可瞧南山流云，可听月河水声。傍晚远视夕阳霞辉，深夜近瞰北斗闪亮，眺望"双子座"眨眼，目光慢慢停留在古城墙东南角那文峰塔旁四季常青的树上。俯视这座城市，新颖、现代的气息立刻扑面而来，令人心生一阵轻松和愉悦。

晚饭后出去散步，一河两岸的河堤公园，健康步道已是人来人往。不等夜幕降临，排排华灯初上，小城有五座大桥横跨月河，亮化工程将山城的夜晚，引入如梦似幻之境，呈现斑斓的色彩，真可谓"一半山色，满城风景"。

月河两岸的香樟树，在冬季青翠欲滴；花草绿篱交错，造型修剪得美观得体。月河水面，月光曳动，星光跳动，两岸群楼的倒影摇动，楼间的桂花树影也随之晃动，辉映出一河的流光溢彩。路过城南凤凰广场，这里是山城新区群众文化的"七彩乐园"。跳广场舞的、打太极拳的、扭秧歌的等，千姿百态，场面壮观；高低音、男女声、中西旋律、古今乐调等诸多音响，混合成一部宏大的交响乐。县文化艺术中心在夜晚或节假日经常举办读书会、诗词文章朗诵会，由文化剧场演绎的节目精彩纷呈，夜间数字影院的门口，人出人进，十分热闹。

夜晚的凤台新区，人们纷纷来到具有山野本土特色的"叁石蘑菇博物馆"，深入以养生、健康、实惠为主题的民生消费体验店，都称此店开辟了山城饮食文化的新天地。古城"美食一条街"更是夜生活的潇洒地，汉阴小吃、移民美食、客家味道，在这里应有尽有，人们可以一饱口福。这里有沈尹默书法艺术展览馆、二十四小时图书阅览室，城市的人文气息分外浓厚，城市的灵动感分外活跃。真可谓"来了不想走，走了还想来"。

不能不说，国家森林城市的冬日，夜空分外清朗。龙岗脊上的龙岗阁，古城墙上的文峰塔，自强楼上的大座钟，文广电视台大厦的发射塔，一城五桥的飞雁灯，凤凰大道平直的路，北城大街桂花树上闪烁着的霓虹灯，汇成一派繁荣之景。"文景盛世"门前的机器人舞动夜空；入城国道上的环形立交桥，极像并立的双神女，向四方伸出长长的手臂，将老城新区的秀美景色揽在怀中，并对着天空的星河微笑。

这样的美景，不可轻易错过，我用手机拍下它们，发布到朋友圈共享。有人说，没有夜生活，就不叫城市人的生活，这种说法，我从内心信服，它不仅包含了人们对幸福生活的物质追求，更阐述了人们对美好生活的一种精神追求。

我一饱眼福回到家中，再一次倚窗望外，想凭窗收尽山城夜色，然后将之储藏成记忆。

祈祷的夜

这样的夜没有了,但我记忆中还有。这样的夜找不到了,但在我心中永存。这样的夜还能还原吗?我已做不到了。

这是一个被多数人遗忘的故事,也是一个真实的、发生在我身上的故事,所以我至今记忆犹新。

这是一个微不足道的片段,却饱含深情;这是一些文字的碎片,却值得认真记录;这是一生中不经意的往事,却让我备感温暖、愧疚至今。

清晰的镜头、真实的画面,历历在目。

20世纪70年代中叶,在一个春暖花开的季节,我作为青年干部被交叉抽调到南部汉阳区的双坪乡,去了解检查乡村农户春荒时的生产和生活状况,有县民政局的老王随行。那时没有公路,下乡都是徒步,因为山区山大人稀,所以进村入户只有依赖乡干部来带路。一路羊肠小道,七沟八梁,我们翻山越岭,爬坡涉水。那时的三月,正是农村青黄不接的紧要关头,尤其是山区,队里的豌豆胡豆才开花,洋芋才长苗,小麦才抽穗,可大多数的公社社员早已出现了缺粮甚至断粮的困境,有的人不得不走几百里地,翻过凤凰山,进川道去找亲戚朋友借救命粮。

那天我们从汉阳区出发,盘绕富水河,跨过刀把梁,越过清溪河到达双坪乡，在乡上急急吃了一碗苞谷糊填肚子，又立马赶路。一路越过兰家岭，在柳树垭稍做歇息后，趁天还没黑，过乱石沟，赶到了边远的太安村。此时夜幕已降临，带路的乡干部建议我们就住在曹支书家，明早再入户调查了解情况。

曹支书听说我和老王是县里派来的，又大老远地专程来了解春荒情况，就一个劲儿地"稀客、稀客"地招呼，一人忙里忙外，又是倒洗脸水，又是递板凳端茶水，他那亲热劲儿像家人一样。我们一落座就开始交谈，曹支书向我们介绍了该大队目前的生产进度、存在的实际困难、目前能设法让群众渡过难关的方法，最后很有愧意地请求县里尽快拨一批救济粮，以解燃眉之急，还希望我们明天一早挨家挨户地去实地查看。

了解完大致情况，已是后半夜了，曹支书的母亲就给我们准备了夜饭，一人一碗白米稀饭，一盘自家腌制的酸菜。我和老王端着那碗稀饭，心里又感动又惊讶。感动、惊讶都来自那知晓的山里民谣："住在老山窝，出门就爬坡；地无三尺平，年年灾情多；夏吃洋芋片，秋吃红苕坨；苞谷米当燕窝，白米没见过……"此时正是春荒之际，可在这山里，中午我们在乡政府吃的都是苞谷，而曹支书他竟然煮白米稀饭招待我们，难道他们家……

我们由感动到惊讶，再到迟疑，那带路的乡干部也不忍心吃下那碗稀饭。"喝吧、喝吧，你们是县里来的稀客，只是我煮不起干饭，就只能将就一碗稀饭了，趁热赶快喝吧！"高山里的三月，还有些寒意。曹支书又是解释又是自责，再三催促。走了一天山路的我们，此时真的又累又饿，一碗白米粥简直就是美味佳肴，实在无法再推辞，只好转念安慰自己：吃就吃吧，大不了这一顿我们交两顿的伙食费，多给些补偿就行了!

已是深夜了,曹支书安排我们三人在一间屋里的一张床上歇息,床前墙上挂着一盏煤油灯,照出满屋的陈旧和简陋。下乡这样的住宿情况是常有的事,我们都习惯了。床上铺的、盖的虽然有补丁,却是洗净新换的,感觉还挺舒服的!

老王很疲惫,我就陪他先上床休息,但怎么也睡不着,就只好坐在床上和老王谝一路的事。带路的乡干部在院坝边同曹支书又说了好一阵话才进屋,他刚踏进门口,就从里屋传来一阵婴儿的啼哭声。老王惊诧地说:"曹支书家里有奶娃子?"带路的乡干部答道:"就是啊,支书娘子正坐月子,没啥吃的发不下来奶,我们晚上喝的稀饭,就是曹支书昨天把两只大公鸡背到汉阳集镇上,从熟人家换回大米煮的,原本是给奶娃子磨米粉用的,他看到我们来了,就特意从中匀了些煮成稀饭……"

"啊?咋能这样?!"老王和我大吃一惊,心潮如巨浪般起伏:温暖固然来自曹支书一家的厚道和真诚,但令人刺痛的内疚也来自那婴儿的啼哭声。早知如此,我们宁愿忍饥挨饿也要坚决阻止白米下锅的,即使他母亲非那样做,我们的手也不能端起那碗,我们的嘴也不能喝那粥!事已至此,我们追悔莫及。此时此刻,此情此景,一碗稀饭的价比天高,情比海深,粒米值千金。

老王辗转反侧,我彻夜难眠,乡干部一晚未合眼……

一段艰苦岁月的痕迹,是历史,我怎敢忘记!一个社会真实的温暖,是传统,我怎敢抛弃!一种人间真情的道义,是精神,我怎敢丢弃!

三十多年过去了,我的心却过不去!三十多年后生活发生了巨大变化,我却再没像那夜那样感动过!

亦问茶何

亦问茶何：起杯茶水，饮汲搁下，即为喝茶；温杯、置茶、候汤，亦为"茶艺"；观色、闻香、品苦，视为"茶道"。我喜爱茶，却不拜艺，不闻道，只是有时间起杯茶水，饮汲搁下。

我原为茶乡之人，栽茶树、采茶叶、制茶形、喝茶至今，却悟不出"茶禅一味"的佛意，因而只知茶变水色，茶及水浓，茶解口渴，不知味觉。人赞好茶，我为之迷惑，怎以比较，何谓好茶？书言好茶，《茶经》说"上者生烂石"，明前高山幽谷之地。人言好汤，清晨一口清淡之苦，清澈浅绿。

少年离开茶乡，与各路茶人相处几十年，硬是没喝出唐代陆羽的"精行俭德"，宋代徽宗赵佶的"清和澹静"，明代喻政的"淡远清真"；也没喝出日本茶道宗师千利休的"和敬清寂"，韩国人品出的"和敬俭真"，新加坡人悟到的"和爱谦静"；更没喝出中国当代茶学专家庄晚芳提出的"廉美和敬"。反省我自己，我多次拿起杯、搁下，是闷厌[①]也会感觉茶外之味，但每每起杯心不宁、念不静。

好意文字，日在清晨，散漫起床，妻沏茶书桌上，爱，就搁在那儿，一份温情，不浅不满。执笔落座，一本书，一支烟，情，溢满山水，行走古往今来。

亦问茶何：草在上，人在中，木在下，得茶字。我意为：人坐在木头板凳上品着叶子（草）。翻佛书，释茶形：人在草木间，没有下文。便有人悟到佛意：人在棺材里，上面长草了。此言未免太直白，世人说佛道只可意会，不可言传，明了，也就空了。

清明期间到杭州旅游，喜欢茶的我去虎跑泉喝茶，家人围坐茶室，等待用虎跑泉的水冲的茶，拿出花生、瓜子，享受品茶的快乐滋味。续水三巡，店家就不愿再提壶过来。隔桌一间，言水比茶金贵。人性使然，此乃勉强不了的现实。见人离去，茶留碗里，叶已黄，黯然失色。我想：茶若有灵，心何以甘，不如枝上老去，还可常青。茶搁下亦不易，人简单则更难。

佛讲缘，说不好缘分的事；人品茶，分不清谁是谁的那碗茶。有道是："放下谁，谁又能放下？"缘起缘灭，即使有心避让或负荆请罪也难免一段纠结；分有分无，何苦非要论个是非，讨个说法，求个面子，即便论得清又岂能自安？人之初，性本善。人与人，皆为路人，没仇何苦不共戴天？缘起，一丝风过，相逢一笑泯恩仇；缘灭，一个转身，挥手道别惜缘人。爱，真的很短，就一杯茶之间；痛，却存久远，至一病终不起。

亦问茶何，人若茶性，互可融通。心念不起，人走茶凉。茶释道：起杯，等谁回来？搁下，不凉如何？一热一冷，一段缘分，秉事之情，顺物之性，根本就不是谁凉了谁的心事。

亦问茶何，人茶殊途，同根同归。心有灵犀，人晓茶知。

注：① 冈戾：方言，愚昧无知、反应迟钝的人。

冬天的底色

一个寒战改变一个人的心情。

一片片白色的冬意，天女散花似的散落在空中，如诗如画。一缕阳光，映照在一团团白絮包裹的枝丫上。一片片冬意似箭，刺散了行人，只留下一道道孤影。

我捧起一抹冬意，眼睛里释放出好多好多曾被我弄丢的美丽。茫茫白雪在细微中融化。一片片冬意绵延开来，封堵河岸。

我紧紧握着冬意，正是想借此走进这片土地的内心，静静地感受大地的脉动。

路边的风景迷人，那是工笔素描的冬意。从滨河大道到山岗园林，从城市中心到郊外乡村，步行几公里，雪花追随行人写下一篇篇赞美大地的散文。雪花飞舞的声音，竟然凝成大地之上唯一纯洁的冬意。

茶花开了，当然还有梅花，也有一些经得住考验的菊花。

公交车行走在规定的线路上，能承载许多往来的路人，却载不动这有色的冬意。

书生意气

　　一个写作者散发出心血的香气,通过一本书。
　　一个家庭散发出门风的香气,通过一间书房。
　　一个家族散发出祖训的香气,通过一幢书苑。
　　一个时代与一个民族散发出人文的香气,通过一座图书馆。
　　一滴水珠,太过渺小,却能折射出高空耀眼的太阳光芒。
　　一片树叶,不足挂齿,却能以一抹新绿守望心灵的净土。
　　一条河流,洗刷污垢,淹没浮华,润泽植物,沉淀明净如水的诗词。
　　一行孔雀东南飞,掠过高空,在苍茫的空中五里一徘徊。昔日,"建安七子",于学无所遗,于辞无所假,咸以自骋骥骥于千里。霎时风起,我似乎看见他们齐头并进,那是人的精神世界空前富足的表征。
　　一位浪漫的青莲居士李白,一位现实的少陵野老杜甫,钟情于诗句的抑扬顿挫。蓦然回首,我窥见了他们的归途,正是盛唐时的返乡之路。
　　一首诗中兼有画,一幅画中兼有诗。苏轼服膺摩诘之才情,书生意气悄然盛开,水墨之中春秋轮回。
　　有多少国色天香,轻轻地拨开窗纱,婀娜多姿的女子行走于朦胧的夜色中。厚厚的夜被搁浅，于无声处细细打磨，也愈显稀薄。

书生挥斥方遒，激扬翰墨，思绪无影无踪。一滴滴汗水浇灌春花，一本本唐诗滋养秋月。

书生们，皓首穷经培育文明的硕果。

赏月、听琴——悲、欢、愁、乐汇聚成一部部悠扬婉转的音乐剧，展示出声色俱佳的宏阔人生。

花香吞噬阳光，蕴含清香蜜蕊。

书香淹没月光，深藏地下的渴望。

耕读传家的农人，翻阅每一片土地。

满山的麦穗，遍地的稻谷，偷偷绽放笑容，点亮汉语的星空。

厚厚薄薄的书卷，深深浅浅的墨迹，端坐在远古的时光里，邂逅心中的仓颉，流淌着的，正是书生意气。

童心共春发

我时常在河滨大道上行走，不知不觉，路边枯黄了的草坪，又焕出芊芊绿色，风也吹柔了岸边丝丝垂柳。桂花树新生的嫩叶，垂柳吐出的嫩芽，任由春风惬意地抚摸，尽情地享受着春天的眷顾。

"一湖春色柔芳城"，这样鲜色可挹的新绿，无论谁来到这里，心头都会油然生出一阵欢欣！正缘于此，我和老伴趁学校双休时带着八岁的孙女，也来到河滨主题健康公园踏青。岸边的柳树旁，老伴信手摘下一片嫩叶，示范性地抿住当作竹笛吹奏，孙女随即接过老伴手中的叶片，衔在嘴里试了几下，就吹出了《快乐的节日》曲调。这声音仿佛枯枝里储藏的欢歌，在暖风滋润中，被孩子发觉并呼唤出来，着实让孙女惊喜得手舞足蹈！是啊，这简单而纯真的天籁，唤起的不仅是一个孩童的新鲜感、好奇心，也同时唤醒了我沉眠已久的童心。

这个时节，这般景色，这时的我，跟随春的脚步，凝望白云，细品流水，去寻觅晶莹玲珑的如水般轻灵的童诗，去寻觅山城汉阴诗意的春天。这春天的诗意翩然驻扎在孩子的心扉，是真真切切属于孩童的，而萌发的许多新鲜事物，亦可以说是成年人童心的催化剂！看着老伴摘叶乐孙的喜态，备受感染的我，随口吟出"春心莫共花争发"的诗句。

带孙女与春相遇，感觉自己由里到外一下子变得年轻起来，蓦地重温童梦。清晨，我们捋柳枝，吹柳笛，编柳圈，戴柳环；逮蚂蚱，追蝴蝶，捉蜻蜓，逗小鸟，抓螃蟹……尽情嬉戏，自由弄春。

每当这个时节，从土里萌发的一切新生命都令我们好奇、兴奋、喜爱。有时我们会在凤凰山边的竹林里，惊喜地发现一蔸蔸戴尖尖帽、穿毛茸茸衣、身子胖嘟嘟的，刚刚破土而出的小家伙（竹笋），它们格外招人眼球。那时只觉得这竹林里的小精灵，似乎头戴着一顶甜美梦幻的帽子，简直是在我们的心尖上破土而出的，是从我们小脑壳里悄然拱出的。所以，我们只静静地观看它，不敢触摸它，更不敢掰断它。有时在龙岗桃林边，我们总会惊奇地发现那些顶起一层泥土的小桃苗，它们迫不及待地、轻轻地抖落头顶上的泥土。很得意那是我第一次窥见嫩苗的根部。看着已分裂为两瓣的神秘核儿，想象着它的疼痛与坚忍，我的心里顿时生出十分的怜惜。

有一年春天，我带了把小铲子，把一棵小桃树苗轻轻地连根刨起，像捧着一只刚出壳的雏雀一样小心翼翼地带回家。从那时起，小天井的院子里便多了一座石头围成的泥巴窝，泥巴窝里住着我心爱的小桃树苗。在我的心里那是一间风雨不可动摇的黛青色小屋，安然实在地呵护着那只珍贵的雏雀。我按时给它饮水，喂它吃食，若它绿羽上有灰尘，就用手指轻轻拭去。有一天夜里，我梦见它从天宫里衔来了一个仙桃，又大又红，好香甜啊……

童年的世界，忽而俏皮，忽而端庄，但都那样简单纯粹，如春天里的清风，快乐、自由；又如春雨后的天空，干净、纯洁。正如今天，我走在山城围湖岸边，童心便漾起了春天般美丽的笑容。笑容里，总能捕捉到童心的本真、童心的聪颖和童心的坚毅。

　　童心共春发，无不是对大自然与美好生活的热切向往。那就让我们与春风一同，用微笑来托起明天的太阳，托起童年的梦幻，憧憬充满美好希望的未来！

腊月的年味

今年的腊八粥刚刚吃过，置办年货的氛围就开始浓厚起来了。

临近春节，路上、街上的行人多了起来。虽然谁都知道，现在物质产品丰富，超市什么都能买得到，集市更不用说，却还是挡不住人们过年前的购买欲。一切准备齐全，才是过年的样子。

我家所在的县城，东西两头都有菜市场，平常只有稀稀拉拉十几户卖菜的摊贩，加上一些周边的菜农。这里上半天红火，下半天冷清。可到了今年腊月，却是人满为患了。老城的百姓居住稠密，乡下人也习惯了来这里交易买卖。南北两山的人，瞅准了城里人喜爱山货的特点，而且现在交通方便，运费不贵，便背着自己种的蔬菜、粮食，手工制品以及干货，进城来卖个好价钱。慢慢地，购买的人越来越多，与菜市场相连的北城街人行道就成了临时摆摊点。

腊月时的商品琳琅满目，农村似乎包围了城市，这让一些在老街开店的人看得眼红，也在门口道上支了摊位。春节前的集市，正是寻找年味的最佳场所。窗花对联、"福"字灯笼、肉蛋土鸡、香菇木耳、粉条鲜菜、五香豆干、花椒辣面、瓜子花生、核桃板栗、柿饼金橘、茶叶土酒、锅碗瓢盆等，一个个小摊挤满了整条街，南腔北调的吆喝声，吸引着过往行人。

北城街，双向双车道通行，两边早已停满了小车，变成了双向单车道。城管、交警来管理了一阵子，效果总是不佳。"腊月就这几天，加强秩序维护，规范通行便可。"政府发了话，这北城街就成了春节前最热闹的一条大街。

城里是这样，乡下集镇也与往年大不同，平常的隔日场，在腊月变成了百日场。我去了江边的汉阳镇，一条直通街挤满了人，绕街公路也是被摩肩接踵的人挤占着。我索性下车逛逛，瞅瞅这看看那，了解行情问问价，遇上熟人就聊聊天。一条街逛下来，耗去半天光景，大冬天的挤了一身汗，但我订好的蒸盆子能准时送到家，我也蛮高兴的。

今年腊月，物丰人闲，涧池镇的集市热闹非凡。特色小吃最先映入人的眼帘，烩面片、酸辣小鱼、麻食、油炸饺子、蕨粉皮子、粉蒸肉等随处可见。一路走过去，煎炸蒸煮炖，锅铲碰撞铁锅的声音悦耳动听，那些蹿鼻的香味，挑逗着人们敏感的味蕾。

蒲溪的炕炕馍，那名气传到了北京。2015年"中国·汉阴特色农产品展销推介会"在北京举行，我们县带去的土特产一售而空，最受欢迎的就是炕炕馍。由于是传统工艺，手工制作，油酥烤制，酥脆喷香，且贮存三个月不变质，很受人青睐。到了腊月，天南海北的人赶来这里购买定做，虽然网上、超市也能选购，可大家还是想来这里一饱眼福，顺带买些当地的五香豆腐干、豆腐筋子、豆腐布、豆腐乳等抢手货。

在乡村的集市上，城市里不常见的新奇物品多，这也许是我久居城市而无法填满的乡土情结。腊月的年市，是一个地方民生经济的缩影，其魅力在于它的集中、丰富，补充了店铺不具备的功能，给了城乡交流聚会的良机。比如以前只在城市里售卖的花卉盆栽，如今在乡镇的集市上，变成了热门的年景装饰物。

这样的情景，仿佛把我带回了童年时代。那时的商品经济不发达，赶集逛街是生活中很令人高兴也很重要的一件事，也是乡村一道独特的风景线。大人们背着、挑着一些东西，小孩儿们一路跟着、撵着，即使走不动了也有开心玩耍的劲头。街上东西多，孩子们很稀奇，眼睛瞟的都是吃的、玩的和穿的。从东头到西头，场坝里全都逛了一遍，日用杂货啥都有，看得人眼花缭乱。叫卖声、汽车鸣笛声、音响声、议价声混杂在一起，宛如一首独特的"乡集交响乐"。

一到腊月，在外就读的学子们，一个个从火车站、汽车站满载知识硕果，急着回归家乡；外出打工的男人女人们，乘火车的、坐大巴的，还有骑摩托的，背着、提着、扛着大包小包、心怀收获的喜悦，虔诚地回归故里。父母的牵挂、过年的期盼，团圆的心愿，全都在急匆匆的脚步声中得以满足。

年关将近，藏着浓浓情感的寄托，谁都经不住年味的诱惑。

情缘平利

在春分这个美丽的时节里,安康日报社与汉江安康诗歌创作基地组织文学采风,我们走进了女娲故里——中国"最美乡村"平利。

安平高速贯通,直达平利县境。一到平利,我的眼前就格外亮——绵绵青山,悠悠碧空;耳畔就格外灵——潺潺河水,啾啾鸟声;身体就格外爽——飕飕凉风,淡淡茶香;心情就格外愉悦——徽派新村,花满农家。漫山遍野一片葱茏,墨绿色的是茶园,淡绿色的是绞股蓝,嫩绿色的是小草,给大地穿上彩色外衣的是红色的桃花、白色的李花、粉红色的杏花,它们分外惹眼。我一路新奇,一路感慨,一路联想。

1972年,当时还是少年的我,来到平利参加安康地区中学生运动会。那时从汉阴县城坐大卡车,七个多小时才到平利。一路颠簸摇晃,尘土飞扬。眼见山坡,开荒种地,千疮百孔;目睹河流,乱石纵横,沧桑干涸;远望农家,矮房茅屋,云雾缭绕。车入山城,险过木棒桥;步行通过泥土碎石街,宽不足五尺,商栈店铺破败不堪。要说优点,便是砖木结构的三层楼招待所,那里有可容纳五百人看样板戏的剧场;拥有四百米跑道的体育场。赤脚二十五圈后赢得三十人万米长跑项目第六名,年龄、个子最小的我获得一片掌声。

四十多年过去了，如今五峰山下，坝河之滨的山城，已焕然一新，不仅让我刮目相看，心旷神怡，更让我看到了天翻地覆的巨变。山环水绕，钟灵毓秀，都市风貌，一片繁荣。这无疑是秦楚交会的"小江南"，更是女娲镶嵌"茶乡明珠"之城。

走进山城，环山百花艳，水映日月光。无论在什么时间，天南海北的什么人，只要在山城河滨沿岸行走，都会为这里的艳美折服。沿岸柳枝柔拂，半城杨柳半城河，把山城环抱在湖光山色、艳丽花木之中，情韵悠悠，使人流连忘返。河滨公园依水而建，金碧辉煌，古色古香。古朴巍峨的五峰楼飞檐翘角，檐牙高啄，似欲飞的大鹏，振翅搏击苍穹。楼与坝河人工湖相映生辉，楼与见证了我万米长跑的体育场相呼应，湖与女娲文化广场相依偎。生活在这样一个秀山丽水的好地方，就是"力拔山兮气盖世"的勇士，也必定会被磨平棱角，洗尽锐气，冲不过这"美人关"，而变得温文尔雅。

侧看五峰山，城郭依山而建，楼房环水而立，错落有致。并行的河滨大道上，有五桥飞架南北，新老城区浑然一体。西大桥，如长虹卧波，飞架于坝水之上；城南大桥，穿城而过，似蛟龙戏水，任意东西；马龙潭大桥，如玉蛟镇水，沉稳大气；新修的景观桥，略呈弧形，犹如玉女小憩，静躺于碧水之间。宣传女娲故里的大型浮雕墙，展现平利茶文化的大幅叠水幕墙，还有汉白玉护栏、五根龙头喷水柱，各具特色，各有风韵，是充满人文关怀的点睛之笔。

步入龙头村，"陕南第一壶"雕塑高耸喷涌，俯瞰着宽阔的茶乡广场，这里是山城人、外来游客休闲娱乐的佳地；而"白墙、青瓦、格子窗"的江南徽派民居，如卧龙盘踞山腰，十分壮观。

爱上这"秦地楚风、山川满绿、目秀千嶂、处处丹青、美妙画境"的长安镇。山林葱郁，川坝里的绞股蓝，河边的垂柳，路边的香樟，正在做着生态循环的新梦。那一片片、一坡坡的茶树，青枝绿芽，似蛟龙一般或伸展，或蜷卧，远远近近，是一片茶的世界。这不能不使我为此而歌：茶海一片涌连天，村姑纤手扮茶园；柔指妙舞身影倩，青春灼灼满茶篮。

最美的是自然，自然是最美的。返璞归真是美中的珍品，而平利就是这种珍品美的缩影。平利城里人如是说：古代女娲都能补天，美好现代我辈岂能闲？农民如是做：地租给产业老板，家从田间搬到规划的山边，不讲条件只图发展。党政干部如是感叹：拿着国家俸禄，不干实事无脸面，百姓满意心才甘。平利人的精神，才是一道独特的意识风景线！

当然，平利还有诸多自然与人文的奇丽景观，我却来不及一一游览。前人有佳作，今人有新篇，后人更有妙笔，我只有拙见。

印象平利：碧树汲灵茶壮肌，川坝起伏，坡梁起伏。秀雅温婉醉满湖，楼影巧姝，人影巧姝。满眼只有美姿处，缘也当初，情也当初。

年味在心里

年年过年有年味,种种味道记心里。

过年的味道,在人的心里始终是香的、甜的。她是红红的灯笼、红红的春联、红红的窗花,是锅里咕嘟咕嘟炖着的肉,是噼里啪啦热闹的鞭炮声,是大年三十的年夜饭,是大年初一清晨一家人包出的饺子,是孩子们的欢声笑语;是满街满院的中国结,是商场集市琳琅满目的年货,是庙会上热闹的表演,是花鼓、彩船、舞龙、耍狮子,是高楼大桥上闪烁的霓虹灯,是春节联欢晚会的精彩演出……

年味,惦记在很多人的心里,但没有说出的那些年味,更浓。

对于工作在外、拼搏在外的游子们,年味是思乡,年味是亲人,年味是团聚。一到腊月,他们便在心里想着、算着、筹划着。过了腊八是小年,过了小年是新年,越想心就越激动,越算心就越欣喜。或许偶尔会下意识地停下手中的活,傻傻待一会儿,朝着家的方向望去——思索今年孩子需要啥,妻子喜欢啥,孝敬父母买些啥,不敢耽搁,得赶紧备齐。想着想着就想到了年夜饭,一家人围坐一桌举杯同饮,异口同声地喊"新年快乐",禁不住扑哧一笑。这一笑,把一年的酸甜苦辣、一年的奔波劳累都淡忘了,心中满满装着甜蜜的年味。

父母在家,年味就是孩子健康平安,年味就是孩子回家团圆。还没到腊月,父母就开始期盼在外工作、挣钱的儿女回家过年,到了腊月,那渴望的心情一天比一天焦急!时刻惦记着孩子:吃上腊八粥了吗?小年该邀几个朋友聚聚吧?回家的车票买好了吗?别省钱,坐卧铺,快些启程回家吧!从立冬的那一天起,父母就开始激动了,也开始忙碌了。进城、赶集购年货,洗刷、下厨做佳肴,把对儿女归来的喜悦盼望、美好祝福全部付诸行动了。邻居、老友遇见问一句,儿女过年回来吗?回来回来!激动的心情差点使他们手舞足蹈,说起话来也会滔滔不绝。父母的心里,全都是惦念。

对莘莘学子,年味是感慨,年味是希望,年味是感恩。成绩单表明旧年已过,新年将至,时光流逝,又会让年轻的心激荡希望。他们会回顾老师的谆谆教诲,会感恩父母辛辛苦苦的付出,会总结过去的得失,思考以后的打算,在浓浓的年味中休整身心,拥抱来年,迎着春光上路奔跑。

年味是甜香,年味是思乡,年味是团圆,年味是希冀,年味更是感恩!年年过年有年味,种种味道记心里。人人过年味不同,甜甜美味心中记。

天下年味:团圆、美好、温暖、幸福!

关爱身边的河流

星期六目睹的一个场面让我惊讶，一位如花似玉的妙龄少女，娴熟地将一铲渣滓和几袋垃圾随意抛向月河。这幅景象让我痛心，河岸边还残留着几堆"赃物"，这无疑是她经常在此随心所欲地倾倒垃圾的见证。

我在思考，一个尚未成年、天真烂漫的小姑娘，怎能有这样荒芜的心灵？也许是她的家人及周边农户无所顾忌的行为，才使得她在大自然面前为所欲为吧。我在忧虑，长此以往地不屑一顾，就会让善良的心灵逐渐凋敝，美好的精神失去根基，生命就会成为漂泊无依的浮萍。

十一长假我租船走汉江，看见沿江自西向东那滞留河道两边的各种各样的垃圾，它的肮脏刺疼了我的双眼、内心以及神经。

我在心中呼唤，月河、汉江，您还是原来我们碧水行舟、温馨美丽的母亲河吗？

记得20世纪50年代，汉江伴我度过了童年欢乐纯真的时光，夏季，我们结伴嬉戏，天真顽皮地到河中洗澡、打水仗、抓鱼虾；20世纪60年代，月河陪我度过了少年快意有趣的岁月，周末和暑假，更是我生命中最有活力、最为难忘的日子，谁能用网盆捕到鱼，从石窝里逮到螃蟹，沙滩上就会有好一阵的欢笑声。那时的月河、汉江两岸是白净的沙与石、茂密的草与花、郁郁葱葱的灌木与树林……

不知是由于化肥代替了农家肥，还是因为公德观念的变异，人们早已在不知不觉中将身边的溪水河流，视为污水池和垃圾场了，凡是在家里、地里、公共场所自认为多余的东西或一切废弃物，统统都"随心"地扔进了沟里、水里。臆想着一场场大雨、一次次洪水的冲刷，能将残渣污垢排放到河流的下游，直达无际的海洋。水往低处流，大家都这样想着，殊不知，河流、海洋水面的蒸发是雨水的母体。虽然河流是无私、善良、充满仁爱的，但在我们的反复摧残下，它终会死去。面对身边的死水，我们何以继续生存？真到那时，自食恶果的我们，再去追悔自己曾经的过失，恐怕为时已晚。

现在，人们似乎在觉醒，大讲治理江河、保护生态的道理，指责别人糟蹋了生活环境，自己却又心安理得地随意往家附近的河沟抛垃圾，良知泯灭真是可悲。现实中一切行动只图快捷与方便，其他便可一概不顾，还成为习惯的生活方式，这样麻木的心态真是可怕。

大多数人都热爱生活，渴望自由，欲求美好的生存环境，但眼观身边一条条河流遭到污染，有些人不仅无动于衷，甚至自己也破坏环境。回想儿时的溪水河水不仅能用来洗菜、浣衣，还能用来做饭、沏茶，随口捧喝是那样清甜。今天难道我们还不愧疚、痛心、醒悟吗？

关爱河流，人人有责；事要关己，身先做起；关爱生态，就是关爱生命。我愿与大家一道，从关爱身边那条河流开始，还地球母亲一个自然美、生态美的环境，还我们一个青山、碧水、蓝天、清风的美好家园。

心空，星空

我做了一个梦，梦见自己变成了一个掌管城镇夜灯的人，强制规划设立城镇夜晚天空自然保护区。在这片保护区内，任何单位和个人一律不准设景观灯，便民的路灯及功能性照明设施光线一律朝下，不能有指向天空的光线，否则将被视为对生态环境有影响的光污染，会被追究责任和进行处罚。这种规定给了现代城市一个返璞归真的机会，让市民群众用肉眼就能清晰地欣赏到璀璨而美丽的星空。

这梦又不是梦，是儿时真实的写照。那时没有电灯，天空没有一丝的光污染，一家人或者几个小伙伴坐在院中，数着天上闪烁而神秘的星星。我们的肉眼，在晴朗寂静的夜晚，真切地捕捉到"一闪一闪亮晶晶，满天都是小星星，挂在天上放光明，好像许多小眼睛"这样的星空，是宇宙赠予人类最美的礼物之一。再翻阅古今中外的书籍，显然可以领略到，自然的星空，备受世界各国的高度关注，激发着人类无限的好奇心，激发着科学家无穷的想象力和创造力，从而使他们探索研究出大量的自然科学、宇宙文化和空间艺术的丰硕成果。无数游子也在仰望星空时，把心底那一片故乡之情寄托于此。

这梦真不是梦，多一些阅读就能明白。比如曹操的《观沧海》，正是他的心被壮美的星空、辽阔的大海所打动后一气呵成写下的名篇。他那"日月之行，若出其中；星汉灿烂，若出其里"的诗句被传诵至今。可想而知，星空给了他怎样的激情。一首汉代的诗《迢迢牵牛星》，描写了天上星、人间情，融合了牛郎与织女的故事，是多么动人心弦。再品读唐代李商隐《嫦娥》一诗——"云母屏风烛影深，长河渐落晓星沉……"诗表面上描述嫦娥奔月的故事，而嵌入诗人眼里和心中的却是那片星辰。再看德国哲学家康德，他一生的惊奇与敬畏，是"头上的星空和心中的道德律"。这句名言刻在他的墓碑上。正是灿烂的星辰，在人类文明史上熠熠生辉。

不得不说，城镇打造夜景工程，给城镇的夜晚赋予生机与活力，俨然是时代发展与进步的象征。人们的眼里与心里，普遍对光充满着敬仰和热爱，因为所有美好的事物都与光有关。城镇的灯光夜景是光的文化艺术，是一种光与建筑、光与形状、光与自然的协调艺术，拨动着人类的视觉神经。各种绚丽多彩的灯光交相辉映，在某种意义上已经超脱了自然，可定义为人类对光与美的追求。流光溢彩的夜景，不但可以为城镇的夜晚带来一道亮丽的风景，也给城镇赋予了生机勃发、积极进取的诸多寓意，更蕴含着对国泰民安、盛世繁华的美好希望。

现在，不少城镇热衷于打造夜景工程，整座城市整夜灯火通明，一些集镇也充斥着奇光异彩，这让城镇的夜晚越来越亮，步入其间却不知是夜晚。茫茫"光雾"笼罩着城镇的上空，各种背景灯、景观灯、射灯和路灯交相辉映，使人的肉眼几乎看不清楚天上有几颗星辰。没有星光滋养的城市，很难让人诗意地栖居。在灯光夜景绚丽多彩的城镇居住，谁还会"有过多少不眠的夜晚，抬头就看见满天星辰……有过多少明亮的夜晚，理想就化作满天星辰"？谁还能真切感受到这样的"人间第一情"呢？！

再说，当社会生产力持续发展、物质生活越来越丰富时，我们应当越来越关注人们心灵深处的呼唤，对返璞归真的渴望，应当越来越重视满足人们的精神需求。比如在经济社会还不够发达，多数人的生活还不够宽裕的十几年前，清新的空气、璀璨的星空、明澈的溪流等，并不是稀罕的东西。随着经济快速增长，这些年来，我们赖以生存的空气、水、土地等资源都受到严重污染，而变成稀缺品，再多的钱也买不到，成了真正弥足珍贵的东西。一位摄影师说得很真实："当城市所有的灯光熄灭，星星会成为夜最美的妆容。"星星这个几乎已被我们遗忘的存在，提醒我们要从日常生活中更多地去欣赏、珍惜美丽神奇的大自然。

还原一个梦，我清晰地听到了"今夜的，今夜的星辰依然闪烁"的感叹。当我们衣食无忧的时候，感叹"厉害了我的国"的时候，能有力提高我们生活质量和幸福感的，也许并不是赚到更多的钱，过上奢侈的生活，而是呼吸到更清新的空气，观赏到更美丽的星空，享受到更多的休闲绿地。"星光照耀着童年的梦，心中却唱起属于未来的歌……"

我们的心空，寻求自然的星光。

采风

昨天，下起了淅淅沥沥的立冬雨，还夹着小雪。今天，阳光灿烂，碧空如洗。暖阳映照在铁佛寺镇的河水上，我陪市县作家一行人，走乡村采风，寻找人文故事，传递文化自信。

历史符号

瘦猪岭上的石化鱼，清晰可见，昭示着远古生命曾经的活力。

一条黑龙，在手扳崖下守护一个洞，也守护这一方土地，为万物普降甘霖，年年风调雨顺，五谷丰登。百姓感其恩德，为求观音点化，依山建黑龙庙一座，香火鼎盛。

洞前古戏楼，由官绅百姓捐建，初一十五、逢年过节都有戏班前来捧场，二月十九、六月十九、十月十九的庙会，远近香客如潮般涌来，纷纷拜龙祭神看大戏，怡然自得。

铁佛寺位于秦岭南麓梨树岭，药樟苍柏掩映，似乎听得见暮鼓晨钟，护佑芸芸众生。铁佛原是金佛，唐时由过往商贾捐资而塑，有高僧由楚往秦时，赋诗《过金佛寺》为证：

北往秦山风催春，寺前流水净无尘。

开门仰见堂中佛，奇是金钢铸全身。

明朝时有盗贼以铜换金身，后贼不知，又以铁佛换铜身。清末一场混战，寺院被夷为平地，仅残留一道南门。民国时有人挖地基建房，掘出一尊铁佛，传名至今。

汪家祠堂，三进四厢大院，依山坐西面东，势如骏马奔腾。三担如龙，五斗雕神，撑起脊梁天平。檐下彩绘画有色，梁枋花雕艺显身，香飘中河三百载，芬芳了谁的姿容，慰藉了谁的思情。一棵大桂花树，叙说着三百个年轮中的故事。

产业脱贫

双喜村，一幅脱贫规划图，七沟八梁九道砭，黄绿蓝赤橙[1]，包含五个精准。折射出铁佛寺镇统揽全局的攻坚目标，兴产业、帮技能，解困惑、筑支撑，责任一一到户到人，在充满激情和希望的丙申年，人们步履坚实，正大步迈向小康。

再看，瘦猪岭下黄竹杭，屋檐小溪结成冰。一大片山林下，有宽阔敞亮的棚室。金鸡、山鸡、土鸡，这儿一堆那儿一群。冬闲变冬忙，最小的金鸡蛋、中个的山鸡蛋、稍大的土鸡蛋，迎来滚滚车轮，被送往超市或赶赴京城。

走一坡，过一梁，坡坡梁梁核桃林。薄壳的新品种，一亩六十株，一株五十斤，一斤十二元，算得主人咧开嘴，笑出声。

魔芋适生地，海拔八百至一千米为佳，半阳半阴，健壮不生病；玉米套种，膜下滴灌，节水、增粮、增产、省工，耕作方式大革新。房檐，挂满了黄澄澄的玉米棒；场院，堆起了高高的魔芋山。延长产业链,粮食深加工;农企携手,产出双赢,魔芋精粉、魔芋食品,供不应求,海外青睐受欢迎。

旅游产业,如日方升,山水风光旖旎,空气清爽,富氧无污染;农家小院自然美,民俗花鼓小情调;秆秆酒、熏腊肉、吊罐饭、疙瘩火、香菇木耳干竹笋,天赐养生福地。

幸福指数

铁佛寺古街,开发着新镇,一水两岸,山川钟灵毓秀。一条中河流千古,孕育了秀美梨树岭(铁佛寺原址地名)。领导英明,高屋建瓴,"八个全覆盖"工程,凝聚民心,启迪民智,巩固了基层,造福了苍生。"五个全面",落地生根,干部率先垂范,务实践行;激浊扬清,铁佛寺镇人民砥砺前行。

集中安置,迁移扶贫,村院齐整崭新;设施齐备,墙绘丹青,扮靓了村庄,敞亮了心情。阅读有书屋,活动有广场,放声有歌厅。村村院院兴起广场舞,家家户户最炫民族风,从冬舞到春。

实施塑魂工程,引领核心价值观。家与家比勤劳,户与户比致富;族与族比家训,建设书香家庭;人与人比文化,村与村比经营;老与少比德行,成就多彩人生。风清气正铁佛寺,端正世道人心:鼓起腰包,更要富起脑袋;乐有钱花,更要振奋精神;言语当自豪,更要言行讲文明,经济文化并蒂红,处处百卉含英。

山区学校最美,源自布局调整。校园胜过花园,生活舒适似家庭;办学条件现代化,老师教学信息化,学校管理精细化,后勤服务优质化,师生住宿公寓化,"五化"营造校园温馨生活。

　　唱支山歌给党听,这里的党群干群心连心,尽显鱼水情。

　　我陪作家走基层,讲一段铁佛寺镇故事,树立文化自信。

　　注:① 黄绿蓝赤橙:在脱贫攻坚指挥部的地图上,以五种颜色标明五个特困村。

月光淌过山川河流

文开心扉一盏灯

走在文学的路上，我虽无成就与名作，但个中领悟却刻骨铭心，那就是文学生活拯救心灵，文学追求丰富感情，文学创作自然纯粹，文学坚守点亮人生。

当我徘徊忧虑之时，就捧读传统经典，读出了激情和自信。文学经典的字里行间蕴藏着不屈的力量、坚毅的斗志，能唤醒迷茫的心灵，可制衡偏执的人生。当我开心愉悦之时，也读传统美文，单纯的灵魂遇见了淳朴的文字，就像遇见了知音，产生超然的共鸣。因而，我的感受是：文学很暖，文字很纯，文人很净。

"文开心扉"，我敬仰著名作家方英文先生的这句话，这是他来汉阴挂职时常对我们讲的一句话。"文"包含文字与文学，文字是文学的奠基石，文学是文字的倾诉，文字是通过文学来焕发光彩的。所以，我的理解是：文学可以让读者把作者敞开的心怀读得一清二楚；文学可以让心怀敞亮，让人乐观开朗、心情愉悦。所以，我认为喜欢文学的人，大都有着一颗孤独明净的心；喜欢文学的人，通常都有一颗包容感恩的心。文字、文学都是文人所为，这颗心里常常隐含对自己的冷漠苛刻，却饱含对别人的关爱与呵护。

我喜欢鲍尔吉·原野文字中的温润与纯粹，喜欢他文字的善美与亲近。虽与他只有一面之交，他却永远是我心中的大师。他说："创作善美的文字，就如同母亲的心一般柔软。文学心怀仁慈，文字也就充满了佛性。"他的话让我心头一暖，深思自己写作的过程，仿佛体验到文字用一双温柔的手，将我那颗粗糙的心轻轻抚摩，逐渐透射出纯洁的亮光。曾经烦躁愤世的心灵，是文字让它回归澄澈宁静；曾经下乡劳动改造的蹉跎岁月，是文学的清风吹去我双肩的疲惫，青山碧水的风景触动我的心灵，让我真正懂得苦难是福，自然是景。

好文字，若"明月松间照，清泉石上流"，给人带来明朗的心境；好文学，如江河荡清风，群岭万山红，让人的心灵感受人世间的美好。古今优美的文字，那触动心灵的文字，历来温暖人心的文学，那感人肺腑的文学，每每读来我总会心潮澎湃、动情不已。向那些作家拱手致礼，感激他们用虔诚的笔尖采撷生活丰厚的味道，敬仰他们用文学抒发灵魂里最唯美的情愫，为世间洒下清纯的花香，为心灵点亮一盏温暖的灯；安慰了人生里那些放不下的包袱牵挂，消除了流年里那些不可抵御的清冷寂寞，融化了过往里那些阴差阳错的恩恩怨怨。

我执着于写作，是想用文字把心灵寄托。二十年写就一本散文集《乡村的牛》，就把灵魂放在文字的丛林，沐浴乡村的晨露清风，坚守牛的性格、牛的执着、牛的勤奋；又一个十年，写出第二本散文集《以爱的名义》，让灵魂安息在文学的沃土里，信奉人间大爱无疆，虔诚守护爱的坚忍、爱的自觉、爱的奉献。

用温暖的文字坚守文学的洁净，我会记住牛，记住爱，记住生命。

"三沈"四季

秦巴腹地，龙凤呈祥的古城汉阴，建有一座享誉世界、俊逸千秋、万代流芳的"三沈纪念馆"。

三沈纪念馆，旨在纪念新中国文化巨匠、新文化运动先驱、北大著名教授、国学大师沈士远、沈尹默、沈兼士三兄弟。沈氏三贤青少年时代曾生活于汉阴，沈士远、沈尹默、沈兼士昆仲三峰并峙、三星齐辉，是我国近现代文化史上的一个奇观，也是我国传统"一门数杰"佳话的延续。

"三沈"身处我国社会文化发生剧变的时代，他们成长于陕南灵秀之地汉阴，成名于中国高等学府之翘楚北京大学，学贯古今、融会中外，在中国传统文化研究与教育领域做出了不可磨灭的贡献。他们不仅享誉当时，而且深为后人敬仰，并已载入史册。纪念馆陈列"三沈"的事迹及作品，供后人瞻仰、纪念。

春天，三沈纪念馆呈现出生命的希望。

春追着风、披着绿，悄悄来到三沈纪念馆，吻醒庭院草木，吻醒每一个生命。它们就这样投进春天的怀抱，迎着灿烂的阳光，拥抱春天的热情与浪漫。

春光里的三沈纪念馆，满眼是叶绽新绿、花吐芬芳，无论前馆后院，还是竹丛墙边，都露出新的生机。草坪吐出薄薄的新绿,迎春花摇曳黄黄的花蕊,还有一群群鸟儿唱着歌谣,舞着春天的节拍,在枝头忙碌,写满梦想、缀满希望。一队队风华正茂的少年,伴着春天美丽的心情,满怀春天生命的希望,沐浴三沈纪念馆的春光,相拥而至。他们纯真稚嫩的脸上,洋溢着渴求知识的笑容,启迪生命的故事从此拉开新的序幕。这充满希望的一代又一代,在生机盎然的春季,在三沈纪念馆中,向人们发出成长的宣言:快乐、健康、向上地去追逐夏天的热烈……

夏天,三沈纪念馆凸显生命的蓬勃。

走过了春的旖旎,迎来了夏的蓬勃,三沈纪念馆就是这般缤纷热烈。它在天地间挥毫泼墨,描绘着一幅幅多彩的画卷。这多彩的画卷,承接着春的生机,蕴含着秋的成熟,抖擞着夏的昂扬精神。

这个季节,院子里的松柏、樟桂、银杏,还有墨绿的竹,是那般葱茏和葳蕤,不再浅淡,不再稚嫩,浓浓地把生命的层次极力展现。粉红的是紫荆,洁白的是李花,金黄的是四季桂,油绿的是樟松;沉静的是蓝瓦,高贵的是青砖墙,热情的是红门,典雅的是楹联,庄重的是塑像。在这样的环境下,人神清气爽、心旷神怡而浮想联翩。

仲夏的三沈纪念馆,总会迎来一拨又一拨学子,他们在院子里排着整齐的方阵,声音洪亮地诵读《三沈颂》,亲身感受"三沈"的人生追求,秉承"三沈"的爱国精神、高洁品格、博深学识、执着信念和风范情怀;在三位大师塑像面前,虔诚恭敬地举行"铭记使命,励志报国"的成人宣誓。这里总会吸引年轻人火热的心,一批批青年从五湖四海而来,又向四面八方而去,把从"三沈"身上获取的中华国学精髓,撒播在每个人的心田,开花结果,诠释出五黄六月最美的纪念。

秋天，三沈纪念馆焕发生命的绚丽。

秋高气爽，风轻云淡，阳光下的三沈纪念馆最具魅力。走进古朴的两进四合院里，就能从空气中嗅到秋天的味道。三沈故居那一砖一瓦、一草一木，不知不觉浸染了秋的色彩，碧瓦飞甍，圆梁方栋，有一种穿越数百年的厚重与静美。这个季节里呈现的颜色、味道、光线，都与纪念馆亲昵贴合。湛蓝的天空、明净的场院、青灰的墙面、静默的落叶、满地的金黄、悦耳的鸟鸣，把整个纪念馆的草木都抚遍，让每个生命都拥有灵魂，绚丽灿烂。

从高空观赏三沈纪念馆，格局熔南北建筑之精髓于一炉，博采北方亭院之规整与对称，秉承江南园林之特色，构成三沈纪念馆之灵气。此建筑凸显出传统的质朴、雅致、简洁，还具有现代所追求的实用性和舒适感。国内外游人在此处参观，无不油然而生一种仰慕之感：屋顶上的灰瓦，本是泥土，生于大地，经过火的煅烧、水的洗礼，便有了金子般的秉性，变成了秋天里的一处美景。一叶知秋，落叶纷飞，为馆院拂去了历史的尘埃，还原了它原本朴素净美的面貌。轻轻闭眼，可听到生命的脚步声，这是一座彰显三贤遗韵的梦幻之馆，一座中华人杰的记忆之馆，在成熟的季节正向你轻轻走来……

冬天，三沈纪念馆蕴含生命的轮回。

"立冬恬静三沈馆，小雪飞舞咏诗篇。冰肌玉骨亦情愫，深邃灵智到人间。"冬季的三沈纪念馆，院内松柏樟树的清香，周边四季桂花的芳香，厢房边几枝黄梅的淡香，是那样清脑悦目、沁人心脾，既驱走了人们的寒气，又给人一种温馨的抚慰。似乎一切都在过滤，一切都在升华，连同参观者的心灵也被净化，变得纯洁又美好。落在院内的雪花，是怒放的生命，是燃烧的激情。花草树木，在寒来暑往中更替，在冬去春来里循环，历经沧桑，丰腴岁月，孕育生机。

  晴朗的冬日，总是把三沈纪念馆渲染成一幅清淡的画；雨雪的冬日，又把三沈纪念馆挥洒成一首湿漉漉的诗。季节的桥头，如烟似梦的冬雨，仍有秋的清丽风韵，也充满冬的浪漫情愫。三沈纪念馆就这样，一如既往地诵读冬季清新的序言，思索着春天的图画，为绿色生机的轮回而默默无闻地做贡献。

阅读的力量

新年到，捧起一本书，贴在胸口，读的是心底的梦想，历练的是灵魂的韧性与刚强。新年，读一本书，就会给自己一缕光，无论何时何地，即使是漫长的黑夜也不会迷失方向；假若路途中有坎坷，也不会独自彷徨。

读书，吮吸书中的乳汁，来塑造品格与修养。2019年，我还会那样热爱写文章，但写的不是华丽的篇章，而是源自骨子里的素净和修养。因为我会品味书卷散发的清香，从容地迎接生活里的疼痛与欢畅。读书，就像读心，一定会馈赠我人生新的力量。

回顾2018年，从文学的意义上讲，阅读为我构建了另一重世界，而这个世界总是照亮心扉的。书中再现的另一重世界，真切地反映了现实。阅读畅通了我思维的空间，同时打开了一扇扇通往神奇景致的洞天石扉，并带给我无以言表的愉悦。

阅读的体验总是奇妙多姿的，就像月光淌过山川河流，留下一重奇幻的光亮和梦影，于是一段神思飞扬的奇异漫游就诞生了。正如我们慢嚼细品唐诗宋词，似口含话梅，如品陈年佳酿，滋味层出不穷，历久弥香。每一次阅读都会开一次眼界，那最初的鲜活和力量，即便穿越几千年的光阴，依然明亮地照耀这个世界。从那时到现在，乃至人类的未来，书籍随技术、社会的演进，无论展现形式怎样改变，哪怕遭遇时代的冷遇，永远不能、也不会消失。读书，也就伴之永远存在。

我仍坚信，2019年，读书会给我更多知识，会赋予我文学创作更大的力量。因为阅读完全是个人独立把握，是自我努力可做到的，所以说知识面前人人平等。古训言"书中自有黄金屋，书中自有颜如玉"。中国当今正处于知识改变世界的时代，知识的力量会越来越巨大。再从个人来讲，过去是读书改变命运，读书成就人生；现在是读书活跃大脑，读书快乐人生。知识就是财富，书籍就是力量，这仍然是自我发展的规律，也将是永恒不变的真理。

人们常说，读书，是与巨人握手。读书汲取知识，使我有幸与古往今来的伟大灵魂及人格对话，心灵超越生活时空，思维冲破命运境遇的局限，而去憧憬美好的前景。透过书籍，我得以体味颠沛人生、悲欢离合、沧桑风雨、寂寥坚守、风骨情怀，以及壮观历史、风云人物、英雄本色、民族精神等。读书帮助我丰富思想、升华灵魂，在迷茫困顿时使我豁然开朗，在关键时刻给我智慧勇气而做出最明智的选择。读书给人灵魂以滋养，启迪智慧。

我的体会是书读进去了，便会感到眼前一片空旷、疏朗，仿佛身体暗藏的许多关窍被打开了，灵魂无限自由，思想、才气被激发出来，充满想象力，文学创作的灵感也自然迸发。这样才会写出好一点的文章来。

人生活在社会中，也生活在大众人群中，必然会有许多的不如意，也会有一些未完成的心愿、梦想。若是把书读进去了，就不会那样耿耿于怀，而是乐观地接受现实的不如意、不完美，以平和的心态、感恩的情怀，领悟生活中那许许多多的幸福与美好。

2019年，我会从阅读中领悟：浩瀚书海虽无边，吾读诗书常见山。心无旁骛唯清韵，室有书香胜紫萱。

寻求感动空间

人是有情感的动物,大自然是变幻无穷的,让人感动的事物是层出不穷的,把这些让人感动的事物记录下来,就是我写作的源头。

宇宙无际,任凭星球运转;天空无边,任凭鸟儿飞翔;大海浩瀚,任凭鱼虾遨游。世上万物都有一个属于自己的空间,那是放松心灵的天堂,那是思绪纷飞的殿堂,那是灵感来源的宝地,那是奇思异想的领域,那是激情澎湃的地方。

让我感激的是父母给了我生命,让我感慨的是色彩缤纷的世界,让我感动的是大自然的美景,让我感谢的是当今社会的变迁。我的一生,在成长的过程中享受过浓浓的亲情,享受过跋涉的坎坷,享受过温暖的友情,享受过抗争的苦难,享受过甜蜜的爱情,享受过曲折的磨炼,更享受过成功的探索。

当一点一滴的感激与感动汇集于心灵的空间,我就会忘却烦恼、消除尘杂之念,我就有股遏制不住的表达欲望,于是执笔伏案。这就是我给心灵寻找的释放情感的一种方式。在这个空间里,我可以悠闲地沏上一杯"天宝贡茗",呷一小口,思绪就到了那清澈如镜、花香扑鼻、自由自在的世外桃源,那向往已久的天堂。在这里听小草细述一段不朽的传奇,听鸟儿诉说快乐的秘密,听树儿倾诉坚强的真谛,听鱼儿讲述悠闲的奥秘，听溪水表达不屈的毅力。透过这个空间，可以看尘世的变幻与喧嚣，可以观人间的丑恶与美善，可以辨社会的污浊与纯洁。触及这思考的空间，会呈现异象万千，会产生新颖奇特的创意、独一无二的想法、无与伦比的灵感……

写点什么，不虚此生，是我爱好文学写作的执着理念。反正想写，写自己亲历的、看到的、听到的、想到的。不管自己写得好不好，也不管别人看不看，更不管人前人后之语，反正就是给自己一个空间，既不干扰他人，也不荒废自己。

白天，我与同学、同事一样，该学习的时候好好学习，努力向上；该工作的时候认真做好本职工作，踏实负责。学习确实很苦，但有很多乐趣，能让我知道世界的奇妙与奇幻，所以我乐于学习；工作很辛劳繁杂，却有无尽的成就感，哪怕说对一句话，办成一件很小的事，协助做好一点儿工作，都有幸福和愉悦感。工作中还能见证团结协作的重要，领悟三思而行的道理，启发创新的激情，分辨是非曲直的根由，明悟好人好报的内涵，所以我勤于工作。

到了属于自己的晚上，我要么待在家里，闭门而坐，执笔而述，对外说要赶单位的稿子，谢绝串门；要么待在单位对桌而坐，敲着键盘，对家人就说加班，以免被闲事干扰。这个时候，满脑子全是"情、景、物、人、事"，笔下的纸，电脑的屏幕，仿佛变成至亲家人、良师益友、红颜知己让我诉说衷肠、倾吐心事，那种感觉真是爽朗、甜美、快意！夜深人静，大脑中呈现的是一个纯净的世界，耕耘的是一个唯我的精神家园，可以将辛酸泪种成含笑花，可以将苦难痛楚种成节节草，可以将开心快乐种成梧桐树。不管是人间的悲欢离合、喜怒哀乐，还是自然的雨雪风霜、阴晴圆缺，都由自己主宰支配，无人干涉、掺和。很多时候，自己常常被笔下的故事或人物感动,暗自欢笑、惆怅、落泪!有真感情,是我唯一不变的写作信念。

我们每一个人都有生活的经历,经历中都有感动和爱憎;我们每一个人的身上都具有文学的细胞,都有记忆和叙述的功能。所不同的是,有人这样做了,用文字表达出来了,便成了作家;有的人却没有把这种潜力挖掘出来,没有用文字来表达,便成了读者。而我只是文学爱好者,远不及作家知识渊博、阅历丰富、见闻广泛,也不及读者情感细腻、品位高雅,但我却点燃了写作的火种。

大自然的一切,让我有种近乎苍茫的感动。自从我的散文集《乡村的牛》出版面世以来,我无法用语言来描述文学带给我的是什么,我只有一句话:"我的书要买没有,要看,我送您共勉。"因而我一直处在感动与被感动之中,每一个认识与不认识我的读者,都成为我继续创作出有益于社会的作品的缘由。

写作时,当没有思路,没有创意,没有灵感,没有想法的时候,我就到乡下去接地气,到民间去找灵感,去眺望窗外的风景,去了解憧憬的生活。在努力工作中收获思考的成果,赞扬美好的人生,感悟生命的真谛。只有笔下滴血,才能纸上生花。笔下,是心灵之血的流淌;纸上,是精神之花的升华。所以我的第二部散文集《以爱的名义》、诗歌集《月亮的背影》、小说集《草医肖老爷》也相继公开出版发行。

写作已经成为我生活中不可或缺的一部分,已成了我如今的习惯和癖好。独自享受空间,就是在空间中行走,在空间中奔跑,在空间中畅想,在空间中遨游,就是在空间里创造人间奇迹,在空间里绽放多彩生命,在空间里搭建人生的特殊舞台。

文学之花春开艳

细雨飘飞，洗净了落尘的草木，驱散了连日的雾霾，涤净了安澜楼的挑檐，清亮了汉江的潮水。好雨知时节，好花晓春色，在这春暖花开之时，我来到安康，尽享百花争艳、春意盎然的景色。

这花，开在秦巴明珠之地——安康金州。金州的金扬宾馆三楼，市文联、市作协举办了第二届青年文学创作培训班，近百名文学青年集聚这里，参加本土著名作家、客座教授的文学创作论坛。

我虽老，但爱文学之心仍年轻，有幸挤入文学青年中，羞涩地参加了这次全市文学创作论坛。这机遇让我专心致志地倾听每一场讲座，全神贯注地去领会每一场关于当代文学创作的论辩。小说、诗歌、散文的那些创作大家、名师直抒胸臆，围绕"文学现象与创作使命"这样一个主题，观点见仁见智，其中有担当，有赞许，有展望，有梦想，也有批评。

"文人与文学创作，要像天上的星星，互相照耀，才会更加闪亮。"市文联党组书记李康林开班致辞，寄托了文化人团结向上的期望。省作协副主席、市作协主席张虹特别阐述："小说要有鲜明的人物形象，作品才会立起来；个体生命的独特体验，就是作家的切入点；作家创作了不朽的人物形象，自己就永远不朽……"省文学院签约作家王晓云从自身创作经验出发漫谈什么是小说及小说的要素、小说的社会性意义等问题，让我深刻了解了小说的基础性知识和创作中的基本技巧。知名作家李春平深入浅出地悟道："故事是小说的核心，人物是故事的核心，个性是人物的核心，命运是个性的核心，要完整地把小说创作的感性和理性规律化。"安康学院教授孙虹深挖"作家的秘密"，论道："文学艺术家的个性心理结构，是孕育一切文学艺术作品的母胎。"他尤其强调童年经验与文学创作的必然联系，以及对作家生命张力的触发，这让我感悟颇深。《汉江文艺》执行主编杨常军，以《藏羚羊的跪拜》为例，将散文创作的情感因素娓娓道来，强调作家要在有我求真、悟道扶善中守住自己的"良知"；并着重引导散文创作的真实性，即散文中人性的真实，人个性特点的真实，表述语言的真实，思想感情的真实，放大散文的镜子作用来建立散文美学、散文通灵的独特的神圣殿堂。"诗意的生活比诗行更有意义"，著名青年诗人李小洛作此发言，分析"诗歌创作与生活"的情理、心理、哲理关系，诠释诗意是爱，也是被爱。他语重心长地叮嘱："作者创作诗歌作品的好坏，与真实、真情、真诚、真思考、真精神相关，诗应当以燃烧自己的精神去感动读者的心灵！"由此，当代诗歌的一道道难题被解开。

　　文学创作培训论坛，把青年新秀乃至我这样的老人的文学心灵之窗打开，使我酣畅地呼吸天地灵气，尽情地汲取日月精华，为陕南安康这一朵山野之花的盛开输送养分。

　　路遥是榜样，柳青是镜子，鲁迅是底气，茅盾是目标，民族文化复兴是梦想，山高峰峻，任重道远。在《安康日报》《汉江文艺》《安康文学》等平台上，安康作家正锐意进取，海纳百川的讲座和论坛，无不让人欣喜。大师们说得好，当代的文学需要春风化雨，也需要千钧雷霆；时代的作家需要壮行的酒，更需要清醒之剂；面世的作品需要阳春白雪的高雅，也需要下里巴人的通俗。在初春飘雨的日子，在安康金州，我真切地感受到了，也清晰地倾听到了。我的心灵就飞到秦巴域外，飞过黄河、长江——我们中华的血脉、民族的母亲河，正迎着这清爽的雨，后浪推前浪地奔流。

于是，我挥笔而抒：作家是时代的鼓手，铿锵的节奏在安康响彻天空；作家是时代的信使，四季的消息亦是春华秋实；作家是时代的虹桥，把幸福传递给勤劳、善良的人们；作家是时代的歌者，把激荡人心的旋律激情演唱。两万三千多平方公里的土地是安康作家的根基，群山巍峨，峰峦耸峙，水系纵横，沃野千里；重温厚重历史，汉江是中华文明与和谐文化的滋润之地。作家用笔绘就文学的蓝图，作家用老粗布织出现代作品的奇迹。作家是记录者，细心地珍藏每一步前行的足迹；作家是创造者，让崭新的历史与每一缕晨曦相伴；作家是跋涉者，一路攀登领略那无限风光的瑰丽；作家是见证者，浩荡的四季之风刻录时代的印记。作家用热爱和真诚，用思想和才情把美好的愿望托起，再托起，永远托起。

文学创作培训促我思考，在用钱衡量一切的社会风气中，在物欲横流的浮躁年代里，还有这么多的人、这么热情的群体在精神领地上追求、眺望、攀爬，坚守着孤独、寂寞乃至清贫，实在是安康大地的荣幸，也是金州这座城市的幸运。默默凝望着讲台上两鬓渐白的长者、青春焕发的贤者，我深感惭愧，极度不安。是啊，作家的最大价值，就是用文学来体现自己个性化的生活，文学总是在人生道路上开出芬芳不谢的烂漫之花，可我呢，又能种植出几枝花？

文学创作培训使我开窍，文学创作需要纯粹的激情、坦荡的心灵、真实的立意。如此，笔下的风景就鲜活了，就耐看了。在我看来，文学创作是生活的加速器，可以鼓励自己活出火的热量和色彩。置身安康文学这个其乐融融的大家庭中，我似久旱逢甘霖时禾苗的欣喜，又仿佛是铁矿入炉，滤废渣，聚铁水，最终锻造出铁柱钢梁，构建出绚丽多彩的世界来。

金州春亦然，文学花溢香。

修心养性得始终

古人说，修心即修炼心志，修养心性。《庄子·田子方》曰："夫子德配天地，而犹假至言以修心，古之君子，孰能脱焉？"《魏书·释老志》言："故其始修心。则依佛、法、僧。"古今之论——心为一个人的主宰，无论是做事还是做人，关键在于修心。

社会中的人，无论其为何种人，最终的表现就是他的心。心，是存在的唯一真实，它原本是至真、至善、至美的。说个"修"字，是对于失落了本心、忘却了心本来面目的人而言的。因为那些人，在追求眼前的名利时，习惯了执幻为真、以虚为实，并且妄想、妄见、妄取，因错误酿造烦恼，甚至因罪恶堕落，滑向危险的深渊。若能听劝告而自省，修正自己的思想和行为，最终"扬弃其原无，彰显其本有"，那么这种转变的过程，就是所谓的修行。须知人只是由理想决定人生，靠认识指导行为的"心之器"，所以修行的着力点便在于修心。

世说修心难，儒家、道家、佛家都解释了为什么。儒家、道家说，难在人的七情六欲往往蒙蔽了自我，使人迷失方向；佛家说，难在形形色色的世界，诱惑太多，考验太多。作为一个普通人，你和我、我和他、他和你，或许在名利中迷失，或许在爱情里忧伤，或许在事业中困扰……所以，我们的心有时会在前行的方向中迷失，在人生的旅程中错位，在分辨是非中偏失。

修心虽难，但必须为之。修心即修德、修身，古人讲修身、齐家、治国、平天下，我们虽然达不到那个境界，但是作为凡夫俗子，可以通过修心让自己找到幸福感，面对现实的平常生活，做自己能做的事，让自己的人生更完善。

平凡人应该怎样修心，修一颗什么样的心呢？

就人生来讲，应该修淡泊之心。淡泊以明志，宁静以致远。我们生活在市场经济物质丰富的时代，虽然要用物质利益推进经济发展；但不能唯利是图，抛弃心智的本真。淡泊是一种境界，淡泊是一种情操，淡泊是一种品质。一个人"吃穿住用行"的方方面面固然不可或缺，但不能把"一切为我而活着"当成人生目的。讲淡泊，就是要超然于物外，不为利所动，在名利面前始终有一种定力，该争的用本领去努力争得，不该争的就应毅然舍去，举重若轻，拿得起放得下，做到心如止水。

就待人来讲，应该修宽容之心。"恕"之道，是儒学的重点，最基本的含义就是宽容。人与人，在学习、工作、爱情等方面，都免不了有磕磕绊绊。若凡事斤斤计较、患得患失，必然丢掉道义，失去朋友。大肚能容，容天下难容之事；笑口常开，笑天下可笑之人。待人多一点儿宽容，前行的路就会更宽阔。

就处世来讲，应该修向善之心。勿以善小而不为，勿以恶小而为之；己所不欲，勿施于人。一个人只有做善事、积善德，才是正途，善是人内心最本真的力量。一个社会，只有人人都为善事善举加一把柴火，才会形成"众人拾柴火焰高"的向善力量。善是一个人的品德，善更是中华民族的传统，若人人从内心发善念、行善举，以此充实人生、美化社会，那么这个社会就更加亲和、团结、光明而美好。

　　世上之人，内心都蕴藏着无尽的宝藏。这颗心越修，就越能多思多悟多得，就越能崇德向善，而实现完善自我、幸福自我、服务社会、奉献社会之目标。

这条路要常走

总在想,现在交通便利了,党员干部却与群众的距离远了。

总想说,过去乡村没有公路,党员干部却天天与百姓在一起!

那时的党员干部,三分之二的时间都走在路上,总是穿着一双草鞋或黄胶鞋走街串巷,走遍乡村的山和路。这诠释了一个最为朴素的道理:践行党的群众路线,这条路要常走。

如今这条路,可能是留守儿童上学时必须翻越的坡梁沟壑,可能是农民兄弟辛苦劳作的田间地头,可能是下岗工人天不亮就推车出摊的背街小巷,可能是外来务工者忙碌不停的工厂流水线……

细看这条路,有时是叫卖声不停的大市小集,有时是拥挤不堪的春运车站,有时是百看不厌的旅途风景,有时又是不忍细嚼的悲情小说。世态万象,人情冷暖,这条路上每天都在上演喜怒哀乐的实景剧;辛勤打拼,守望相助,这条路上每时每刻都在重复深沉的期盼。这是百姓生活的一幅画,也是社情民意的一扇窗。

行走这条路,就是从群众中来,到群众中去。沿着这条路"一来一去",衣裤上带着路上的尘,鞋上沾着路上的泥,就像孩子对母亲有着与生俱来的亲情,游子对故乡有着难以割舍的眷恋，就这样一步一步走下去。

就在这条路上，一些党员干部走着走着就走岔了，走偏了，走丢了。当接受党纪国法严厉惩处之时，才猛然惊醒自己是"放牛娃"出身，才记起自己原本是农民的儿子；才痛哭流涕后悔偏离了这条路，丢掉了泥土情。

经过这条路的人，从草鞋到皮鞋，从步行到车行，从衣衫褴褛到西装革履，境遇变了，条件变了，可这"一来一去"的路线是不会变的！不论做多大的官，掌多大的权，都是普通群众的一员，都是老百姓的儿子，权力越大，责任越大，付出应更多才行。

常走这条路，就会亲身体验到困难群众生活的不易，就会更加了解社会转型的艰难，就会深刻领会执政为民的根本。这条路上，党员勤走"忧心路"，群众才能走上"放心路"；干部铺好"发展路"，百姓才能走好"幸福路"。

走在这条路上，不仅能听到坐在办公室里听不到的实情，更有隔着玻璃窗换不来的真情。常摸摸群众手上的茧，思想上就会少长些茧；常坐坐群众的矮板凳，群众会少坐冷板凳；常听听群众的抱怨，干工作就会少一些怨言。

这条路常走，把情融于百姓，百姓就亲近你，与你手牵手；把心交给群众，群众就倾心于你，与你心贴心，一路前行。

冬读诗词不冷

冬天,寒气是刺骨的,寒风是凛冽的,万物是萧条的,人们心里的感觉是寒冷的。在这个季节阅读诗词,感受诗意,那感觉却是暖和的、温馨的、明丽的、激越的。

翻开白居易的《早冬》,读得我暖意融融。

十月江南天气好,可怜冬景似春华。
霜轻未杀萋萋草,日暖初干漠漠沙。
老柘叶黄如嫩树,寒樱枝白是狂花。
此时却羡闲人醉,五马无由入酒家。

诗中读不出寒冷和萧条的景象,反而让人品味到冬"似春华""叶黄如嫩树""枝白是狂花"的生机盎然。那"闲人醉""入酒家",更显冬的安然与闲适,心头的热乎劲儿油然而生,美好的向往久久激荡。

冬天的篝火,从心里燃烧,把寒意消融,这便是诗人柳宗元《江雪》的心境。"千山鸟飞绝,万径人踪灭。孤舟蓑笠翁,独钓寒江雪。"这冬景画面简直是寒冷至极,这诗作更是绝妙至极。初读,一目了然看到的是"鸟飞绝""人踪灭""孤舟""江雪"的寒冬山水画。再读,这"寒江雪"画境中寓意深远，耐人寻味。虽然山鸟飞绝、径无行人，但还有一位披蓑戴笠的老翁孤舟垂钓，冷景暖意呼之欲出。画面虽然冰冷酷寒，意境却空旷明净。诗人借此景抒发自己遭受迫害而身处逆境，但内心毅然执着而不孤独，胸怀超脱而不悲凉，表达其坚定的意志和向上的期盼。心中有篝火，外寒自驱散。

祖咏的《终南望余雪》，是一首典型的咏雪诗，状景咏物，诗中有画。"终南阴岭秀，积雪浮云端。林表明霁色，城中增暮寒。"这是作者在长安的应试诗，诗说：终南山北面景色秀美，峰岭上的积雪似乎浮在云端；雪后初晴的树林表面一片明亮，长安城中暮寒有增。由于是盛唐时期，所以诗人笔下的冬景是清新明朗、朴实俏丽的。诗紧扣主题，咏物寄情。"阴""秀""浮""明""霁"五个字，让这首诗活了起来，也让冬日雪景清晰地展现出来。诗文裹着浓厚的诗意和美感，诚挚地表达了自己深邃的思想，温暖人心而又真情涌动。

冬与梅花相携，故而古诗词中，赞美梅花的较多，其中北宋王安石的《梅花》极具代表性。"墙角数枝梅，凌寒独自开。遥知不是雪，为有暗香来。"前两句写墙角梅花不惧严寒，傲然独放；后两句写梅花洁白素净，香气远播，歌颂了梅花的风度和品格。这正是诗人幽冷倔强性格的写照。诗人通过对梅花不畏严寒的高洁品性的赞赏，用雪喻梅的冰清玉洁，又用"暗香"点出梅胜于雪，说明坚强高洁的人格所具有的伟大魅力。此诗读之朗朗上口，思之意味深长，语句十分朴素自然，没有丝毫雕琢的痕迹，实为传世之佳作。

令人心醉的梅花词，当数南宋词人李清照的《渔家傲》。"雪里已知春信至，寒梅点缀琼枝腻。香脸半开娇旖旎，当庭际，玉人浴出新妆洗。"词人独辟蹊径，通过描摹梅花傲雪的神韵，以及红梅报春时初放的娇美，赞美了梅花的卓尔不群。

尤其是"香脸半开娇旖旎",将初放的梅花拟人化,描摹成"犹抱琵琶半遮面"的女子,神态怡然,楚楚动人,温婉地表达了词人对梅花的欣赏和喜爱,更让人记忆深刻。

冬日是美丽的季节,读清代诗人潘德舆的《镇江至江宁山行杂述》,觉其诗颇具意味。"人畏冬山肃,我爱冬日丽。老木妍新霜,浅红透深翠。"此诗不仅给人以视觉的美感和内心的宽慰,而且似乎让人亲眼看到了冬天的明快和艳丽。诗人告诉我们,别人畏惧冬的酷冷,我却眷爱它的冷艳和明丽。经霜的老树在冬天里更加美丽了,浅浅的红色中透着浓浓的绿意。诗人以自己的经历和感受吟诵冬天,他告知人们:心中有花,处处是景;只要懂得欣赏,自然会陶醉其中。全诗构思奇特,寓意深远。

描写气势磅礴的冬雪,唯有现代诗词大家毛泽东的《沁园春·雪》,才是气壮山河的千古绝句。"北国风光,千里冰封,万里雪飘。望长城内外,惟余莽莽;大河上下,顿失滔滔。山舞银蛇,原驰蜡象,欲与天公试比高。须晴日,看红装素裹,分外妖娆……"这首词画面雄伟壮丽而又妖娆美好,情感旷达奔放而又胸怀豪迈,意境壮美雄浑而又气势磅礴,颇能代表毛泽东诗词的豪放风格,是中国词坛杰出的咏雪抒怀之作。

鉴赏古诗词,传承中华文化,走进诗人心灵,真切领悟到冬日之美。

风景错过不再涂抹

一位学生从深圳回来,邀我相见,有事求教。多年不见的学生,叹息着工作上的许多烦恼,埋怨人际交往中的虚伪与变数,而最闹心的是十多年前与她相爱的男同学,离去多年又突然回来找她,她感到很无奈,不知如何是好。

作为其高中老师的我,一时无语,便把手中的《妇女》杂志拿给她看,其中有这样一句话:"把过去的真爱记在心里,把现实的爱情放在心上,你感情的羁绊与苦痛就会渐渐消去,你的生活就会渐渐轻松快乐。"见学生读了这段话,哀愁的脸有所舒展,我于是顺势劝导:错过的事可记忆,错过的人可怀念,但心就不要再回去了,现实也回不去了,回不到那种感觉了,这就是"风景错过不要再涂抹"。

"一张洁白纸,画出一张画,有我就有我,有她就有她。同享阳光浴,相守月光下,画中一生寄风景,生活永远一张画。画中你错过,错过莫牵挂,千万人群里,风景都是画。有缘成眷属,无缘别说啥,擦肩错过多少人,错过都在一刹那。风景错过不要再涂抹,只待来世再画一张画。"我把我写的这首诗送给学生。

学生笑了,笑得释然,我的心情也变好了。青春时期,一切都是美好的憧憬,为爱做出的选择更是期待如愿以偿,但现实却往往阴差阳错。不懂得岁月蹉跎的很多女子，初恋时一心想嫁给那个最心仪的他，但出于工作、家庭等原因，最后携手的往往是另一个人。因此，有很多人吟唱"伤痛的心一片空白"，婚姻梦想的光环，因错过而失去色彩，也被现实条件剥离得赤身裸体。

网络上谈论爱情的幸福，综合指数是婚姻和爱情的统一。而且还表述：有这样的幸福爱情，春夏秋冬都是快乐的，酸甜苦辣都是带着笑意的，这种欢笑是发自内心的，装不出来的。我觉得这是理论上的幸福爱情，也是理想的幸福爱情，是爱情生活的向往，是无怨无悔的爱情生活。但不是现实的幸福爱情，也不是大多数人的幸福爱情，只能是追求的、向往的、期盼的爱情幸福。不信，你扪心自问，再看看周围的人，自然就明白。青春最美的年华瞬息即逝，心仪的人总是遇不上，即使遇上了，有缘无分，又错过了。最终爱情屈从于世俗，在条件的限制下，恋爱、订婚、结婚、生娃。我认为现实的婚姻状况，履行的是一种家庭与社会的责任，承担着对家庭与亲人不能推卸的义务，多数与爱情无关，有爱情也是后来慢慢培养的。

人人都有自己设想的生活美景，而青春时期的感情认知，却是千差万别的。学生感叹：在青春美好的时光中，本应尽情挥洒才智，全力追梦，却对社会怨气十足。已经拥有的，不懂得热爱与珍惜，当失去时才惊恐地发现，珍贵的，自己不在意；美好的，自己却已丢弃。当皱纹爬上眼角，青春活力锐减之时，又在灯火阑珊处，突然发现自己心爱的人在眼前了！这种别扭难堪的相遇，令人情绪慌乱而心情纠结。"老师你说，这是一种幸福，还是一种悲哀？在这个应该成熟的季节。"学生问道。

"风景错过不再涂抹",我对学生继续强调这句话,并问她记不记得有一首歌叫《只要你过得比我好》,她点头。我说这就对了,让自己爱着的那个人生活得快乐,是一件非常幸福的事。爱的本真,不是占有,而是祝愿;爱的错过,不是过错,而是平静;爱的重逢,不是重合,而是寄托。大学的你、大学的他,也许都是单纯的爱,而现在呢,还会单纯吗?

学生又笑了,笑得开心,我也释怀了,轻松愉快了。学生说:"老师,我明白了,社会生活,总是充满着变数,凡事都是一分为二的关系。人从任性到成熟再到世故,时间是一把开锁的钥匙,现在我们终于学会流泪含笑。"

学生解脱了,解脱得很理智,我郑重地把大作家方英文一首七律诗中的"白云去留随天意,青山起伏因地缘"(《从西安到汉阴途中》)一联转送给她,作为最后的叮嘱。

一城楚韵伴秦水

心中放歌的日子

　　心中放歌的日子，10月1日；大地金灿灿的日子，10月1日；山川硕果累累的日子，10月1日。2019年这个日子，是伟大祖国七十华诞。神州大地昂首向您祝福，华夏儿女高歌向您致敬！

　　七十年前的10月1日，饱受苦难的中华大地，将一面用鲜血浸染的五星红旗，在强劲的国歌声中，在天安门广场高高升起。七十年前的10月1日，开国大典的礼炮响彻云霄，震惊世界；伟大领袖毛主席向世界庄严宣告"中国人民从此站起来了"，让备受三座大山压迫的中华儿女从此挺起腰杆，翻身得解放；中国的天空，从此不再是乌云密布，而是晴空万里、光辉灿烂。

　　伟大的10月1日，我们永远不会忘记。天空一道闪电，大地一声惊雷；擎起一面旗帜，高唱一首战歌；追求一个信仰，抛洒一腔热血，让中华大地，在"中华人民共和国、中央人民政府成立了"这一郑重的宣告声中，获得了梦寐以求的新生。列强的欺压和凌辱，山河的破碎与贫瘠，百姓的挣扎与灾难，一齐在这个10月1日完全消除和甩脱。人民当家做了主人，获得了自由和幸福；祖国实现了独立自主，迈向"建设繁荣富强国家，创造人民美好生活"的光辉前程。

10月在心中，我们就会时刻感受到祖国温暖的怀抱，在这怀抱里由婴儿渐渐长大成人；10月在心中，我们就会沐浴着祖国的阳光雨露，在沧桑岁月中奋发努力、茁壮成长。10月，照亮我们的青春之路，人生从此幸福而美好；10月，铺就我们的幸福之路，生活从此光明。

　　我在心中放歌：祖国七十年风雨，江海见证博大，天空见证飞翔，大地见证变化，山河见证辉煌。祖国七十载巨变，看大江南北日新月异，经济腾飞，社会和谐，民族团结，生活幸福；望长城内外，天翻地覆，中华崛起，江山如画，世界享誉，前景更绚丽！

　　我在心中放歌：祖国七十华诞，人民江山美如画，举国欢庆，人人鼓舞；祖国七十华诞，百姓致富奔小康，江河欢腾，人人放歌。我敬爱的母亲，伟大的祖国，生日快乐！

九月教师节的祝福

秋高气爽，九月蓝天下的山川，是一片金色的风景。丰收的大地，将迎来中秋的圆月，也迎来一个属于教师的节日。

在这个崇高的节日里，我们穿越时空，仰视三千年前的孔子，他长髯飘逸，在金色的风中款款而来。一句"学而时习之，不亦说乎"的谆谆教导，再一次从曲阜的松柏间传出，圣人周游列国，把桃李芬芳的信念，播撒到天涯海角……

回望大唐盛世，一千二百多年前的韩愈，也在秋色爽风中徜徉。一句"师者，所以传道授业解惑也"，开启了多少师者的心扉。让一代一代摇晃着脑袋的莘莘学子，专注地在书卷里探寻历史，感悟人生，推进人类进步。

遥看清朝康熙年间，秀才李毓秀在收获的季节畅想，呕心写下《训蒙文》："弟子规，圣人训。首孝悌，次谨信。泛爱众，而亲仁。有余力，则学文……"后经贾存仁修订改编更名为《弟子规》。旨在督促师者，启蒙弟子敦伦尽分、防邪存诚；告诫学子勤学多思，养成忠厚家风，获得人生启迪。

远观古代的庠序、私塾、学堂、书院，它们历经风雨已淡出人们的视线；近看现代的幼儿园、小学、中学、学院、大学，它们如雨后春笋般遍地开花结果。师者，在校园里传授知识。华夏民族的历史文化、人类的现代文明，就在这生生不息中茁壮成长，发扬光大，超越时空，芬芳世界。

师者是春蚕，一世劳碌，吐丝方尽；教师是蜡烛，奉献出所有的光和热，带着一身倦意和热泪，随着袅袅青烟飘然而去；老师是园丁，浇灌出无数桃红李白，而转瞬间自己已是白发斑斑，耄耋之年……但我更崇尚米哈伊尔·伊凡诺维奇·加里宁的赞美——老师是人类灵魂的工程师，用知识和智慧、厚德和人品启迪学子的心灵。

春去春又回，秋来秋又去。师情，师恩……一个个属于教师的神圣字眼，在硕果累累的枝头上闪烁。师者，无怨地付出，无悔地坚守，无私地奉献！知识就是力量，智慧就是财富。师者，肩负着光荣的历史使命，肩负着文明使者的重任，行走在人生朴实无华的路途上。有一种付出，不计回报却矢志不渝；有一种坚持，不离不弃却持之以恒。这就是师者的心声，更是师者的赞歌！

"弟子事师，敬同于父。"早在公元前11世纪的西周时期，人们就提出尊师重教。今年的教师节即将到来，我们感恩师者：恩师，您不是站立在三尺讲台上，而是像高山一样矗立在我们心里；您不是见证着青春岁月，而是存在于我们整个人生。秋风因您而清爽，阳光因您而灿烂，生活因您而美好……

牵手诗意的新年

一

年与年牵手,我们跨过2014年,健步走向2015年。

摘一颗2014年的星星回首过往,握一束2015年的曙光寄托愿望。茶花、蜡梅,不再隐匿迎春的芯蕊,火急火燎地开在太阳底下;躁动的小鸟,冲出躲藏已久的巢穴,欢乐地凌空歌唱,叩开春天的第一道门扉。

同一片蓝天下,清风送去美好的愿望,白云衔来温暖的思念。遥相呼应的问候,带来新年由衷的祝福。千里之外,举一杯故乡的烈酒,盛满浓郁的乡愁,在云淡风轻的早晨醉倒。漂泊的游子,加快了回家的脚步。

二

光阴似箭,射中已久的期盼;日月如梭,铭记坎坷的路程;年岁为镜,照着诗意的旅途。

远方传来的音讯,饱含少女的羞涩,带着野百合的窃窃私语,在瞬间绽放。山泉,响起叮咚的音乐;小树,长出嫩绿的新芽；和煦的春风，在新年把醉人的种子遍地播撒。父老乡亲在新桃换旧符的时刻，扳着指头细数过去一年的三百六十五个日子，豪言春秋的丰收，壮语夏冬的劳碌，畅谈往事的乐趣，回忆童年的欢笑，把满腹的欣喜愿望，寄予春天。

三

　　回顾往昔，扬鞭跃马自奋蹄，感动仍在心里流淌，信心仍在手里紧握。展望未来，激情会在征程中涌动，信念会在实践中坚定。春天里，人生再启程，它将凭借想象的翅膀，自由翱翔。

　　蓝天滴下七彩梦之露，沾在初春的唇上。斑斓的五色，渲染绵延的山，涂抹飘浮的云，让南方的草木吐绿，让北方的冰雪消融。南来北往的车流，演奏幸福的欢歌，在生命中甜蜜地相聚，缠绵着天涯海角的情缘。

　　年与年牵手，是一种永恒的交替，那就是你我不期而至的新年。我站在诗意的路口，为你祝福：未来，铺满希望；生活，更加灿烂。

你好，汉阴2018

一

2018年，龙凤呈祥的汉阴，把鸡年艰辛努力的心血化成了掌声与笑脸，又开启狗年追赶超越率先行的新征程。

汉江月河激荡出欢声笑语，三十万双手凝聚成巨大合力，"不忘初心，牢记使命"，天人合一，砥砺前行。

凤堰古梯田，迎来穿越时空的眺望；山城文峰塔，升起一轮不落的太阳。

二

凝视古城，抱瓮①时代的风雨，唐宋时代的沧桑，明清移民不灭的烟火，如今点燃复兴的梦想。

阮家坝遗址，凤凰山风光，从这里走过，每一个脚印，都踩着秦楚厚重的文化，传递着远古呼唤的声音。

历史的荣光，今朝的幸运，都在这个时候化作使命与担当，化作理想和责任。

三

在三山夹两川中徜徉，从铁佛寺瘦猪岭上的第一缕阳光，到上七里鳌头山幸福吉祥的祝愿，铁瓦殿在时光中荣辱不惊，让古韵书写成激情的诗行。

我虔诚地在文庙向孔圣人叩问：是谁，踏着千年的平仄，用厚重的文脉，高扬着这凝固的史诗精神？

古老的版图，在这里升级。站在新的起点，我们将用巨笔书写——新的作为，新的气象，新的历程，新的汉阴。

四

过去，我总爱呼朋唤友，来为你书写波澜壮阔的长卷。曾经，我笔下滴血，不知疲倦地为你编写汉阴故事。真的，不需要别人知道，因为你的付出让我不得不说。

新店（汉阴城古名）的天空，是一部部书卷。川道的川，汉水的水，三山的山，深藏着古今的文明。这些一代一代编的书，这些一代一代绘的画，一概留给不舍的昼夜，留给悟道的来人。

假若东西南北都可以入韵，倘若春夏秋冬都可以入画，若是风霜雨雪都可以入诗，我愿意以仰望的名义，尽情书写我钟爱的"龙凤呈祥，多彩汉阴"。

五

轮不到我说，龙滚凼的风声雨声，在龙岗公园的苍翠里吟唱；轮不到我说，两湖两峡的清波潋滟，流淌出新时代的平仄；轮不到我说，三沈故里如诗，人文汉阴如画。

明天的喜悦，可以预支；未来的发展，时不我待。是责任，是压力，是信心，更是践行。

2018年，龙凤呈祥的汉阴，带着新理念、新格局出发。聚焦发展，融合发展，改革发展，开放发展，坐稳建成小康社会的高速动车，胸怀"两个一百年"复兴梦想。我将从秋天一步走到春天，挥毫泼墨记录汉阴的辉煌灿烂。

注：① 抱瓮：典出《庄子》外篇之《天地》。传说春秋战国时代，孔子的学生子贡在游楚返晋过汉阴时，见一位老人一次又一次地抱着瓮去浇菜，"搰搰然用力甚多而见功寡"，就建议他用机械汲水。老人不愿意，并且说，这样做，人就会有心机，"吾非不知，羞而不为也"。后以"抱瓮灌园"比喻安于拙陋的淳朴生活。

汉阴这样"闹"元宵

如今用"温馨"来形容中国春节的景象,无疑是恰如其分的。

尤其是大年三十,东奔西走的人都赶回来,一家团团圆圆围坐一桌,老少皆喜、夫妻同欢的充满浓情的场景,令人终生难忘。

到了正月十五,又一个欢天喜地、妙趣盎然的时刻,看花灯、猜谜语、耍狮子、玩龙灯、踩莲船、唱花鼓、吃元宵,这"闹"的情景又栩栩如生地展现出"艺美"、富有情趣、惬意的特质。

汉阴乡村,至今还流传着一首脍炙人口的童谣:"过新年,真热闹,穿新衣,放鞭炮;唱花鼓,耍龙套,亮彩灯,闹元宵;小孩乐,大人笑,吃出一个金元宝,健康财富天天到……"现在家乡的农村,无论屋里电视、电脑、手机怎样普及,这些现代化设备都吸引不了小孩们。因为山村空旷,农户散居在坡坡梁梁,大红灯笼到处亮着,映红了整个世界,在这里点烟花、放鞭炮,可以无拘无束,开心尽兴,没人限制和干扰。尤其是到了正月十五晚上,小孩们在火把与灯笼的照耀下,三五成群地高唱着白天刚刚学熟的童谣,满村满院地跑动,嘴里还不停地诵着"元宵节,闹花灯,大人小孩都欢腾。

村里院里明朗朗,家家户户亮红灯……"这银铃般的嗓音在乡村上空久久回荡,这纯真朴实的童谣在脑海里永远留存。

汉阴山城,在元宵节,素有青年男女幽会的浪漫。正如家喻户晓的《元宵情歌》:"山城爆竹连宵响,汉江月水庆呈祥。百鸟朝凤凤求凰,龙凤呈祥喜洋洋。凤舞南麓迎朝晖,龙腾北岗比翼双。元宵花灯携同心,百年好合创辉煌。"这"郎才女貌天作美,洞房花烛喜成双"之婚俗在汉阴元宵之夜为一景。尤其是龙岗阁公园、河滨健康主题公园、文化艺术中心广场、凤凰休闲广场、北城街桂花大道等地,更如唐代苏味道的《正月十五夜》所描述的那样:"火树银花合,星桥铁锁开。暗尘随马去,明月逐人来。游伎皆秾李,行歌尽落梅。金吾不禁夜,玉漏莫相催。"元宵的月圆夜,发生过多少灯下相识、园中相拥、阁前相许的爱情故事!这都是一个浪漫有情致的元宵夜"闹"的。

浓浓亲情乐元宵,在于万家灯火下那热乎甜美的汤圆,让人唇齿留香。元宵之夜,小孩们会把该放的爆竹一一燃放尽,撑彩船、耍狮子、踩高跷、玩龙灯等活动会在深夜子时全部收场。等到闹花灯、看焰火这些热闹场景人尽散去后,他们才会归家来品尝元宵节一道甜甜蜜蜜的美食——糯米汤圆。传统习俗的元宵夜吃汤圆,寓意阖家团圆幸福,生活甜蜜美满。一家人围在一起做汤圆,不仅是件非常快乐的事情,而且完全可以与除夕之夜相媲美。

做汤圆,汉阴人很讲究:糯米要选黄土向阳稻田的米,泡糯米要用山泉水,磨糯米粉要用手工石磨,做汤圆馅选用红糖、熟芝麻面、捣碎的核桃仁等原料,将原料拌匀放在大碗里备用,同时还要拿些硬币在开水里浸泡洗净后,也作"馅"用。包汤圆的过程也像包饺子,但不用擀面杖,湿糯米粉黏性极强，用手揪一小团湿糯米粉，挤压成圆形，用手指按下一个小窝，再用筷子（或其他工具）挑一块馅放在糯米团窝中，最后用双手收口，均匀转搓捏合，使做好的汤圆表面光滑发亮。然后烧开水，把汤圆一一下到沸腾的水里，等到汤圆似一群白鹅浮在水面，再加两次冷水烧开后，汤圆就熟了。轻轻咬开外皮，那油而不腻、红润香甜的馅，顿时溢流唇齿之间，满屋香气飘散。若谁吃到有硬币的汤圆，那就是福到财到之年，幸运弥漫全家。

灯闪月明，鸡鸣报晓，元宵节的妩媚让人迷醉。山城家乡"龙腾两川饮琼浆，凤舞三山邀天庭。呈瑞霞彩追日月，祥霭披风降汉阴"（《龙凤呈祥》藏头诗）。但我也深深明白，"闹"过了元宵，学子们又要纷纷外出，打工者又要离开亲人，去奔自己理想的前程。

家风是最初的信仰

过了年，整理陈氏家谱，我见到其家规第一训是："族类当辨，长为幼范。"注解为："陈氏族类应当分辨，凡辈分有序、长幼有别、勤耕乐读、尊老爱幼、有益社会者入谱类、归宗祠，凡好逸恶劳、无尊长幼、窃匪浊污者，不得入谱归祠墓。此训皆由长者示范，治正家风。"

长者示范，治正家风。从中，我深刻懂得了品行道德教育的重要责任，在于家庭父辈的家教和良好家风的养成。而社会和学校担负着良好家风的继续教育和巩固提高的责任。用现在的话解释，就是说家庭是人生第一所"学校"。在这所养教合一的学校里，父母等长者的言传身教，家庭成员之间的德行修为、亲和宽厚、互励共勉，在与亲情、友情长期潜移默化的互动中，共筑起端庄壮美的家风大厦，并让其稳固而持久。

翻开中华各大家族的族谱，每本族谱中都会有家规家训。以此推理，由家训形成的家风，其实就是一种最初的信仰。从这个意义上看：勇于担当的父辈总是将生而养育、习而教育的责任双双扛起，承前启后的子辈又总是以孝亲赡养作为社会的责任而认真履行，并善始善终地落实到点点滴滴的生活细节里，从而形成稳固的心理观念和行为习惯。

当然，最初的信仰，良好家风的养成，贵在以身作则，以上率下，从小做起，从生活细节做起。古人云："勿以恶小而为之，勿以善小而不为。"然而，在现实中，子女出现问题时，有许多家长却把责任全部推给学校和社会，全然忽视和不顾家风环境，这样往往会在家中带来破窗效应，在此作用下将产生难以预想的后果。古今颇具黑色幽默意味的教训，何其多且深刻！

从根本意义上讲，良好的家风源于良好的家教，良好的家教源于家庭生活环境的文明与和谐。《说苑》直言："是以孔子家儿不知骂，曾子家儿不知怒；所以然者，生而善教也。"古往今来，良好家风不乏其例。

一首歌唱得好："家是最小国，国是千万家。"家的最初信仰，与国的民族信仰达到一致，家国的优秀传统就能稳固形成并发扬光大。只要人人拥有良好的家庭、家教、家风，世界将变成美好的人间。

七月半

七月半，道教称为中元节，佛教称为盂兰盆节，民间俗称鬼节。节前要给死去的亲人烧纸，让他们在另一个世界里得以安生，以此报答父母和祖先的恩德，这是孝心的祭奠，是期望逝去的人幸福。

俗话说："七月半，鬼乱窜。"我猜想，在这个日子里，全世界都充满了鬼怪，儿时读书，蒲松龄告诉我，鬼怪是善于化为人形的，我深信不疑。长大了我没碰上鬼，才知道这是人的意念。比如：把遇见不可思议的事情，叫"活见鬼"；歪主意邪门道，叫"鬼钻子"；恶意伤人害人的，叫"恶鬼"；侵略中华大地的日本军国主义者，叫"小日本鬼子"；侵略朝鲜的美国军队，叫"美国鬼子"……然而在这些"鬼"横行世界时，恐怕他们是用不着变化成人形的。所以，我也就不必效仿宋定伯，非要向鬼唾口唾沫以验明正身。

吃罢晚饭，夜幕降临。沿河边散步，平日里熙熙攘攘的河堤路，今日显得格外冷清，我想大概是怕撞到鬼怪的缘故。不一会儿，河边飘来浓浓的烧纸钱味，我意识到另外一个世界的狂欢已经开始。三五成群的人在河边燃烧着一大堆一大堆的纸钱杂物，火光映照在脸上，他们笑着，嘴里还不停地念叨着，仿佛另一个世界的鬼正与这些满脸笑容的人在一起狂欢。

桥下走来一家三口，拿着"金钱""电视""房子""车子"等。大人在地面上画了两个圈，边烧边对孩子说："你爷爷婆婆生前很苦，我们让他们在阴间过上幸福生活吧。我今后去世了，你也要这样对待我啊！"听声音是我认识的人，他们进城挣了钱却不管山里年老有病的父母，是典型的不孝之子。如今老人死了却舍得花钱！我想这人真是"鬼"。

我知道，大凡鬼神信仰，都出于忌惮，乡里人最讲这个。这个观念听来荒唐，有件真实的事却让我无法释怀。记得我当民办教师时，那年夏天为建校与两个农民一起上山砍木料，中途遇上暴雨，他俩歇在一块儿。突然天空中一个惊雷落下来劈死其中一个农民，死的是平时对父母不孝顺的，孝顺的同伴却安然无恙。我惊恐不已，乡里人却说这是天意，更对鬼神世界信之不疑。因而七月半烧纸，恐怕另一层意思是为趋吉避凶吧。如此，"人鬼情未了"的现象将持续下去。

这时的河边，随着"金钱、电视、房子、车子"等化为灰烬，人们也踏实地走了，说这是为了不打扰鬼神们来享用这些馈赠。我便自发感叹："想得真周到！"由此我又想到：如今的人真精明，用少许的钱换得大把的冥币、大堆的"房车""家电"，烧与向来敬畏的"他们"。我更想到：这恐怕是人类社会发达了，鬼神们困顿了的缘故。既然人鬼世界两两相通，那么经人们这么大手大脚地一搅和，"他们"那个世界的日子不更难熬才怪呢。因为如此多的货币突然流入，通货膨胀肯定是难免的。更突出的是这些"金钱""房子"都可以不劳而获，而且年年升级，一旦减少或没有了，那些鬼神恐怕就会将灾难降临人间了。

子曰："人无远虑，必有近忧。"但谋之以远，恐失之以近。在这个鬼神们的节日里，被后人记得的"他们"，有很多的钱财要拿，有很多宴会要赶。我们却忘了埋在他乡他山、安息在他国他地的仁人志士们，在那个世界他们恐怕只会流落街头，捡点残羹冷炙罢了。我们过着这么安宁宽裕的日子，却连怎样得来的都忘了，他们会不会向我们讨债呢？

　　我不敢再想，赶紧在花店买几束鲜花，也不画圈就插在河边，祭祀逝去的仁人志士和父辈们，让鲜花陪伴他们在美丽的世界里。我想宣誓，今后的七月半，不再把两个世界烧得乌烟瘴气，更不以"鬼"的名义乱花钱！让活着的人活好，逝去的人安生。

　　于是我把这些写下来，以此释惑，以此自省。

有感《孟子》一书

俗话说："近朱者赤，近墨者黑"。因而读书，得读值得读的书，读有益身心健康的书，读能陶冶情操的书，从而自我教育，自觉感悟，自力提升。今年我就读到儒家经典《孟子》，虽然读得浅显，却略有思索。

《孟子》体现了仁义思想的主张。少时我就对"孟母三迁""孟母断机"这样的家教故事印象深刻。今读《孟子》，才深知其育人思想主张"仁、义、礼、智、信"中他认为"仁""义"最为重要。仁，就是宽厚，指同情、关心和爱护的心态，即"仁爱之心"。义，就是正直，指正当、正直和道义的气概，即"正义之气"。礼，就是谦让，指礼仪、礼貌和礼节的规矩，即"礼仪之规"。智，就是才能，指明辨是非、明晰善恶和明理睿智的能力，即"智谋之力"。信，就是诚实，指诚实守信、坚定可靠、相互信赖的品行，即"诚信之品"。孟子的这些思想和观点，对当今的我们正心立志树德、做人待物处世，更具有深刻而重要的现实意义。

《孟子》体现了民心正义的主旨。"得道者多助，失道者寡助。寡助之至，亲戚畔之；多助之至，天下顺之。"（《孟子·公孙丑下》）其中明确阐述：站在民心正义方面，会得到多数人的支持和帮助；违背民心正义，必陷于孤立无援的困境。从现实角度看，这一思想，告诫我们做事情的出发点要合民心讲正义，才能得到支持和帮助，才能获得民众的肯定和承认，才能取得最后的胜利。否则，即使是通过一些手段使自己占据优势或有利地位，也必定是暂时的，终会因丧失民心和正义，而导致必然失败的结果。正所谓"天时不如地利，地利不如人和"，抗日战争和解放战争之所以能在敌强我弱的情况下取得最终的胜利，就是因为其行为是正义的，得到了绝大多数人的拥护和支持，这就是民心和历史的必然。

《孟子》体现了人要有远见卓识的观点。"孔子登东山而小鲁，登泰山而小天下。故观于海者难为水，游于圣人之门者难为言。"（《孟子·尽心上》）这句话说的是孔子登上鲁国的东山，便将整个鲁国尽收眼底；在圣人门下学习过的人，便难以被其他言论所吸引了。表面上指泰山之高，实际指人的眼界。这一点告诉我们要不断寻求突破，超越自我，不断积淀，使自己站得更高、看得更远，形成更开阔的视野和人生境界。现实的我们，在生活和事业的征途上，往往是"一叶障目"，被一点儿小挫折阻挡了视线，甚至被眼前一点儿小利所迷惑而看不到长远的发展，或因视野不够开阔而错失了机遇。因此，生命旅程上我们要摒弃"井底之蛙"的心态，要有登上人生"泰山"的理想，遥望事业"大海"的远见，"不到黄河心不死"的信念，以更高更远更开阔的境界为人处世。

《孟子》体现了适则而为的灼见。"人有不为也，而后可以有为。"（《孟子·离娄下》）是讲人要有所不为，然后才能有所为。其意为：人生苦短，世事茫茫。能成大事者，贵在目标与行为的选择。对照现实生活，许多事是我们想做而做不了的，许多事又是我们不想做却必须做好的，还有些事是我们喜欢做也能做好的。这需要我们适则而为，来选择奋斗目标。但实际却不然，一些人硬要做自己做不了或不喜欢做的事，一事无成；一些人做着自己能做却又不愿做好的事，痛苦不堪。所以我将《孟子》此言诠释为：一个人的能力、时间和水平都有限，只有懂得放弃一些不适为、不该为的追求，才可能集中精力做好自己最能做、最想做、最应该做、最能影响自己一生的事情。

　　事业人生，贵在目标与行为的选择，关键在懂得该选择什么，该放弃什么。有感《孟子》所言，人生成功秘籍在于具备仁义的品格、正义的事业、广博的见识、适为的选择。

站在太空看汉阴

不知何时，我上了太空，宇宙中所有星球都在旋转，我只想寻找我的家乡汉阴。于是我先追寻地球，睁大眼注视，才瞅到围绕太阳转的地球，鸡蛋那么大；又精准瞅到地球上"雄鸡一唱天下白"的版图，玉米粒那么大；不到万分之一国土面积的家乡，太小，我瞅不见。

于是，我的思维就穿越太空，掠过阳光，一颗璀璨的明珠就闪现在眼前——陕南汉阴。北依秦岭，南跨巴山，蜿蜒秀丽的凤凰山横贯东西，汉江谷地与月河川道穿境而过，形成三山夹两川的风貌。县城依山傍水，历史悠久，闻名遐迩，是一座龙凤呈祥的名城。

穿越历史，一亿年前，地壳在翻江倒海地运动，巨大的"树化石"遗存在秦楚子午道双河口古镇"中信和栈"边的楼房河旁，立于石上的万年青四季葱郁，如翡翠皇冠，成为旷世奇观。一万多年前，县城边杨家坝、汉阳镇阮家坝一群猿人制造和使用磨制石器，遗留下新石器时代村落遗址。

冥冥中，我听到了，先秦时代城墙岭和烽火台的厮杀声，汉代铫期、马武秣马厉兵太行山寨的战鼓雷鸣。我看到了，花栗扒（汉阳地名）出土的东汉墓葬铜鼎、铜钫，隋代的铜质"卫国公印"遗物。我触摸到了，宋、金战争时镇守汉阴的北宋将领仓促转战时埋下的两窖万枚铜钱。我登上了凤凰山主峰的明代"离尘寺"铁瓦殿、县城高耸威严的城墙、教化育人的文庙。清代人才辈出的文峰塔，一塔擎天，树天地之励志精神，矗立在城墙东南角，举世无双……此时的我，恰如幼稚懵懂的孩童扑进母亲的怀里，撩起衣襟饥渴地找寻乳汁般亲昵着家乡。

　　穿过时空，我被这璀璨文化的厚重所震撼。人文穿透时空，我似乎走进春秋战国时期，见到孔子高徒子贡游楚返晋，途经汉阴与抱瓮丈人论机"灌园"而说道，"子贡瞒然惭，俯而不对""卑陬失色"之情景。我仿佛步入唐代本地高僧怀让的禅房，虔诚聆听大师一生"心性本静，佛性本有"的修行主张，目睹他"净心、自悟"变革佛教，开启禅法广传的先河，走出汉阴，成为南岳禅宗七祖、中国佛教禅宗正统。我拜读孟浩然的《登安阳城楼》，诗人越秦岭、游汉江、过汉阴，挥笔写下"向夕波摇明月动，更疑神女弄珠游"，诗作把汉阴美景描绘得至矣尽矣。我深情吟诵明代城墙魁星楼上一副楹联："塔势凌云开笔阵；人文启秀焕奎光。"那"魁星点斗，以文为峰；内外昭融，灵窍玄通。国泰民安，风调雨顺；人才蔚起，腾蛟起凤"的寓意，情见乎辞。这是家乡永远的人文象征，永久令人仰慕崇敬。

　　我隐约看到，明末清初湖广闽粤迁徙来的移民，秉承耕读传家之遗风，融合本土崇德尚文、尊师重教之传统，相继涌现文武进士四十多人，诞生沈士远、沈尹默、沈兼士"一门三杰"，培养出投笔从戎的何振亚、沈启贤、杨弃等三位共和国将军……家乡得天独厚、弥足珍贵的文化遗产资源，实至名归成为亮丽的城市名片。古往今来，这些名人在漫长的历史长河里，闪烁着耀眼的光辉，成为汉阴时刻令人铭记的不朽诗篇。

穿透天宇，我迷恋这锦绣山河的旖旎。苍劲的秦岭，山势雄伟挺拔；葱郁的凤凰山，群峰逶迤绵延；翠绿的巴山，风光秀丽神奇。在这三山环抱的汉阴大地上，在光合作用下，清新富氧的气流，冲云霄上九天，净化着天庭宇宙，让蓝天愈湛蓝，白云愈洁白。还有三山携手、绿树花草呵护着的"两川"：一条碧波荡漾的汉江，一道清澈纯净的月河，一江一河环绕着这片沃土，滋润调养着这方百姓。山河宛如热恋中你侬我侬的情人，让秀水清澈而洁净，让青山翠绿而壮观。走进汉阴，仿佛走进一个天然的生态大观园，自然景观和人文神韵相得益彰，能让人享受到桃源般的幽静和回归大自然的无穷乐趣。

凤堰万亩古梯田，独特的农耕文明，使其成为"全国首座开放式移民生态博物馆"，享有"大地浮雕、九天云梯"之美誉，中央电视台科教频道《中国地理》栏目，将其列为"国家水利风景区""中国美丽田园"。石板铺天盖地的双河口文化旅游名镇，有"一岭分南北子午丝路南来北往；两河聚东西古镇驿站东进西出"的古今传奇。龙寨沟那奇形怪状、千姿百态的奇石，鬼斧神工、嶙峋别致，亦有山、林、泉、花映入眼帘，着实一幅美轮美奂的水彩画卷。倚城有"龙岗蟠居"公园，绵亘数里，间有菩萨泉、祖师殿名寺古刹，岗脊新建气势雄伟的"龙岗阁"。沿川有巧夺天工的两合崖道教圣地，戴雨藏翠的观音峡，"双乳"对峙的壮丽奇观……这自然风光，绮丽景色，神仙来此也流连忘返。

我为这水墨山水的淡雅而陶醉。天刚蒙蒙亮，山城的围湖上，薄烟轻起，有三三两两的燕子贴着烟波穿行。岸边柳梢的风声，微微地在耳边吹拂。筑巢在文峰塔内的麻雀一群群飞出，惊颤了塔檐的风铃，骚动了塔顶的白蜡树，撞碎了塔尖的霞辉。

走出南门,在凤凰广场,携手家人,找一块草地,尽享明媚的阳光,尽赏和风的吹拂。凤凰广场"三沈"雕像边的香樟树下,有人浅吟北京大学资深教授陈玉龙先生的诗"青山含黛作风屏,碧水蓝天映楼擎。山雄水奇秦巴地,毓秀钟灵汉阴城"。精彩的诗句,化作文化艺术中心演奏的民乐,吹皱一湖秋水。

傍晚时分漫步街头,高大茂盛的桂花树齐列北城街,霓虹满径,晚风吹来,空气中氤氲着幽幽的桂花清香,隐藏在大街小巷里的一棵棵桂花树,芳香醉人,若是秋雨绵绵,雾气蒙蒙,更使小城灵秀缥缈得如仙子一般。

从时光深处走来的古城,宛若一首唐诗,有人文气息,又像一阕宋词,有闲适的味道。月河穿城而过,潺潺流动,散发出一城的清雅、一城的灵秀、一城的幽远、一城的芬芳。来到这个小城的人,心就彻底被融化在这静怡的水墨乡愁中。

醉美汉江

看奇观，走陕南，地球少有秦楚汉；山水好，世人羡，不来此城枉人间。

慕秦巴明珠之名，唯有汉江金州；寻清爽舒适之地，最佳选择安康。这里，有来去自由的水、陆、空交通，行程便捷。无论你是土生土长，或是远道而来，只要走进这座城市，你就会不自觉地爱上这座城市，爱上这座城市的自然生态，更会爱上这座城市的汉水文脉。

每当周五下班，我在家随便吃一口饭，就立即去赶最后一趟汉阴至安康的直达班车，却不先进城而在三桥头下车看风景。这时暮色苍茫，漫步在汉江岸边宽阔整洁的路上，工作一周的疲劳在波光灯影的轻拍柔晃中渐渐消散，思绪亦然，仿佛看到了历史悠久的"汉"的甲骨渊源，仿佛聆听到了上古时期老子与老师常枞那"以水为师"的传说故事。

相传春秋时期，在汉水江畔的一间简陋小屋里，老子的老师常枞即将离开人世，众弟子环侍左右。老子询问老师最后的教导，常枞用微弱的声音说："你看牙齿和舌头，哪个刚强？哪个软弱？"老子回答："牙齿刚强，舌头软弱。"常枞缓缓张开嘴巴，让老子观察。原来，常枞年老体衰，牙齿早已掉光了，而柔软的舌头依然存在。老子含泪而问："今后，我将以谁为师？"常枞笑了笑："以水为师。"语毕而逝。老子泪流不止，冥冥之中，顿悟生命之水的无穷奥妙。

生命之水在安康。金州安康是水城，"一城楚韵伴秦水"。汉江发源于古秦之地，连接古楚之风，汇入中华民族的母亲河长江，这是延续生命的一条动脉血管。汉朝因为汉水而得名，还塑造了"大汉民族"；汉语、汉学、汉文化这些名称，都起自源远流长的汉水。南北分界的秦岭与巴山纵横交会后，再与群山水系贯穿相连，形成汉水的生命之源。安康河道边翠峰葱岭环绕，两旁花草丰茂。风乍起时，碧水清波，静若处子，不尚浮华，流光溢彩，舒缓流淌，为安康人民带来生机与温馨。

神秘的江，神秘在金州两岸。熙熙攘攘的人群在绿树婆娑、花团锦簇中川流不息，许多不知名的鸟儿成对地在绿树枝头鸣唱，古色古香的木质、铁质游船交错往来，轻轻地划开静静的江面。且不说守护江水的安澜楼、保佑船夫的慈安塔、佛教圣地兴贤寺等地域特色园林的风光无限，也不论菱形墩座金州桥、钢索斜拉高架桥、抛物线形过江桥等桥梁的巧夺天工，只要你亲身游历过金州汉江，你就会被它焕发的神韵所吸引。正如孟浩然的《登安阳城楼》所赋："县城南面汉江流，江涨开成南雍州。才子乘春来骋望，群公暇日坐销忧。楼台晚映青山郭，罗绮晴娇绿水洲。向夕波摇明月动，更疑神女弄珠游。"

美丽的江，美丽在灯映游人。每到夜晚，江边公园华灯绽放，安澜园林火树银花，群楼霓虹如梦如幻，水天一色，交相辉映，恰如瑶台仙境，胜似溢彩画卷，美不胜收。游舫驶过，留下一河碎银。美景拉动文化旅游产业快速发展，夜游安康已成为一种时尚。放下白天的疲惫，邀三五好友，轻装简行、步履矫健地漫步在汉江岸边，或驻足欣赏原汁原味的汉调二黄、花鼓秧歌、皮影表演，或品味浓郁的金州特色，树影斑驳中彰显着安康悠久的历史文化，使人心旷神怡。板胡激昂，演绎《穆桂英大战洪州》的曲艺；民歌飞扬，吟唱新时代安康人民的和谐篇章。身旁，不时传来儿童的嬉戏笑语，还有游客的欢呼掌声。

醉人的江，醉人在四季清纯。汉江是一条走过沧桑岁月的河流，是一条飘过秦风楚韵的河流，是一条见证安康复兴的河流。金州汉江是纯洁可爱的，是风情无限的，一江清水为安康增添了无穷魅力。春天，岸边踏青寻芳菲，"暖风熏得游人醉"；夏季，江边田野赏荷怡，"接天莲叶无穷碧"；秋日，群山坡岭菊开放，"九月花潮人影乱"；冬时，雪花漫舞满地银，"万树松萝万朵银"。一江清水，尽醉今人。

金州汉江水，生命之源……

春去春又回

宅看窗外春色

今春宅在家里，站立窗前，月河那粼粼波光，摇曳着万条垂下的绿丝绦，窗外渐露春色。

暖阳下，河滨的健康锻炼大道上，只有几个戴着口罩的行人。疫情防控还在关键期，博弈还处于艰苦的战略相持阶段。

病毒是魔鬼，我们可以防范，却不能畏惧。白衣天使逆行奋战，全民众志成城，阻隔、阻断、防控是今春战胜疫情的成功之路。

窗外明媚的春光，招引几对水鸟，在河水中潜上潜下，还有几只白鹭，在河边自由漫步。透过窗外景色，还有肉眼看不见的、没有硝烟的战场，更有凶残的、看不清楚的敌人，战士们正在与病毒疫情打一场殊死拼杀的硬仗，此时已处于激战的关键时刻！武汉，打的是正面主攻围歼战，全国四面八方前去驰援；无数白衣战士"明知山有魔，偏向魔窟行"，甘愿挑战身体极限，昼夜不休地搏斗激战。我们虽然远离正面厮杀的战场，然而那"飞弹""硝烟"在我们不防备的情况下，也会落在身边，凶悍的"敌人"还会潜入。病毒等待的是，在春风和煦的日子里，在我们松懈、侥幸的状态下，悄然现身偷袭，使我们猝不及防。

正因如此，我们虽欣赏窗外春色，但决不出门去"上当"。宅在家里,将"敌人"阻击在外面。居家看新闻联播,一批批患者治愈出院,给我们传递了决战"病魔"必胜的信念。但是,每天也有新增的确诊病例,又给我们传达出必须坚守的信息,要夺取最后的胜利,还需一段时间的攻坚战。全民抗击疫情,思想不可松懈,行动不容迟缓,只有同舟共济,一鼓作气,决战决胜,才能出门迎接那关不住的满园春色。

心中的风景,是那些逆行者面对面与病毒搏杀的画面,有医生、护士和军人,还有那些防控、抗击疫情的志愿者和基层干部。他们把苦累、危险留给自己,把安全、健康留给百姓。我们这些宅在家里的人,没能力投入抗击疫情一线,理应积极维护防疫大局,主动配合各级组织以及各方面的安排,以居家阻隔、阻断的方式,加入这场全民抗击疫情的战斗,直至坚持到最后,打赢这场硬仗。

窗外是拼杀的白衣战士;窗内是我们抗疫群众。我们要像士兵那样有精神,有"军容",有纪律,有信念。居家平静地善待生活,以饱满的热情适应特定的环境,以乐观向上的姿态迎接每一天的春光。我们虽然宅在家里,全国上下的心却是系在一起的,这样想就不会有紧张、烦闷、焦灼的情绪。居家阅读、伏案书写,学习茶艺,做做菜肴,晒晒文笔,展现舞姿,微信视频等活动,都可展现我们乐观豁达、热爱生活的情致。

"春眠不觉晓,处处闻啼鸟"。身体大修炼,充实智慧脑。这便要求我们宅在家里,以逸待劳,积蓄力量,丰富头脑,备好课程,以磨刀不误砍柴工的正确的居家方式,来迎接胜利后的"春暖花开时",精神饱满地去上班、上学、上工。

到那时,窗外的春色更美,我们便可走进大自然,自由地、尽情地欣赏盎然的春意。

生命的教科书

庚子之年，一场疫情，我们都置身其中，无人能够幸免。谁也不愿生病，谁都不想被感染。新型冠状病毒来得出乎意料，举世瞩目，无疑是一场罕见的灾难。既然来了，全国上下理性面对，众志成城，同舟共济，就没有攻克不了的难关。

这场疫情，就像一本生命的教科书，里面有自己，也有他人。生命在疫情面前，显得那样脆弱，人在病魔的笼罩下，显得那样渺小。各色人群，也在生命的教科书中得到充分的展示，演绎着不同类型的人生。它真实、全面、公正地折射出人间万象。

这场疫情中最深刻的一课，就是告诫我们关爱自然环境，保护野生动物才是珍爱生命的根本。回顾2003年的"非典"，已给了国人一次深刻惨痛的教训。谈及自然环境、野生动物，我想起中央电视台至今还在警示的"没有买卖就没有杀害""关爱自然环境，就是关爱生命"的公益广告语，国家也相继出台了保护野生动物的法律。直面当前的疫情，突然领悟，这就是生命的呼吸，但这些却没有让所有人都醒悟，也没有让少数抱有侥幸心理的买卖者的行为被禁止，直到生命面临危机才感到害怕。

这本"教科书"中最基本的一课，是要注重公共卫生，养成良好的生活习惯，珍爱生命。这是一堂健康生活的基础教育课，宅在家阻击疫情，让我们学会了开窗通风，学会了消毒卫生，学会了保健锻炼，甚至学会了怎样洗手，怎样戴口罩……居家静心也让我们思考如何养成文明卫生的好习惯，怎样的人生才过得更有意义，特别是认识到公共卫生防线的漏洞，空气、河流的污染等，很可能就是病毒传播、扩散的条件；也切实让我们明白了，注重公共卫生，呵护自然环境，就是对生命的珍惜和关爱；也教会了我们适应新的生活方式，树立关心他人就是关心自己的理念。同心协力阻击疫情，让人与人之间的相处，变得更加和谐、融洽、自然。

这本"教科书"中最温暖的一课，是危难时刻见真情，危急关头显担当，体现了"拯救生命、始终第一"的中国信念。这是一堂全国上下众志成城、万众一心、同舟共济阻击疫情，最现实、最直接、最令人感动的中国精神展示课。让我们感动流泪的是，武汉乃至全国的白衣天使，他们不惧危险、不怕牺牲，以非凡的勇气和高尚的职业道德，逆行奔赴抗击疫情第一线，用勇气、智慧与病魔抗争，用实际行动拯救他人的生命，不愧是患者生命的守护神。虽然彻底战胜疫情还需要一些时间，但凶悍狰狞、肆虐横行、令人谈之色变的新型冠状病毒，如今已被阶段性控制住，患者治愈出院率上升，已经成为一个不争的事实。目前全国性的抗疫、复工两不误，更充分说明了这个事实。

这场疫情是民心的一张考卷，如何精准施策阻击疫情，怎样同时间赛跑战胜病魔，能否打赢疫情防控阻击战，这是面向世人的必答题。这场疫情阻击战，实实在在经历着民心的考验、世界的围观。首先我们看到了党和国家领导人亲自领导指挥，不惧危险地深入病区，科学决策，举措果断，作风务实，以人文精神沉着应对疫情之战。在这场战争中，医务、公安、交警、新闻、运输等行业正经历着生与死、血与火的洗礼，也在播撒人间大爱。在这场战争中，无数基层抗疫工作者严防死守"关口"，汇聚起打赢抗疫战的磅礴力量和集体主义之爱。十四亿中国人以国家大局为重，组成一座抗击疫情的钢铁长城。这些一一表现了中华民族力量的团结、凝聚与伟大，表现了中国人民披坚执锐、战不旋踵的战时状态和战场作风，答出了中国党政军民坚定决战的信心和决心，向世界展示了中华民族不怕困难、不畏牺牲、不屈不挠、前赴后继的顽强斗志和敢于打赢疫情阻击战，夺取全面胜利的英雄气概。

这场疫情是关于人性的一课，让我们转变认识观念，改变待人处世态度，领会生命的真谛。我们总说时势造英雄，其实平时英雄常伴；也说患难见真情，其实平常真情就在。只是我们以"我"为重，对"他"轻视，没有慧眼识真金。所以，于普通中不识不普通，在寻常中不知不寻常；又缺乏感恩之心，在小事中不领真情，于平凡中不悟伟大。我想，从今天起，让我们给白衣天使多一些微笑，给普通民工多一些关爱，给家人、朋友、同学、同事多一些真诚，对市政管理多一些支持，为我们的国家多做一些贡献。不要在真诚谢幕时才想起那份美丽，不要在危险的时候才去赞美崇高，不要在需要和平时才讴歌平凡。

"以铜为镜可以正衣冠，以史为镜可以知兴替。"宅在家阻击疫情的这些日子里，让人有了许多新的感悟。新型冠状病毒疫情的灾难，无疑成为我们社会、人生的一面镜子，仔细照一照自己，可以明事理、知正反、晓对错、识真伪、知国情、懂感恩……

珍爱生命的这本"教科书"，全国上下正在以对人民、对历史、对世界高度负责的态度,"咬定青山不放松""不破楼兰终不还",以决战没有退路、收官不容有失的坚强意志和行动,续写疫情防控和病员救治务求完胜、以竟全功的新篇章。

雨水过后是惊蛰

今年雨水时节,真的下了雨,我的心情也由郁闷变得爽朗。农谚说:"雨水有雨时节好,春种秋收遍地宝。"民以食为天,一年之中,若雨水节气当天干旱,就让农人揪心;雨水节气当天下雨,农人就有丰收的希望。

我站在七层楼楼顶的露天平台望着湿漉漉的山城,涨了水的月河,雨中飞过的小鸟,感觉宅在家也很愉悦,能静享这份独特的春光与安宁。

小区院内,物业人员早起正在打扫卫生,街道请来的专业防疫人员,正在小区各个角落消毒;门卫保安登记进出人员,细心叮嘱戴好口罩,理智地严控人车流动,他们的辛苦我看在眼里。

往日,我似乎对这些人视而不见,关键时刻方知他们一贯的坚守,才是我们平安健康生活的保障。这种忽略的熟知,平凡的伟大,简单的无畏,如今让我有了切身的感动与惊叹。

近来睡眠质量差,常常半夜醒来,便很难再入睡。背靠床头想心事,一月来虽没有户外活动,却有了与家人常相聚的机会,还可细赏春雨淅沥,更有充足时间读书。室内空间小,学海宇宙大,内心深处便有一种特别的感觉。闲暇时从古籍中了解到历史上"战疫"的招数,这勾起我极大的兴趣,便更加坚信当今的疫情阻击战,是科学有效的选择。

略读《尚书》《史记》和《汉书》等典籍,方知在中国古代,民间的疫病是经常发生的。读一部中国古代的发展史,从健康角度来看,就是炎黄子孙的一部抗疫史。

古人面对疫情,发明和总结了许多行之有效的"战"疫应对方法。首选措施就是隔离法,即通过专门场所、专业医护,切断瘟疫传染途径,阻止疫病的传播。据《汉书·平帝纪》记载:"元始二年,旱蝗,民疾疫者,舍空邸第,为置医药。"这是中国古代关于隔离观察治疗的最早记载。第二措施就是深葬疫(尸)体法,以人文关怀阻断疫源。在科学和医学不甚发达的中国古代,遭疫会死很多人。如东汉初年"会稽大疫,死者万数",尸横遍野,成为一种露天的传染源。据《周礼》记载,从先秦时期开始,凡遇民间大疫,官府都要采取措施,对民间疫体进行集中掩埋,进行无害化处理。

古代救治疫病患者的方法是中医药物疗法,以多种方剂灭除瘟疾。翻阅古代的典籍,许多治疗疫病的药物、药方,既有民间记录也有官方记录,这些药物、药方救治了许多疫病患者,阻击了疫情。防疫采取公共卫生法,清洁环境抑病源。周朝时,官府颁令民间,用含有碳酸钙和磷酸钙的牡蛎及草木灰来防疫杀虫。明代科学家徐光启在《农政全书》中载:"幂(盖)防耗损,亦防不洁。古人井故有幂。"主张疫病暴发时,将药物直接撒入井中,可用来防疫。古代也有国家防控法,即全民皆兵遏制疫情。据湖北出土的《封诊式》竹简中记载,战国时期秦国就有逐级报告传染病和对可疑病例调查、控制的制度。可见,在当时人们已将疫病防控上升至国家层面了。

读史可知，任何一种疫病都败于智慧的炎黄子孙！中国人民的凌云之志，令山河动容。这个时代的中国人，完成了前人所不敢想象的事业，我们有理由坚信，在医学发达的今天，一定能够战胜新冠肺炎，打赢疫情防控阻击战！

眼望原野，我们感慨雨水润泽大地、染绿河山，孕育希望、催生万物，它浇灌滋养着的是生命和梦想。当雨水时节过后，春潮般的万紫千红会奔涌而来，欣欣向荣的春天呼之欲出……

雨水过后响春雷，这雷声响彻云天，惠风吹遍大地，将静寂沉默的大地唤醒。

雨水过后是惊蛰。金黄一坡的迎春花、油菜花，火红一片的桃花，粉红一岭的樱花，似诗情画意又温馨的手抚过山谷，引来鸟声清脆；抚过田园，招来蝴蝶翩跹；抚过坡梁，诱来蜜蜂飞舞，酿成甜蜜的新生活。

惊蛰带来的是喜讯，一个感天动地的逆行者创举，一个祛瘟除疫的阻击奇迹，把春天大门豁然打开，让所有的生命意气风发，怀揣期望，沿着春天的脚步，走向梦想的新时代……

春分一抹听花开

春山不语,花亦自开。人言花草养眼,我爱花草养心。春分时节,动感城乡,令人赏心悦目的是那一抹春绿花开。

一年之初,立春时光,日渐长,夜渐短。雨水时节听雨,河潮摇曳静谧,波纹荡漾潋滟。惊蛰响雷,绿动寂寞大地,催开草木花蕾。春分天下,蓝天不再独守一方,暖阳照得人世敞亮,城乡唤醒了心灵家园。光阴的诗笺上,记载着一份份美丽,看春雨落了,吻春风暖了,感春光美了。此间好多好多温情的依恋,此中许多许多牵挂的爱意,无时无刻不在心里芬芳馥郁。岁月总是情长,山水终会重逢,寒暖在此分别,芬芳呢喃的字里行间,正在抒写如歌的春天。

春分时节,山城的街头巷尾尽是暖意,乡村的南北两山生机盎然,一年向好的日子似乎从这里开始。树木纤秀的枝条上,悄然绽开一簇簇新绿;一个苞芽的裂变,分化出四五片叶子,坦然地沐浴春晖,伸展躯体,尽情地享受春日。这片土地上,雨已经来过,雷已经鸣过,山梁就被渲染成了一片碧绿。

居家推窗,一股鲜香溢满屋子。沏一杯清茶,青绿摇曳静好的时光,心思便行走在春色里,静静呼吸芳草的清新,脸上溢着素洁的欢喜。我只想,在这个清爽明媚的节气里,与生命的使者一同聆听那一树树花开的声音,遥想千姿百态的山峦河流,让生命成歌,让笑靥如花。

爱上一座城,这个春天,无论在谁的眼里,都是个明媚的季节。谁都知道,春季里,所有的城市都是一道动人的风景,一座熟悉的老屋,一段永远的怀念。就像爱上了一个人,是从内心深处发出的信号,不需要任何理由,没有前因,无关风月,就是爱了,还执着地赤诚地追寻!爱上大自然,这样的季节,千花百卉争明媚,汉江月河恋两川。岸柳青青,草长莺飞,小麦拔节,遍地油菜花香,桃红李白迎春黄。我们该在凤凰山那片新绿中拔蕨菜,我们该在凤堰万亩梯田坎边上挖荠菜,我们该在观音河水库大坝上放风筝,我们该在这一方生命的田野上耕耘。与春天相约,一种在心底荡漾的、难以言传的喜悦,让人浮想联翩——浅黛春山处处纱,人面桃花相映美!

民间风俗,甚重时光节气,总将春分视为一年的伊始。古时春分日,有立蛋、吃春菜、踏春光、祭神等很多民间风俗。"春分到,蛋儿俏"。据史料记载,春分立蛋的传统起源于四千年前的中国,以庆祝春天的来临。古传"立蛋"非春分这天不可,因这天太阳直射在赤道上,南北半球昼夜时间相同,力和磁场的平衡也是鸡蛋站立稳定性最好的原因,这就成了世界各地人都喜欢的立蛋游戏形成的原因。寓意托起春天,祈盼丰年!到了宋代,春分立蛋意在立蛋之人立的是恒心和毅力。《道德经》说"九层之台,起于累土;千里之行,始于足下",人生的道路多不平坦,只有不急不躁,踏踏实实,才能走得好、走得远。

移民文化浓厚的汉阴,过去春分时还流行犒劳耕牛、祭祀百鸟的风俗。缘于春分时节,耕牛即开始一年的劳作。农人以糯米团喂耕牛以示犒赏,民间善言者还挨家挨户送《春牛图》,说些"春耕不违农时"的吉祥话;做糯米汤圆放置于田间地头，赏赐百鸟，感谢鸟鸣提醒农时，希望鸟类不要啄食五谷，以祈祷丰收之年。

今人碌碌，古老的春分习俗活动，传至现在已所剩无几。"春分之意"只在心底盘旋，期望充满新意地去托起整个春天！

"时至春分已分春，春光一刻值千金。菜花金黄麦疯长，一年之际春撩人。"庚子春分的岁月，情味终是浓了，我书几页素笺，将昨日的诗篇写入春的章节，心中装下绿色的情怀，温润在春水长天里……

春分文字存绿意，欲盈满眼大爱栖。心里有花枝俏蕊，窗外见阡陌漫漫，春天带着平安轻轻而来，寄给人间一派舒心，生命已有归宿，活力始得葳蕤。

山河大地，从一抹春绿开始，静听花开的声音。

面临亲情的抉择

鼠年春节，国情当先，面对亲情，我的抉择十分毅然。

以往过年，父母在世时，我们兄弟姊妹六家与父母在一起团聚。父母去世后，兄弟姊妹六家轮流在一家团聚过年，老老少少三十多人，热闹非凡。而今年，新型冠状病毒泛滥，兄弟姊妹亲情团聚的事，我宣布停止，各自在家过年，用微信传递亲情。

大年初一，我们在家吃着饺子，观看中央电视台疫情报道，那病毒的魔爪无声地伤害着人类，担忧之情使人的内心备感煎熬。我在亲戚微信群中提醒，要关心当前国事，认识到病毒危害性，我们虽没能力去一线抗击疫情，但可以宅在家里，不出门，为国分忧。这既是关爱自己，又是关怀他人，更是敬畏生命。亲戚们一一点赞，表达支持。

大年初一下午两点三十分，二弟媳突然打来电话，说二弟绪平病危，让我赶快过去！我心头一颤，直接回话："你先别着急，疫情当前，不要再给其他人打电话，等我来后再说！一定一定！"

大年初一下午两点三十五分，我到了二弟家。绪平双眼紧闭，大口喘着气，弟媳见喊他没答应，便大声哭了起来。"不许哭，把眼泪收回去！"我厉声制止住弟媳的哭声。当时大脑的第一反应,就是不能让不知情的小区人惊慌。我明白二弟迟早要走,他瘫痪在床已经半年了,平时靠鼻食管进食,以此维持着生命。他的身体简直就像活体骨架,这才刚熬过了一年,难道他真的要走了?

大年初一下午两点四十五分,按我要求的"一家来一个大人",大姐、二姐、三姐夫、三弟来了。我们凑近到二弟床前,连声喊:"绪平,我们来看你了!"突然,他睁开了双眼,持续了十秒钟后,又慢慢闭上了眼皮。

大年初一下午两点五十分,二弟全身似乎抖动了一下,喉结动了一下,合上眼走了。"不能哭!不能影响小区人的情绪。绪平是党员,在抗击瘟疫之时,他的在天之灵也会这样想的!"我咽下眼泪狠心说道。看着绪平离开人世,亲人悲恸欲绝,可是在这全民同舟共济,抗击、阻隔、预防疫情的特殊情况下,我们必须特殊处理后事。我告知兄弟姊妹,对外封锁二弟去世的消息,既不通知二弟单位,也不让其他亲朋好友知晓,就我们自己联系殡仪馆火化,简化料理安葬之事。

大年初一下午三点三十分,三姐夫联系到了县殡仪馆。

大年初一下午三点四十分,大姐、三弟带着二弟媳,到北街居委会办理当地居民死亡证明,居委会值班人员郭女士特事特办。

大年初一下午三点五十分,我和二姐、三姐夫随同灵车,送绪平去殡仪馆,帮忙穿好寿衣,依殡仪馆程序停放于尸柜间。

大年初二早晨八点三十分,按火葬场时间安排,二弟遗体被推入火化炉火化,享年六十三岁。

大年初二上午九点十分,我回到家,心在蜷缩,揪得厉害,两手抓着的座椅靠背咔咔作响。绪平生前那苦难人生、刚直秉性、和善面容似乎就真切地呈现在眼前……

1966年，二弟九岁，从城镇随父母下放到南山边远乡村劳动。春荒时期，去野外找马桑葩充饥，二弟吃了毛毛虫爬过的马桑葩，中毒后直翻白眼，母亲只好用肥皂水帮他洗胃，他上吐下泻总算是捡回一条命。1969年，大队分派二弟和我随公社连部修阳安线铁路，晚上在工地喊打夯的号子，白天上凤凰山给连部食堂砍柴，二弟头被马蜂蜇了，却没有停下手里的活，直到晚上回连部院坝时，我俩都倒下了。1971年，那时母亲晚上帮人纺棉线挣点油盐钱，二弟去帮母亲拿棉条，被线扦子戳穿小腿，母亲剪下头发烧成灰，塞抹在伤口上止血消炎。1975年，父亲修汉漩公路时不幸去世，二弟和我随队里连夜抬父亲回家，他却跌了一跤，脚小趾骨折，母亲嚼节节草抹，用竹板夹固定，算是无大碍。1977年，恢复高考，二弟考上大学，却因父亲的历史问题，在县里政审没过关。1979年，父亲平反昭雪，二弟以上山下乡知青身份参加招工，被高分录取，分配到中国水电三局安康汽修厂。生活刚有好转，20世纪90年代又逢国企改制，部分职工下岗，二弟说自己是党员，应该带头为国家分忧，下岗去私人修理铺打工。

2002年，母亲去世，二弟为尽孝心去抬灵柩，心脏受损伤，在省医院救治三个月，换了心脏瓣膜才保住了命。力气活干不了，幸好自学考取了水利监理证书，在水电三局下属监理公司打工。他当监理，对乙方质量丝毫不含糊，但也帮助乙方协调甲方兑现工程款，不拖欠农民工工资。他经常吃住在工地，2017年，一项水利工程验收后，中午刚回到家里，他就晕倒了。送到市医院检查发现颅内有渗血，左脑脑梗，经抢救脱离生命危险，却成了半身不遂。他坚持拄着拐杖走路，硬撑着用左手吃饭，直到2019年7月，脑梗大面积扩散，生命再一次垂危，经市医院抢救治疗，挽回了生命，却成了能睁眼、能听见，却说不出话、进不了食的植物人。

这就是二弟的一生。在疫情当前，万众一心抗击病毒之时，我这样抉择：不设祭奠灵堂，不许亲人吊唁，不让儿孙送行，不搞一声响动，甚至连悲泣的哭声都尽量抑制的情形下，让二弟化为灰烬，安安静静、悄无声息地去天堂。

二弟就这样安静地走了，为了众人平安，他保持了人生最后的气节。

抗击疫情，人人有责。就那样送走二弟，我心坦然，抉择无悔。

时至清明祭英烈

三月暮春，小雨淅沥，生机盎然，自然界用这一景象告诉我们，清明已经来临。

清明，既是农历节气，又是传统节日。此节前后，地温升高，阳光温暖，雨量增多，正是春耕春种的好时节，故有"清明前后，种瓜点豆"的农谚。清明又是我国最重要的祭祀节日，追念祖先、缅怀先烈，是"祭之以礼"的敬拜日子。

每年清明时节，汉阴陕南人民抗日第一军纪念碑前，来悼念和祭拜的人络绎不绝。随着年龄的增长，我对缅怀英烈、寄托哀思的情感愈加深沉。抚今追昔，勿忘英烈，珍爱时代，实现伟大复兴的新梦想，有了新升华。

今年清明临近，防疫工作仍在进行中，祭祀虽没有集体组织，却早已有人来到陕南人民抗日第一军纪念碑前，送去鲜花、花篮。我也捧一束花，虔诚地在纪念碑前默念追思。随后我看见，有小学生牵着家长的手，行着少先队队礼在此默哀悼念。还有从四面八方前来自然有序祭奠的人，一个个脚步缓慢、低头无语，怀着沉痛的心情，静立在庄严肃穆的纪念碑前，深切地缅怀先烈，以三鞠躬表达哀思和敬意。

陕南人民抗日第一军纪念碑，矗立在陕西省汉阴县龙岗园林之中。步行从北城街东西两入口上龙岗园林大道，在最中心的地方拾级而上，登上三十六级阶梯，到达纪念碑平台。纪念碑矗立在平台中间，高九米九，通体用汉白玉材质建成，洁白如云，大气浩然；象征着烈士精神洁白无瑕，永存人间，启示后辈勿忘先烈、永久怀念。纪念碑后侧是军史浮雕墙，花岗岩材质，高四米，长十米，寓意陕南人民抗日第一军艰苦卓绝转战四方，保家卫国功绩卓著。

汉阴是英烈辈出的热土，古今移民那耕读传家、忠勇报国的人文精神，永远流淌在汉阴人的血脉之中。土地革命战争时期，红四方面军、红二十五军、红七十四师先后在汉阴南北两山活动，播撒革命的红色种子。"九一八事变"后，在民族危难之际，受红军影响的原属国民革命军第十七路军的陕西警备第二旅沈玺亭部，汉阴籍军官何振亚、沈启贤、王展、罗少伟等领导的三次起义的人员，组合成陕南游击纵队。抗日战争爆发前，1936年8月，陕南游击纵队经中共西北特支批准命名，成立陕南人民抗日第一军，在中共陕南特委、红七十四师的领导支持下，相继开展游击斗争，队伍壮大到一千多人，其中汉阴籍六百多人。"西安事变"后，陕南人民抗日第一军奉命北上，改编为红十五军团警卫团；"七七事变"爆发后，编为国民革命军第八路军一一五师三四四旅警卫营，开赴抗日前线奋勇杀敌，首战取得平型关大捷。此后，该部队相继编入新四军、东北民主联军和第四野战军。解放战争时期，参加了辽沈、淮海、平津三大战役，后又作为志愿军三十九军一一七师主力部队，参加抗美援朝，屡立战功，大振军威国威，为民族独立、人民解放和世界和平做出了伟大贡献。

陕南人民抗日第一军的诞生，是中国共产党领导的抗日民族统一战线在安康的成功典范，也在汉阴革命斗争史上写下了光辉壮丽的一页。走出汉阴的一千多人，其中的八百多人壮烈牺牲。为缅怀革命先烈，继承光荣传统，弘扬民族精神，教育启迪后人，2010年3月，中共汉阴县委、县政府决定修建陕南人民抗日第一军纪念碑。陕南人民抗日第一军纪念碑现已成为市级重点烈士纪念建筑物保护单位、安康市党史教育基地，陕西省中小学德育和爱国主义教育基地。

"桃花红雨英雄血，碧林丹霞志士心。时代中华强盛起，龙岗千古慰忠魂！"汉阴这方热土，英雄长眠；远逝的画面，依旧清晰生动。祖国大好河山留下了烈士们的无数足迹，江河湖海见证了他们经受血与火的考验。我们永远不会忘记那一段段可歌可泣的悲壮历史，那一张张刚毅坚贞的英雄面容，那一篇篇用鲜血和生命谱写的理想信念的华章。

清明之际，我们静静追思先烈，我们深深缅怀英雄，我们默默铭记、代代传颂。抚今追昔，英烈立旗帜，缅怀启新程。我们把最深情的悼念、最崇高的敬意，寄托在这百花盛开的春天里，让先烈的英灵与山河共存，与日月同辉！

孝道与家训

讲到道德，从家族的观念来看，自古到今都是"孝为先"，而这种"孝"，又是以家训为基础的。所以说家训是实现家庭美德的金钥匙，这把金钥匙内有一个亘古不变的真理，那就是孝道。正是中华民族的孝道文化演绎着家庭美德，推动历史和社会进步。

"中华民族传统家庭美德铭记在中国人的心灵中，融入中国人的血脉中，是支撑中华民族生生不息、薪火相传的重要精神力量，是家庭文明建设的宝贵精神财富。"这是习近平总书记在会见第一届全国文明家庭代表时，为进一步加强家庭建设、家训建设、家教建设和家风建设而强调的。因此，中国梦同样需要孝道文化贯穿于每一个家庭的始终，来实现中华民族的伟大复兴。

家训，是家庭成员共同遵守的道德修养、思想行为规范的准则，是指对子孙立身处世、持家治业的教诲，是先辈留给后人的智慧宝典。家训最早可追溯到周公告诫周成王的诰辞，自此绵延数千年。中国传统家训博大精深，是中国家庭文化的重要组成部分，也是中国传统文化的重要组成部分，还是中华民族的巨大财富。这就是家训的内涵，应该认识到位。

说白了，家训就是家庭中的规矩，是家庭中的"道"，传统理念就是天道天理,讲自然法则,遵循传家规律。中国传统家训以五伦十义为中心,强调道德修养,崇尚八德,即孝、悌、忠、信、礼、义、廉、耻。主张的是人们在为人处世过程中必须遵守伦理自然法则和家庭传承,这就是亲情中的道。守道而行即为德,就可回归道德、回归本性;也为顺天道而行,天人合一。遵训守规就可修身齐家,形成个人品德、家庭美德、职业道德和社会公德。这便是家训的实质,应该把握清楚。

传统文化的家训,其根本就是一个"孝"字。家庭中,道德的根本是孝,比如《孝经》说:"夫孝,德之本也,教之所由生也。"家庭中,人的根本也是孝,正如《论语》说:"君子务本,本立而道生。孝弟(悌)也者,其为人之本与。"在家庭中,做人的根本仍然是孝,古语说:"尧舜之道,孝悌而已矣。"《朱子家训》说:"祖宗虽远,祭祀不可不诚。"强调的也是孝。一个家庭就像一棵大树,有树根、树干和树冠。要想枝繁叶茂,必须善待树根。而祖辈就是树根,父辈就是树干,儿孙辈就是树冠。因此,一个家庭的幸福兴旺必须善待树根,就是孝敬老人。这就是家训的根本,也是人活着的根本。俗话说,孝门一开,百善皆来。只有把孝做真做实了,人们的良心和善知才能被开发出来。因此孝道是家训的根本,孝道是家庭美德的根本,孝道是传承良好家教家风的根本。唯有传承孝道文化,才能实现家和万事兴。这就是家训的根本,应该切实遵循。

家训的关键在于"行",行就是按规律按法则做。依规而行,循道而为,既可以解决问题,还可以避免新问题的发生,促使事物向良好的方向发展。因为孝道不是拿来说的,而是拿来做的。前辈大德说:"道是行的,德是做的,不行没有道,不做没有德。"看来全世界只有行孝才能人人欢乐，才能家庭幸福。这就是家训的要义，应该认真践行。

家家重视家训家规，户户传承孝道文化，人人践行孝道美德，文明和谐的家国梦就可实现。

陈氏家风代代传

家风来自家规，礼仪源于教化。汉阴陈氏以"八百斗牛耕日月，三千灯火读文章"的耕读传家之本，在陈氏祠堂旁创办了翼佳书院，并在翼佳书院内兴办家族教育，对陈氏家规进行弘扬、普及和推广。

汉阴陈氏，明末清初从江苏句容县（今句容市）迁徙至此地，因而"翼佳书院"就起源于清初，延续至清末，在清朝中期曾鼎盛一时，颇有盛名。清风朗朗，文思悠悠，陈氏的家规家训也在道德文章中升华，在传承效仿中深入人心，在一辈辈的"学而时习"中根深蒂固。时至今日，陈氏后人依然重视学习教育，子弟刻苦学习，崇文尚艺蔚然成风。

孝义为先，上下和睦。一碗粥先给老人孩子，一个野果一人一口，这是汉阴陈氏家风的写照。一门和谐，互相礼让，耕读传家，家族兴旺，因此县城原民主街一带一度成为"陈半街"。人口众多的陈氏，奉守"忠诚仁义，重教厚文，家风懿范，厚古照今"之训导，在弘扬中华传统文化和历史文明的今天，仍将"忠孝为本""耕读传家"的陈氏家风文化进行放大，仍将"至公无上、奉公守法"的陈氏操守进行传承，并且从讲好中国故事，讲好汉阴故事，讲好陈氏故事着手。这样有血有肉的历史故事最能感化众生，更能使人们漂泊已久的心灵自觉回归到精神家园。

"岁月不居,时节如流"。清末民初的三月,汉阴县城的大石板道上,车辚辚,马萧萧,一路上都是扶老携幼、肩挑背驮的汉阴陈氏人。俗称的"陈半街",遵祖先旨意分家,大家庭分割为十四个庄,分布在汉中、商洛以及安康的十四个县。汉阴陈氏后生,怀揣着象征家族家训的锅片,离开了一砖一瓦建立起来的家园,踏上了走四方的续梦之路,演绎了家族史上的再一次迁徙、分庄。一门繁衍成百户,百户皆为新门户。

陈氏祖训二十六条,家训十六条,家规二十条,在陈氏每一代子孙的骨子里,潜移默化中有着一种精神和意识,牢固地坚守着家族的家规、家风和家范,对一代代人的影响极为深刻。家范、家规的教育,不是一个时代的产物,而应当是这个民族、这个家族、这个家庭的一种内在的精神财富。所以,陈氏"翼佳书院",虽然在土地改革时分割出去,"破四旧"时或被拆除或被改建,直至现在的棚户区改造中彻底被夷为平地,痕迹全无,但"忠孝传家远,诗书继世长"的陈氏家规家训文化,对陈氏后人的影响仍然重大。一代又一代的陈氏后裔,始终不忘"忠、孝、勤、廉、善"之德。时至今日,散布在陕南的陈氏后人,仍秉承着陈氏的家风,走上了各行各业,许多人成为自己单位的中坚力量,尽一己之力为推动本单位乃至当地发展注入生机与活力。

在依法治国,实现中华民族伟大复兴的历史征途上,陈氏族人以其"爱天下、忧天下、和天下"的博大情怀,以其"明大德、守公德、严私德"的精神风范,为中华民族优秀传统文化的传承和弘扬,增添了一抹灿烂的华彩!

早安，安康

一座城市的变化，可以改变一种观念。

清晨在鸟鸣声中醒来，早起在庭院里呼吸清新空气，餐后在山间树林里自由漫步……大多数人认为想要留住这样的自然时光，就必须要放弃城市中的喧闹与繁华，如此，才能获得完美的享受。其实不必，在安康，这种诗意栖居的梦想，如今已然成真。

几年前，儿子的单位在安康，租住在西城墙转角临街的那套房子里面。早上天空还黑得伸手不见五指时，就会听到载满货物去市场出摊的各式架子车、三轮车嘎吱嘎吱的声响，黑夜的口子就这样被慢慢地撕开，也把这城市中还在酣睡的市场慢慢唤醒。然后就听到环卫工人沙沙的扫地声，听到晨练者吧嗒吧嗒的跑步声，听到叫喊的人声，安康就这样在各种各样的声音中缓缓拉开一天的序幕。

到今天，虽然清晨依旧会有环卫工人沙沙的扫地声，会有晨练者吧嗒吧嗒的跑步声，但嘎吱嘎吱的架子车、三轮车声少了，喊叫的人声没了，取而代之的是嘀嘀的汽车声，交叉路口的红绿灯让交通更井然有序。

汉江两岸的河滨路，路两边的绿化带，取代了过去乱石杂草、废渣泛滥的旧貌；金州城门顶"又刁（雕）又牛"[①]的门面标识，改换成"一丝一带"的融合形象。这些变化就是这座城市最可爱的地方，它并非顽固不化，而是极具开放性和包容性，诚挚地接受五湖四海的来访者，并呈现出一种新气象。

现在的双休日，我喜欢带家人到安康来住一住，同儿孙们一道游走金州城。每当我早上从西城墙漫步到东城墙，迎着朝阳，牵着孙女走在闪闪发光的青砖道上，再也不用担心"踩地雷"，再也不用担心因路面坑洼不平而摔倒，感觉生活像路旁蓬勃的绿化带一样充满生机。

有时候，我和妻子早起来到金州城菜市场，那早市上沾满露珠的蔬菜和站在摊子后的老板娘一样精神，讨好买主、讨价还价的声音比平日和善轻巧得多，谁不想一大早为自己讨个好彩头呢？许多睡意蒙眬、发丝蓬乱的家庭主妇，在这里精挑细选，为家人准备一天的美味。

香溪路口，拆除围墙门房的市委大花园，全部开放给民众休闲，由于没有建筑物的遮挡，其花草树木可以接受更多的阳光，因而这里的泥土苏醒得更早，迎春花也比其他路段的花开得早些。当我看到那些艳红的山茶花、金黄色的迎春花，一朵一朵地在早春熹微的晨曦中绽放开来，我的心也早早地如花开般欢喜起来、欣然开来。

桥头广场，总有一群老人每天都会自发地在那儿组织一场小型的演唱会。京胡、二胡咿咿呀呀地拉长着调，满脸皱纹的女花旦，且歌且跳，各种乐器的乐声伴着她，围观的粉丝宠着她，她的眉眼间便显出一种少女的娇羞，步点也轻盈起来。我想他们要么曾经是好朋友，要么现在是好朋友，以这种方式在这里缅怀着他们流水般的青春。

城市的生态变化，让人重新定义生活的态度。

因为空气污浊，才向往自然的清新；因为环境嘈杂，才怀念安静；因为节奏太快，才想要慢下来。很多人离开城市追寻自然，而在安康要享受自然生活并不需要逃离城市，只要在市区深处发现生活的美好。

在阳光下享受风、花草、树木，享受身体在城市中游走，灵魂在高处呼吸的惬意，安康打造的是一种可在繁华的市中心轻松享受自然的生活。"秦巴明珠，生态安康"是这座城市早早醒来的方式。

注：① 又刁（雕）又牛：从前外地人对安康金州城的一种讽刺性的双关语。金州城门顶矗立一高杆，杆尖立一展翅金鹏，寓意腾飞；门两边立着两头镀金铜牛，期望其能镇江避灾。但由于进城过城门之前要经过汉江一桥，该桥不仅窄，而且收费系统很慢，工作人员态度生硬，常堵车，因此，称其为"又刁又牛"。

代后记

文学让心灵绽放

县作协今天召开学习培训会,在座的都是业余作者和文学爱好者,这是我县文学艺术精英会聚的日子,很高兴与文友们相聚和交流。

谈起文学创作,其实每个人都有写作潜能,潜能一旦被激发出来,印证在案头纸笔(电脑)上,按一定的体裁写下来,就是文学。这就说明,写作并不神秘,会说话就会写。艺术地再现时代生活,审美地书写个性特色,敞亮地释放心灵秘密,就会是好作品。

我的个性格言就是"笔下滴心血,纸上开鲜花"。

今天座谈的主题是"文友文心互联动,共励共圆文学梦"。

一、业余写作的文学自信

我也是业余写作者,写作时常有一个想法,因为爱好而写,想写就写,没啥追求。这种表现,就是不自信的心理。所以,大部分业余写作者,对自己的文学创作没有信心,也没有自控的要求,没有奋斗的方向与目标。其实不然,业余文学创作者,是古今中外名家的主流。

从中国来讲,古今的文学成就,多是业余作者写出来的。

每当我们翻开经典古代文学,再去查查作者的简介,他们都不是专业文学作者。比如《诗经》,这部中国最早的诗歌合集,有三百多篇,然而绝大部分作者的名字无法考证,这正是一部业余作者没有署名的作品合集。再看看,李白、杜甫不是,苏轼、李清照不是,关汉卿不是,曹雪芹不是,及至"四大名著"的其他作者,也都不是专业搞写作的。

外国文学史上,大部分名著的创作者都是业余的,没有一个人享受所谓的专业作家待遇。他们生活在世间,以文学创作为毕生事业,为人类创作出了许许多多不朽的名作。

所以说,纵观国内外古今文学史,那些创作出经典名著的名家,都不是专业作家。这就是业余写作的文学自信。

二、业余写作要有文学冲动

文学艺术创作,直接来源于人本身思维的灵动。创作冲动来了,即刻把它记录下来,再加以雕琢,就成了作品。

业余创作者,要有自己的灵感冲动,要善于坚守生活的纯真,勤于记录冲动的瞬间光环,勤于进行自己情感激流的笔耕,这样,迟早会有所成就。切记:急功近利绝不是文学艺术的本真,投机取巧更是违反了文学艺术创作的基本规律,还会败坏了为人立身的道德。

写作是一种追求,要有成名成家的念头,虽不刻意追捧,但要刻意探求。一个作家,心怀大爱,悲悯苍生,既要为世间所有的美好事物讴歌,也要为人间一切的苦难鸣不平。这样的作家,大众就会喜爱他的作品。

写作是一种激情,既要有业余的爱好,更要有钉子精神。激情是能够给我们的人生带来很多快感的,这也正是文学创作的功能释放。我们所说的创作灵感,就是创作者情感激发的。写作需要天赋,更需要勤奋,但核心驱动力就是我们的文学理想——书写出时代需要、人民喜爱的优秀文学作品。

业余写作不能止于一般爱好，要把文学当作生命来呵护。所以我认为，业余写作者只要进入一种状态，不浪费自己的天赋才情，不怠慢身心激发的创作动力，不削弱勤奋写作的劲头，始终保持旺盛的创作激情，就会让我们的文学创作自信而有成果。

三、我的业余写作与文学创作观念

我的青少年时期，有一段特别的人生经历。幼年随父母从县城迁至南山集镇十余年，又从集镇全家下放至边远农村生活了十三年，直到高考恢复又转到县城工作。许多酸甜苦辣，诸多风霜雨雪，甚多坎坷蹉跎，锻炼了我的意志，开垦了写作的沃土，激发了创作的激情。

最早写作，是在初高中阶段，语文老师在课堂上常读我的作文，那是我文学的萌发阶段，也是文学人生的启动阶段。

真正开始写作，是在高中毕业后，在乡村学校当民办教师，与学生一道写"下水文"（同题作文），投稿到《安康日报》，被采用了，从此激励我走上了文学创作之路。此外经常组织初高中学生办读书会，举办诗歌朗诵会、作文交流会等，让我懂得了文学既是个人劳动，也是团队活动，更是生活体验。

恢复高考后，我从安阳师范学院毕业，被分配到县城工作，从事教师工作十八年，转行到行政二十三年，四十一年里的每一个工作日，始终在坚持工作第一、优质成效的原则下，也不管他人嘲讽我"不务正业"，或是家里人讨厌"夜猫子"，仍一直坚持一些业余创作。穷山恶水是我写作的生活环境，饥寒贫困是我写作的情感基点，坚忍抗争是我写作的人文素材，勤劳善良是我写作的精神坚守，发展变化是我写作的思想支撑。每一个文字、每一个标点都是心血的付出；每一次创作灵感的涌动,每一篇文稿的完成,写下的不是字迹,而是血迹,不是作品,而是心血的印记。

我的业余写作,从被汉阴广播电台约稿,被《汉阴报》刊登到登上《安康日报》,再提高到刊登在《陕西日报》《延河》《散文选刊》《首都文学》《散文世界》《中国作家》《世界文摘》等五十多家报纸杂志上。被选用的散文、诗歌、小说等文学作品七百九十多篇,达一百四十多万字。获得过省、市各类文学作品评选一、二、三等奖五十多次。公开出版发行个人文学专著五部(其中散文集三部、诗歌集一部、小说集一部)。所以我的文学格言是"笔下滴心血,纸上开鲜花"。

四、业余写作的文学情怀

文学情怀说到底是一种人文情怀。一个有文学情怀的人,是一个纯粹的人、崇德笃学的人、有益于人民的人。我们需要做的就是走进文学,去认识她、了解她、爱上她、拥抱她、呵护她。

文学创作当有"情怀",一个最简单的道理是,在不同人的眼中,这个世界是不一样的。普通意义的文人,几乎都有着"不名一文,心忧天下"的情怀意识。作为反映社会现实生活的文学,在不同人的手中,也会有泾渭分明的高下之分。这就是文学情怀的写作表达,文学情怀的成果展现。文学情怀体现在哪些方面?从我们的创作来看:

一是源自生活的关爱与珍惜。中国作家网刊登过我的一篇文章《生活是文学的烙印》,讲的就是谁也没有离开过生活,每天每时都在与人、与事、与社会、与环境等频繁地打交道,有文学情怀的人,将对生活的一些心灵冲动,以审美的观念记录下来,就成了文学作品。这就是对自己生活的关爱,对灵魂生活的珍惜。

鲁迅先生曾经说过，人不可能拔着自己的头发离开地球。换言之就是，人不可能脱离集体、脱离社会、脱离环境而生存。所以我认为，业余文学写作，要创作出好作品，就要关爱生活，更要接地气，从珍惜生活的情理上，正视和回答时代最迫切的精神问题。文学原创力的根，深扎在时代生活的土壤中。亲吻土地，走进民间，深入生活，倾听心声，才能感受多方吹来的新鲜之风。继而真诚敞开心灵之窗，把文学引向现实与理想的追求之境。

二是观察视角的独到与犀利。业余写作贵在有新意，而观察生活的角度独特，创作的文学作品才会有特点和新意。同一事物，视角（切入点）不同，思维发展的方向与效果则大相径庭。这就需要用丰富的知识、深厚的积淀、敏锐的眼光去审视、去归纳、去提升，形成一次再创作。

文学是心灵的展示，是心灵的沟通，是心灵的印记。五彩缤纷的大千世界，千万个心灵碰撞，感应着不计其数的事物，渲染着纷繁复杂的社会，这才形成了岁月沧桑、人类进化，才会有形形色色的人生感受。业余写作，就要在长期的创作实践中，以犀利的文笔、诗意般的叙述风貌，以及对人性的深刻洞察而创作出优秀作品。

三是文学不深奥，勤奋才能如鱼得水。韩愈说过，业精于勤而荒于嬉，告诫我们在学业上要勤奋努力，不要图安逸享受，玩物丧志。读书写作也同理，一个人，即使有文学天赋，如果不勤于笔耕，整天忙于觥筹交错，想来也是难有大成就的。文学上的成就是靠一点一滴积累得来的，而能积滴水而成河恰恰在于勤奋二字。鲁迅先生也说过，他是把别人喝咖啡的时间用在了读书上。这绝不是信口开河。先生一生勤于读书写作，从不懈怠，留下了三百多万字的著作和二百五十多万字的译作，成为中国现代文学史上一座不可逾越的高峰。

历数有所成就的文学大家，没有一个是懒惰的，反而个个都是惜时如金、勤于笔耕的人。要将自己脑海中的东西形成文字，不努力去写，一切都是空谈。对于写作来说，勤奋是硬道理。

总而言之，成就永远属于那些勤奋的人，勤奋可以成就一个人的辉煌。

五、业余写作的文学审美

文学创作与审美，它的优劣取决于个人的认知与世界观，差异甚大。

文学的审美观，是以成就美感价值为主要目的。但这样的美感价值，与大自然的晨曦霞光、江海起伏、春花秋月、山川蜿蜒等不同，后者是纯粹的视觉美感，而文学作品的美，不仅在于自然的物美，更在于作者所欲传达的、内涵深刻的心灵思想的美。所以文学的美感与文学自身的价值意义是密不可分的，它高于自然美的原因也就在此。从业余写作来看，文学审美首先要审题正确，好文章最忌"文不对题"；其次要"结构合理"，点题要恰到好处，内容要丰满；最后要题材深入挖掘，视角见解独特，语句段落简练，结尾明快有力而寓意深长。这便是一篇比较好的文学作品。

再则，文章也是一门艺术，它不是素材的再现，而是素材的提升。而艺术的魅力更在于：能从极平常的东西中，看出不平常的所在，以及捕捉事物最根本的所在。所以文学作品，不仅要符合"逻辑思维"，更重要的是要有"形象思维"，才会有丰富无限的想象空间，否则就会枯燥无味。这是文学与科学或数学的根本区分点。

文学审美是一门综合艺术，好的作品的内涵总是体现着作者的人品、学问和思想。

六、业余写作的文学寄语

从业余写作的角度来看,路遥是榜样,柳青是镜子,鲁迅是底气,茅盾是目标,民族文化复兴是梦想,山高峰峻,任重道远。大师们说得好,当代的文学需要春风化雨,也需要千钧雷霆;时代的作家需要壮行的酒,更需要清醒之剂;面世的作品需要阳春白雪的高雅,也需要下里巴人的通俗。

我们的业余写作,可以不强求自己成为作家、名家、大家,但我们即使作为一个文学爱好者,作为一个喜爱写作的人,也不能拒绝用思想去照亮自己的文字,不能拒绝用来自灵魂的呼喊去感动阅读自己文字的人,不能拒绝用深刻的思想提升自己的人生境界。

从汉阴本土的文学创作来说,我们应深入新时代的汉阴人民群众中去,在"身入"的同时更要"心入""情入"。通过"小人物"的奋斗故事,折射出普通群众追求美好生活的真切心愿,传递温暖、励志、真诚、向善、感恩的精神力量和时代风貌,将其见微知著地彰显和发扬出来,让所有人因为汉阴的一个故事、一个人物,甚至一个画面而爱上汉阴这一方时代的热土,从而更爱中国这个伟大的国家。

总之,作为一个业余作者,我们关注文学,其实是在关注我们的心灵,倾听自己心灵的呼喊,寻找我们心灵的故乡。作为一个业余文学作者,我们要用思想去照亮我们的文字,多方学习,兼收并蓄,关注生活,抒写时代,提升自己的人生境界。我们正处在一个伟大的时代,伟大的时代需要伟大的作家、伟大的作品。相信在座的诸君,会有人凭着自己的执着、自己的智慧、自己的思考,成为这个时代的歌者,给汉阴乃至中国留下不朽的篇章。